古典詩歌研究彙刊

第二八輯

龔鵬程　主編

第 5 冊

佛禪與白居易詩歌創作研究（上）

嚴　勝　英　著

國家圖書館出版品預行編目資料

佛禪與白居易詩歌創作研究（上）／嚴勝英 著 -- 初版 -- 新
北市：花木蘭文化事業有限公司，2020〔民 109〕
序 2+ 目 4+172 面；17×24 公分
（古典詩歌研究彙刊 第二八輯；第 5 冊）
ISBN 978-986-518-202-1（精裝）
1.（唐）白居易 2. 唐詩 3. 詩評
820.91　　　　　　　　　　　　　　　109010839

ISBN-978-986-518-202-1

9 789865 182021

古典詩歌研究彙刊
第二八輯　第 五 冊　　　　　ISBN：978-986-518-202-1

佛禪與白居易詩歌創作研究（上）

作　　者　嚴勝英
主　　編　龔鵬程
總 編 輯　杜潔祥
副總編輯　楊嘉樂
編　　輯　許郁翎、張雅淋　美術編輯　陳逸婷
出　　版　花木蘭文化事業有限公司
發 行 人　高小娟
聯絡地址　235 新北市中和區中安街七二號十三樓
　　　　　電話：02-2923-1455 ／傳真：02-2923-1452
網　　址　http://www.huamulan.tw 信箱 hml 810518@gmail.com
印　　刷　普羅文化出版廣告事業
初　　版　2020 年 9 月
全書字數　240543 字
定　　價　第二八輯共 10 冊（精裝）新台幣 18,000 元　　版權所有 · 請勿翻印

佛禪與白居易詩歌創作研究(上)

嚴勝英 著

作者簡介

嚴勝英，女，湖北咸寧人，武漢大學文學博士，研究方向為唐宋文學和中國古代宗教文學，現任教於台州學院。

提　　要

　　本書擬立足於文本細讀，從唐代中後期代表詩人白居易入手，考察白居易的學佛經歷、讀經體驗，探尋他對佛學思想的接受路徑及樣態。在此基礎上，以白詩所反映的佛學接受經歷、宗教實踐等為線索，辨明白居易的詩歌創作與學佛行為之間的關係。全書共分八章。

　　第一章，旨在辨明白居易學佛的原因，主要包括佛學語境這一外因和個人經歷這一內因。第二章，全面探討白居易禪淨雙修的宗教修法，分析白居易諸宗融合的信仰特徵，並梳理其修行方式。第三章，梳理白居易閱讀佛經的情況，並揭示佛教經典閱讀對於白居易安頓心靈、塑造創作思維的重要作用。第四、五兩章考察佛教觀照方式對白居易詩歌創作的影響。第四章分析無常觀對白居易詩歌創作的影響。分別考察白詩所蘊含的常者皆盡和高者亦墮的無常內容。第五章分析空觀對白居易詩歌創作的影響。第六、七兩章主要對白居易詩歌的題材進行專題分析。第六章以佛寺詩為切入點，考察白居易佛教題材詩歌創作的一個面向，分析白居易佛寺詩的入世情懷和出世情懷。第七章側重分析了白居易別離詩的內容和意圖，梳理白居易別離詩的內容，考察白居易通過別離之悲闡釋愛別離苦的創作意圖。第八章考察白詩古琴意象的儒佛意蘊。

序

　　今年三月，勝英發來她的博士論文修改稿，讓我在出版前再幫她看看。我忙完手頭的活後便從頭到尾將她的論文批改一過，希望她能夠做得更完美一些。說實話，每次批改她的論文，我都是這樣期待著。經過艱難的試煉，我相信她可以去開拓自己的小天地了。

　　勝英的博士論文能夠寫到現在這個水平，完全靠得的是她的堅韌與投入。入校後，勝英提交的課程論文，讓我有點擔心：她能否在有限的時間內提升寫作能力？緊接著她自己又陷入了一系列家庭變故，這讓我感到無比擔憂：她能否完成學業都成了問題！鑒於這種種情況，我建議她作唐代佛教文學方面的學位論文，畢竟這個領域的研究相對成熟，可資借鑒的資源多一些。為了出新，我建議她從事唐代佛教文學與佛教圖像方面的跨學科研究。她按照我的建議將唐代文學總集閱讀一過，對唐代佛教圖像進行了收集和研讀，並撰寫了系列閱讀筆記。這種跨學科研究難度太大，耗時太久，她只好選擇了放棄。不過，就在這種大面積的閱讀過程中，她對唐代作家的學佛因緣有了初步的感悟，並最終確定以《佛禪與白居易詩歌創作研究》作為博士論文選題。這樣一個題目，也是一個挑戰。因為，白氏與佛禪的因緣已經有了相當多的成果了。為了在撰寫論文時有自己的發現，她以白居易的佛經閱讀與人生感悟為焦點，細讀佛經和白氏文集。她一遍遍地閱讀佛經，不僅達到了熟稔的程度，而且在這個過程中戰勝了自己的人生磨難，對佛經有了感同身受的體悟。

她一遍遍地閱讀白居易文集，不僅對白居易的一生行實與佛教文學創作了如指掌，而且與白居易產生了共鳴。我想，這樣一種寫作狀態，應該是一種最佳的寫作狀態吧。她的寫作能力也在一次又一次的修改再修改中，取得了很大的進步。勝英的博士論文就是在這種一遍又一遍地修改狀態中不斷完善的。這篇論文雖未臻於完美，但它見證了勝英的成長。我相信，在未來的發展中，勝英的問題意識、理論素養和寫作水平會有更大的提升。

　　從考博到畢業，勝英應該是在人生的磨難和試煉中一步步走過來的。在這個過程中，佛學的智慧給了她足夠的滋潤與陶冶。我相信，在今後的日子裡，她能夠雲淡風輕地面對事業和生活中的任何困難，自在安寧！經過這麼多年的觀察，我能夠充分信賴她。今後如果有適合勝英的項目，我一定會把任務交給她；去年暑假在成都碰到勝英單位的領導，我放膽告訴他：放心任用。這大概是作為導師的最大欣慰了。

吳光正

2020 年 5 月 7 日 12 點 12 分寫於亞利桑那州立大學訪學寓所

目 次

緒　論

第一節　選題緣由

　　自漢代開始，佛教逐漸傳入我國，其教義迅速被接受，佛理與中國傳統文化交涉融合，得以快速發展。唐代是多元文化相容的鼎盛時期，信仰的邊界開始模糊。經過漢魏六朝與儒、道思想的衝突與融合，佛教發展至唐，達到了如日中天的鼎盛狀態。葛兆光指出：「在八世紀上半葉這種富裕而寬鬆的社會環境中，那種純粹的、正統的儒學卻失去了堤防，而在士人與民眾中，它與佛道從二世紀以來的衝突、協調與適應過程似乎越來越快」〔註1〕。李唐既重道教，又承襲了此前儒家治世之學，並積極地吸收佛家智慧。玄宗分別於開元十年（722）、開元二十年至二十一年（732～733）、開元二十二年（734），頒布他注釋的《孝經》、《道德經》和《金剛經》，並把這三個經典讀本並稱為「不壞之法，真常之性」〔註2〕。眾高僧也積極響應，宗密主張會通本末：「孔、老、釋迦皆是至聖，隨時應物，設教殊途，內外相資，

〔註1〕葛兆光：《中國思想史》，復旦大學出版社 2007 年版，第 22 頁。

〔註2〕（唐）李隆基：《御注金鋼般若經序》，《全唐文》卷三十七，上海古籍出版社 1990 年版，第 173 頁。

共利群庶」〔註3〕。慧海認為教無異同:「大量者用之即同,小機者執之即異,總從一性上起用,機見差別成三,迷悟由人,不在教之異同。」〔註4〕與此相應,士大夫們也投身於調和三教的事業中,白居易認為儒、釋、道三教同出異名,殊途同歸,其《三教論衡》曰:「夫儒門、釋教,雖名數則有異同,約義歸宗,彼此亦無差別。所謂同出而異名,殊途而同歸者也。」〔註5〕李翱則融合儒佛,他的《復性書》廣泛吸收佛教思想以闡明儒家性情之說。唐代自上而下倡導「三教合一」的社會氣氛,使三家思想滲透到社會的各個角落,佛教正是在這樣的背景下得到了新的發展。

處在這種社會背景中,唐代文人近佛、學禪是一個普遍的人文景象,儒釋融攝、外儒內梵成為唐代文人的普遍精神形象,他們大都「好居佛寺,喜與學佛者語」〔註6〕,積極參加法會、持名念佛、繪畫佛像、抄寫佛經等,「居士」之號由是萌芽並逐漸流行。很多士大夫都有習禪經歷,他們有意識地學習禪宗的修持方式,並積極吸收禪宗的智慧,周必大云:「自唐以來,禪學日盛,才智之士,往往出乎其間。」〔註7〕很多士大夫甚至被視為禪宗門人。文人學佛不拘泥某一個宗派,也不嚴格地遵守佛教戒條,他們將閱讀佛經當作一種文化傳承,將佛教當成人生的皈依處,從中尋求解決現實生活的智慧,提升自我的人生修養。因此,中晚唐時期,士大夫學佛風氣日漸濃厚,向佛家寶庫援借寶藏成為一種潮流和趨勢,他們的文學創作或多或少地受到

〔註3〕 (唐)宗密述:《原人論》,《大正藏》卷四十五,佛陀教育基金會出版部 1990 年版,第 708 頁。

〔註4〕 《大珠禪師語錄》卷下,藍吉富主編:《禪宗全書》第三十九冊,北京圖書館出版社 2004 年版,第 15 頁。

〔註5〕 (唐)白居易著,謝思煒校注:《白居易文集校注》,中華書局 2011 年版,第 1851 頁。

〔註6〕 (唐)顏真卿:《泛愛寺重修記》,《全唐文》卷三三七,上海古籍出版社 1990 年版,第 3419 頁。

〔註7〕 (宋)周必大:《歲寒升禪師塔銘》,《省齋文稿》第四十,《叢書集成三編》第四十六冊,新文豐出版公司 1999 年版,第 530 頁。

了佛教思想的影響。士大夫與佛教的關係，突出表現在文學活動上，創作了如詩歌、碑銘、記贊等大量與佛教相關的作品。其中，詩歌是士大夫與釋梵溝通最為重要的文學表現方式，據郭紹林統計，《全唐詩》收錄唐代士大夫遊覽佛寺、研讀佛典和交接僧人的詩作約 2700 首、唐代僧人的詩作約 2500 首，共 5200 多首，僅此兩項，就占到《全唐詩》總量的十分之一以上。〔註8〕從如此龐大的數量上亦可看出唐代士大夫習佛的風尚。

　　作為一名才學慧力特出的士大夫及詩人，白居易也深受佛教的影響。他從青年時期即篤信佛教，並持續終生，是一名虔誠的佛教徒。他廣泛地研讀佛經，有著非同一般的佛學造詣，還積極地參與佛教實踐，如禪坐、持齋、念佛、放生、供養和布施等。每到一地，他便廣泛地遊覽佛寺，〔註9〕並與當地僧人密切交流，〔註10〕對佛教的各宗

〔註8〕郭紹林：《唐代士大夫與佛教》，河南大學出版社 1987 年版，第 231 頁。
〔註9〕據相關文獻記載，與白居易有關的佛寺共有 87 所，分別是流溝寺、景空寺、慈恩寺、聖善寺、西明寺、崇敬寺、仙遊寺、雲居寺、東林寺、西林寺、青龍寺、清源寺、永壽寺、山北寺、悟真寺、感化寺、玉泉寺（藍田）、安國寺、頭陀寺、石翁寺、大雲寺、寶稱寺、大林寺、遺愛寺、闐州西寺、興果寺、章敬寺、龍興寺（洪州）、龍興寺（杭州）、龍興寺（洛陽）、景雲寺、興善寺、天宮寺、衛國寺、龍昌寺、黃牛山寺、紫霞精舍、龍花寺、吉祥寺、天竺寺（杭州）、靈隱寺、孤山寺、招賢寺、虎丘寺、靈巖寺、報恩寺、思益寺、楞伽寺、棲靈寺、普濟寺、圓光寺、龍門寺、重玄寺、玉泉寺（洛陽）、香山寺、福先寺、開元寺（忠州）、開元寺（泗州）、長壽寺、沃洲山禪院、法王寺、崇岳寺、龍潭寺、少林寺、草堂寺、天竺寺（洛陽）、菩提寺、昭成寺、敬愛寺、南禪院、妙喜寺、乾元寺、兜率寺、奉國寺、寶應寺（洛陽）、寶應寺（撫州）、豐樂寺、招提寺、佛光寺、橫龍寺、雲門寺、天衣寺、精舍寺、東山寺、奉先寺、石甕寺、嵩嶽寺。參見附錄三《白居易與佛寺相關作品繫年表》。
〔註10〕據相關文獻記載，與白居易相關的僧人共有 123 位，分別是：貞操、懷崇、歸靖、幽上人、正一上人、明準上人、定光上人、法凝、文暢、暢師、光宣上人、巨川、許上人、恒寂師、智滿、智常、法演、神照、寂然、利辯、道深、道建、元審、元總、次休上人、圓恕、藏周、雲皋上人、息慈、琳公、神湊、士堅、朗上人、晦師、靈澈、曇禪師、上弘和尚、懷縱、如建、沖契、宗一、至柔、瑩諸、智則、

各派皆有所接觸並修習。佛教對白居易的人生信仰、思維方式、審美興趣、思想境界皆產生了深刻的影響，這些影響又一一反映在白居易的詩歌創作中。白居易一生創作了大量與佛禪相關的作品，據統計，白居易創作的與佛教相關的作品共 760 首〔註11〕，其中 78 首與僧侶相關〔註12〕，195 首與佛寺相關〔註13〕，123 首與禪淨兩宗信仰相關〔註14〕。在佛教的影響下，白詩的主題、題材、藝術皆發生了顯著的變化。主題方面，白居易創作了許多反映佛教觀照方式的詩作，如無常觀和色空觀等；題材方面，白居易寫作了大量佛寺詩，其別離詩也是對佛教愛別離苦的精心演繹；藝術方面，首先，白居易大規模地將佛典故事、佛經術語、佛禪意象等援入詩歌創作當中，其次，白詩的普通意象也染著了濃濃的佛禪意味，如「琴」意象等。白居易學佛與詩歌創作的關係還有許多方面有待研究和揭示，這當是本文選擇以白居易學佛與詩歌關係作為研究對象的最初緣起。

第二節　既有研究及其問題

　　白居易是唐代詩壇巨擘。自中唐以來，有關白居易與佛禪的研究就從未間斷，自 20 世紀初學術現代轉型後，有關白居易的研究更

智明、南操、圓昭、常貴、太易、惟寬、圓鏡、義崇、杲、靈、達、清禪師、自遠、濟法師、韜光禪師、清頭陀、遠師、永歡、如信、智如、嚴隱、道峰、義林、道宗上人、護國、法振、靈一、皎然、清閑（奉國寺）、清閑（蜀沙門）、宗實、常贊、宗密、正明遠大師、僧亮、元素、振公、振長老、道崇、存一、惠恭、如滿、元上人、旻上人、常敬、弘正、神益、法弘、惠滿、契元、惠雅、元遂禪師、源、濟、釗、操、州、志行、復儼、道益、知遠、法建、道光、道威、雲真、雲表、歸忍、會幽、齊經、智全、景玄、紹明、崇珪、道遇、震覺大師、甄公禪師、誠禪師、鳥窠禪師、慧琳。參見附錄二《白居易與僧侶交遊情況繫年表》。

〔註11〕詳見本文附錄一《白居易佛教文學創作年譜》。
〔註12〕詳見本文附錄二《白居易與僧侶交遊情況繫年表》。
〔註13〕詳見本文附錄三《白居易與佛寺相關作品繫年表》。
〔註14〕詳見本文附錄四《白居易禪淨兩宗作品創作繫年表》。

是取得了長足的進步，白居易被認為是「20 世紀學界研究得最為深透的三大唐代作家之一」〔註 15〕。有關白居易與佛教的關係也日益受到關注，相關學術成果極為豐富。本文從白居易的佛禪因緣、白居易與佛教各宗派關係、白居易三教合一的學佛特徵和佛禪與白居易文學創作的關係四方面進行綜述，分析其優缺點，以期尋找到研究的突破口。

一、白居易的佛禪因緣研究

　　白居易的佛禪因緣研究發起於唐代，於 20 世紀下半葉走向興盛。在現代學術範式得到確立之前，人們對於白居易與佛教的關係就有了一定的認識和評價。如唐司空圖認為白居易「晚將心地著禪魔」〔註 16〕；唐李紳評價白居易文集：「寄玉蓮花藏，緘珠貝葉局。院閒容客讀，講倦許僧聽。」〔註 17〕金元好問認為白居易：「詩印高提教外禪，幾人針芥得心傳。」〔註 18〕凡此種種，皆為對白居易學佛修禪的論述，不過相對而言都是大而化之的概括，比較浮泛。20 世紀下半葉，在現代學術範式之下的有關白居易佛禪因緣的專題研究進入興盛期，朝向更深更廣的方向發展。主要包括如下幾個面向：其一、白居易的學佛歷程研究；其二、白居易與佛寺及僧人關係研究；其三、白居易的佛經閱讀研究。

（一）白居易的學佛歷程研究

　　進入 20 世紀，研究白居易與佛教關係的學者首先要解決的問題就是確認白居易學佛的事實。20 世紀 30 年代，張汝釗在《白居易詩

〔註 15〕杜曉勤：《隋唐五代文學研究》，北京出版社 2001 年版，第 994 頁。
〔註 16〕（唐）司空圖：《修史亭三首》其二，（清）彭定求等編：《全唐詩》卷六三四，中華書局 1960 年版，第 7276 頁。
〔註 17〕（唐）李紳：《題白樂天文集》，（清）彭定求等編：《全唐詩》卷四八三，中華書局 1960 年版，第 5495 頁。
〔註 18〕（金）元好問著，姚奠中主編：《感興四首》其二，《元好問全集》卷上，山西人民出版社 1990 年版，第 394 頁。

中的佛學思想》中駁斥了之前流傳的白居易思想為外佛內道一說，認為白居易主要受到佛教思想的影響。〔註19〕雖然說得很籠統，其開創之功卻意義深遠，自此，有關白居易的佛教信仰問題受到學者重視。陳友琴以白詩為例證，認為白居易是忠心崇奉佛教的。〔註20〕時隔三十多年後，羅聯添以《白居易與佛道關係重探》為題，全面檢索白居易與佛道相關的作品，認為白居易受禪學影響頗深。〔註21〕此外，李醒華的《關於白居易與佛道關係的我見》〔註22〕、張立名的《白居易與佛道》〔註23〕等也對此論題做了相關探討。至此，白居易受佛教思想影響基本成為定論。喬象鍾、陳鐵民在《唐代文學史》中提到：「比起道教來，佛教對白居易的影響要深刻得多」〔註24〕。

　　同時，學界也就白居易學佛始於何時的論題展開了激烈的討論。劉維崇〔註25〕、韓庭銀〔註26〕認為始於貶謫江州之時；施鳩堂認為始於十七八歲〔註27〕；楊宗瑩認為始於貞元二十年《八漸偈》寫作之時〔註28〕；俞炳禮認為始於元和六年白氏喪母失女之時〔註29〕；陳友琴

〔註19〕張曼濤主編：《現代佛教學術叢刊⑲‧佛教與中國文學》，大乘文化出版社1981年版，第308～315頁。

〔註20〕陳友琴：《白居易作品中的思想矛盾》，《文學研究集刊》第四冊，人民文學出版社1956年版。

〔註21〕羅聯添：《白居易與佛道關係重探》，《唐代文學論集》下冊，臺灣學生書局1989年版，第581頁。

〔註22〕李醒華：《關於白居易與佛道關係的我見》，《學術研究》1982年第2期。

〔註23〕張立名：《白居易與佛道》，《湘潭師範高等專科學校學報》1984年第2期。

〔註24〕喬象鍾、陳鐵民：《唐代文學史》，人民文學出版社1995年版，第258頁。

〔註25〕劉維崇：《白居易評傳》，臺灣商務印書館1974年版。

〔註26〕韓庭銀：《白居易詩與釋道關係之研究》，臺灣政治大學中國文學研究所碩士論文1984年。

〔註27〕施鳩堂：《白居易研究》，天華出版社1981年版。

〔註28〕楊宗瑩：《白居易研究》，文津出版社1985年版。

〔註29〕俞炳禮：《白居易研究》，臺灣師範大學國文研究所博士論文1988年。

認為始於二十歲以前〔註30〕；孫昌武認為始於青年時期〔註31〕；羅聯添也認為始於青年時期〔註32〕。至此，白居易學佛始於青年時期基本成為定論。

關於白居易的學佛歷程，還有學者以時間為軸線，逐步分析白居易與佛禪各階段的關係。謝思煒分元和前、元和長慶時期和長慶以後三個時段梳理白居易的信仰。〔註33〕張弘則將白居易的佛教信仰分為初交僧友、迴向南宗禪、勤於佛學、實踐佛禪和最終成為香山居士等階段。〔註34〕

（二）白居易與佛寺及僧人關係研究

關於白居易與佛寺及僧人的關係，目前已積累不少成果。朱金城《白居易集箋校》〔註35〕、謝思煒《白居易詩集校注》〔註36〕和《白居易文集校注》〔註37〕對白居易遊覽的佛寺和交遊的僧人都有所箋注，然限於體例，皆較為簡略，難以呈現更多的交遊細節。除了幾種校注本，還有若干著作或論文對白居易與佛寺和僧人的關係作了專門的研究。具體來說，有關佛寺方面，黃公元的《白居易在杭州的詩佛緣》將重點放在了白居易在杭州創作的佛寺詩的詩學闡釋上，如孤山寺、玉泉寺、報恩寺、開元寺、招賢寺、天竺寺和靈

〔註30〕陳友琴：《白居易作品中的思想矛盾》，《文學研究集刊》第四冊，人民文學出版社 1956 年版。

〔註31〕孫昌武：《唐代文學與佛教》，陝西人民出版社 1985 年版。

〔註32〕羅聯添：《白居易與佛道關係重探》，《唐代文學論集》下冊，臺灣學生書局 1989 年版，第 581 頁。

〔註33〕謝思煒：《白居易集綜論》，中國社會科學出版社 1997 年版。

〔註34〕張弘：《迷路心回因向佛——白居易與佛禪》，河南人民出版社出版 2001 年版。

〔註35〕（唐）白居易著，朱金城箋校：《白居易集箋校》，上海古籍出版社 1988 年版。

〔註36〕（唐）白居易著，謝思煒校注：《白居易詩集校注》，中華書局 2006 年版。

〔註37〕（唐）白居易著，謝思煒校注：《白居易文集校注》，中華書局 2011 年版。

隱寺等。〔註 38〕杜學霞的《白居易在洛陽期間的佛教信仰》側重於對白居易居洛期間遊覽的佛寺進行考證研究，文章重點考察了白居易與洛陽聖善、奉國、長壽、香山、天宮等寺院的關係。〔註 39〕王早娟在《唐代長安佛教文學研究》中闢專節詳細探討了白居易與長安佛寺的關係。通過分別梳理，她總結到：慈恩寺、西明寺、青龍寺並沒有從宗教上給白居易以明確的啟示，仙遊寺對白居易學佛起到了至關重要的作用，遊悟真寺是對白居易佛學修養的一次檢閱，清源寺及感化寺讓白居易產生了人生無常之感。〔註 40〕此外還有肖偉韜在《〈白居易集〉所涉佛寺輯考》中考證了《白居易集》中所涉的 87 所佛寺。〔註 41〕

有關僧人方面，與白居易同時代的牛僧孺有點評曰：「惟羨東都白居士，年年香積問禪師」〔註 42〕，指出白居易與僧人交往的事實。現代學者羅聯添則全面檢索白居易與佛道相關的作品，認為白居易結交僧徒從貞元時期開始未曾中斷。〔註 43〕廖元中選取與白居易交遊甚密的大徹寬禪師為研究對象，詳細梳理了寬禪師與白居易交往的歷史脈絡。〔註 44〕肖偉韜在《白居易與僧人交遊考論》中，考論了 27 位與白居易有過交往的僧人，他認為法凝、惟寬、鳥窠、濟法師、智如、如滿和道宗等是「白居易生命與信仰中異常重要的僧人」。〔註 45〕

〔註 38〕黃公元：《白居易在杭州的詩佛緣》，《佛學研究》2004 年第 13 期。

〔註 39〕杜學霞：《白居易在洛陽期間的佛教信仰》，《河南科技大學學報》2009 年第 6 期。

〔註 40〕王早娟：《唐代長安佛教文學研究》，商務印書館 2013 年版。

〔註 41〕肖偉韜：《白居易詩歌創作考論》，江西人民出版社 2014 年版。

〔註 42〕白居易《宿香山寺酬廣陵牛相公見寄》題下注：「來詩云『唯羨東都白居士，月明香積問禪師』，時牛相公三表乞退，有詔不許。」參見（唐）白居易著，謝思煒校注：《白居易詩集校注》，中華書局 2006 年版，第 2514 頁。

〔註 43〕羅聯添：《白居易與佛道關係重探》，《唐代文學論集》下冊，臺灣學生書局 1989 年版，第 581 頁。

〔註 44〕廖元中：《白居易與大徹寬禪師》，《浙江佛教》1995 年第 3 期。

〔註 45〕肖偉韜：《白居易詩歌創作考論》，江西人民出版社 2014 年版。

（三）白居易的佛經閱讀研究

古人曾注意到白居易閱讀佛經的佛教實踐，宋蘇轍認為白居易少年時期即開始閱讀佛書，《書樂天集後二首》云：「樂天少年知讀佛書，習禪定，既涉世，屢憂患，胸中了然，照諸幻之空也。」〔註46〕而近年來發表的相關論文，也常提到或統計白居易閱讀經典的情形。孫昌武《中國文學中的維摩與觀音》指出白居易對《維摩詰經》的信仰很深，《維摩詰經》改變了白居易的心態和人生觀，維摩詰是白居易的自我寫照，是白居易人生實踐的榜樣和安身立命的依據。〔註47〕張海沙《佛教五經與唐宋詩學》指出作為文人的白居易，學習佛法主要靠讀佛經，《般若心經》、《金剛經》、《妙法蓮華經》、《維摩詰經》、《壇經》皆是白居易常讀的佛經，且佛經對白居易的人格範式和詩歌思想產生了深刻的影響。〔註48〕

隨著出土文獻的發現，白居易所讀佛經的版本研究開始興盛。1992至1993年，中國社會科學院考古研究所對白居易履道坊宅院遺址進行了考古勘察和發掘，發現了刻有《佛頂尊勝陀羅尼》和《大悲心陀羅尼》的經幢。這一發現受到學界的廣泛關注，有關經幢中咒語的版本，隨即引發了論爭。溫玉成認為白居易宅出土的《佛頂尊勝陀羅尼》是東都福先寺西律院勘定的定本，該本以罽賓沙門佛陀波利的譯本為藍本；《大悲心陀羅尼》與當時流行的伽梵達磨譯本大致相同。〔註49〕王振國認為中晚唐時期洛陽經幢所刻《佛頂尊勝陀羅尼真言》多為福先寺西律院勘定本，但不以罽賓沙門佛陀波利的譯本為藍本，而以地婆訶羅所譯《最勝佛頂陀羅尼淨除業障咒》之咒為藍本。因此推測白居易幢所刻《佛頂尊勝陀羅尼咒》可能也是地婆訶羅的譯本，

〔註46〕（宋）蘇轍著，陳宏天、高秀芳點校：《蘇轍集》第三冊，中華書局1990年版，第1114頁。

〔註47〕孫昌武：《中國文學中的維摩與觀音》，高等教育出版社1996年版，第183頁。

〔註48〕張海沙：《佛教五經與唐宋詩學》，中華書局2012年版。

〔註49〕溫玉成：《白居易故居出土的經幢》，《四川文物》2001年第3期。

他還認為白居易幢所刻《大悲心陀羅尼》僅存 77 句，無法判明該本之所屬。〔註 50〕2014 年，《隋唐洛陽城（1959～2001 年考古發掘報告）》刊發了白居易宅出土的經幢，為佛經的版本研究提供了諸多方便。〔註 51〕韓建華充分利用此資料，經過縝密細緻地梳理後得出結論：白居易宅中的《佛頂尊勝陀羅尼經》以地婆訶羅所譯 36 句《最勝佛頂陀羅尼淨除業障咒》為底本，78 句的《大悲咒》為伽梵達摩在于闐翻譯的較早版本。〔註 52〕

二、白居易與佛教各宗派關係研究

關於白居易與佛教各宗派的關係，學界重點梳理了白居易與南北二禪宗、淨土宗、密宗的關係。

孫昌武指出白居易諸宗融合的特點，認為白居易早年學禪，晚年信仰淨土。〔註 53〕在《白居易與洪州禪》一文中孫昌武認為白居易在聖善寺接觸的是南宗禪法。〔註 54〕關於聖善寺接受的禪法屬南宗還是北宗的問題，引起了學界廣泛的關注。謝思煒在通過考察聖善寺的歷史沿革及當時盛行北宗禪法的社會風氣，認為：「白居易從凝公所授八言及以之為據所作《八漸偈》，也可基本斷定屬北宗禪法。」〔註 55〕蹇長春認為早年的白居易信奉禪宗北宗。〔註 56〕陳引馳也認為白居易「自凝公處所受為北宗漸門無疑」〔註 57〕。簡宗修進一步確證法凝師

〔註 50〕王振國：《洛陽經幢研究》，《龍門石窟與洛陽佛教文化》，中州古籍出版社 2006 年版。

〔註 51〕中國社會科學院考古研究所：《隋唐洛陽城（1959～2001 年考古發掘報告）》，文物出版社 2014 年版，第 104 頁。

〔註 52〕韓建華：《唐東都洛陽履道坊白居易宅院出土經幢研究》，《考古》2017 年第 6 期。

〔註 53〕孫昌武：《佛教與中國文學》，上海人民出版社 1988 年版。

〔註 54〕孫昌武：《詩與禪》，東大圖書公司 1994 年版，第 182 頁。

〔註 55〕謝思煒：《白居易集綜論》，中國社會科學出版社 1997 年版，第 252～260 頁。

〔註 56〕蹇長春：《白居易評傳》，南京大學出版社 2002 年版，第 314 頁。

〔註 57〕陳引馳：《隋唐佛學與文學》，百花洲文藝出版社 2001 年版，第 92 頁。

徒是北宗禪師。〔註58〕

　　有關白居易的淨土信仰方面，孫昌武在《白居易與佛教‧禪與淨土》一文中指出白居易傾心淨土宗。〔註59〕徐洪興以白集資料為依據，認為白居易晚年注重修持淨土宗，並大致縷析了白居易的彌陀信仰和彌勒信仰。〔註60〕

　　有關白居易與密宗關係方面，一直以來，研究相對冷清。謝思煒曾在《白居易集綜論》中提及白居易密宗信仰的問題，「白居易在貞元年間即投其門下的聖善寺，是東都名寺，屬密宗和北宗傳承。」〔註61〕但未進行深挖。

　　出土文物的發現同樣推進了白居易與密宗關係研究的進程。前面已提到，在 1992 至 1993 年中國社會科學院考古研究所對白居易履道坊宅院遺址的考古發掘中，刻有《佛頂尊勝陀羅尼》和《大悲心陀羅尼》的經幢被發現。出土文獻是反映白居易密教信仰的實證，藉由對這些密宗經典的考察，白居易對密宗的接受脈絡也逐漸浮出水面。金剛師紅和許傑在《白居易漢傳密宗信仰溯源》中指出白居易承學漢傳密宗主要表現在三個方面：一、與密宗傳承上師佛光如滿等人的交往甚密；二、對漢傳密宗聖典《維摩詰所說經》非常熟悉；三、白居易曾受過大乘金剛戒。其中就提到了出土文獻的研究成果，文章指出：「因此我們很容易理解為什麼在白居易故居會發掘到書有『唐大和九年……開國男白居易造此佛頂尊勝大悲心陀羅尼』的經幢殘片。」〔註62〕

〔註58〕簡宗修：《〈白居易集〉中的北宗文獻與北宗禪師》，《佛教研究中心學報》2006 年第 6 期，第 226～227 頁。

〔註59〕孫昌武：《遊學集錄：孫昌武自選集》，南開大學出版社 2004 年版。

〔註60〕徐洪興：《中晚唐的士大夫與淨土宗──以白居易為例》，《佛學研究》2010 年第 19 期。

〔註61〕謝思煒：《白居易集綜論》，中國社會科學出版社 1997 年版，第 257 頁。

〔註62〕金剛師紅、許傑：《白居易漢傳密宗信仰溯源》，《南京曉莊學院學報》2014 年第 1 期，第 108 頁。

三、白居易三教合一的學佛特徵研究

有關白居易雜糅三教的學佛特徵，已成學術界的共識，主要表現在三教合一、儒佛並舉、佛道同修和莊禪合流四個方面。

首先，有關白居易三教合一的特徵，孫昌武指出維摩信仰是白居易三教合一人生觀的具體體現。在《中國文學中的維摩與觀音》中，孫昌武梳理了白居易的維摩信仰，認為白居易觀念中的維摩詰「既不具備『金粟如來是後身』的神聖品格，也不是雄辯滔滔的玄談家，不掌握什麼不可思議的神通，也沒有濟世度人的菩薩心腸。……而只是現實的平平常常的居士。」〔註63〕這樣的維摩詰被白居易當成了踐行三教合一人生觀的榜樣。范海波認為白居易的三教會通主要表現為立足於道、以儒釋道和以佛補道上。〔註64〕

其次，有關白居易儒佛並舉的特徵，清陸繼輅有所注意，他在《合肥學舍劄記》中云：「香山文行，都無可議，白璧微瑕，正在『外襲儒風，內宗梵行』二語。樂天知命之學，當於《論語》、《孟子》中求之，何必乞靈外道？」〔註65〕用傳統詩教方法批判白居易學佛是「乞靈外道」，同時也說明白居易外儒內梵是公認的事實。當代學者謝思煒在《白居易的人生意識與文學實踐》中指出白居易的佛教信仰具有鮮明的時代性和典型性。首先，能夠用佛教思想來指導人生，其次，能夠將佛教與儒家、道家思想協調統一起來，更圓融地將佛教思想融入他的政治生活和精神生活中。〔註66〕在《白居易集綜論》中，謝思煒指出白居易的佛教思想具有調和性和實踐性的特徵：「從單純的理論興趣更徹底地轉向了直接的人生問題，更全面地根據佛教思想來檢

〔註63〕孫昌武：《中國文學中的維摩與觀音》，高等教育出版社 1996 年版，第 183 頁。

〔註64〕范海波：《白居易佛教思想與道家思想的關係》，《殷都學刊》1993 年第 3 期。

〔註65〕（清）陸繼輅：《合肥學舍劄記》卷六，興國州署清光緒四年（1878）刻本。

〔註66〕謝思煒：《白居易的人生意識與文學實踐》，《中國社會科學》1992 年第 5 期。

討和引導自己的人生意識，同時也更熟練地將佛教思想與其他思想協調起來，使之更自然地融入士人的政治生活和精神生活追求中。」〔註67〕尚永亮的《論白居易所受佛老影響及其超越途徑》探討了白居易如何運用佛禪思想實現精神超越的問題。該文指出，雖然佛教對白居易發揮了學術的影響作用，但是，更為重要的「卻是作為一種教人如何看待世事、看待自身的人生指南而存在的。同時，白氏也很少將佛教作為一門嚴肅的學問來鑽研，他往往是以一種隨緣適意的輕鬆態度徑將佛教大旨拿來，當下了悟，直證本心，使其為自己的現實人生服務。」〔註68〕此外，熊小燕的《白居易的中隱理論與禪宗的關係》指出白居易的中隱思想受到了禪宗的影響。〔註69〕

　　再次，學界還逐漸辨明白居易佛道同修的特徵。古人很早就注意到了白居易與佛、道之間的關係。宋姚寬認為白居易煉丹不成而皈依佛教，其《西溪叢語》卷下云：「樂天久留意金丹，為之而不成也。……晚年藥術竟無所得，乃歸依內典耳。」〔註70〕清趙翼也持相同觀點，其《甌北詩話》云：「元和中，方士燒煉之術盛行，士大夫多有信之者，香山作廬山草堂，亦嘗與煉師郭虛舟燒丹，垂成而敗。……《勸酒》詩云：『丹砂見火去無跡』，《不二門》詩云：『亦曾燒大藥，消息乖時候。至今殘丹砂，燒乾不成就』。蓋自此以後，遂不復留意。」〔註71〕凡此皆為持先道後佛觀點者。20世紀40年代，陳寅恪詳細考述了白居易先道後佛的學佛特徵，他根據《答客說》一詩，認為白居

〔註67〕謝思煒：《白居易集綜論》，中國社會科學出版社1997年版，第292頁。

〔註68〕尚永亮：《論白居易所受佛老影響及其超越途徑》，《陝西師範大學學報》1993年第2期。

〔註69〕熊小燕：《白居易的中隱理論與禪宗的關係》，《學術論壇》1995年第6期。

〔註70〕（宋）姚寬、陸游撰，孔凡禮點校：《西溪叢語・家世舊聞》，中華書局1993年版，第100頁。

〔註71〕（清）趙翼著，江守義、李成玉校注：《甌北詩話校注》卷四，人民文學出版社2012年版，第156頁。

易「晚年皈依釋迦而不宗尚苦縣」是可信的,同時又指出白居易將蓬萊之仙山改為兜率佛土,是絕望過後的做法。〔註72〕

最後,有關白居易莊禪合流的傾向,學界也給予了關注。宋晁迥曾指出白詩中莊禪合轍的傾向,其《法藏碎金錄》卷五云:「白氏有詩句云『是非都付夢,語默不妨禪。』……『是非都付夢』,南華真人指歸。『語默不妨禪』,竺乾先生指歸也。」〔註73〕晁迥認為白居易在同一首詩的上下句中分別流露出莊禪思想。時隔數百年後,孫昌武在《白居易與洪州禪》中指出白居易接受了洪州禪的思想,導致老莊與禪圓融無礙地同時為白居易提供精神資糧。白居易的思想表現為佛老特別是禪莊交流,與洪州禪相一致。「老莊與禪在白居易那裡不是對立的,而正是他接受洪州禪的結果。」〔註74〕這一發現彌合了佛道二宗的矛盾,也提供了白居易莊禪合流研究的新思路,蕭麗華即在此基礎上進一步研究白居易莊禪合流的思想。她在《白居易詩中莊禪合論之底蘊》中追溯了莊禪合流的歷史,並按照時間脈絡細緻分析了白居易關涉莊禪的詩歌,認為白居易莊禪合流的傾向始於元和初年,此一時期白居易取莊禪義多,且有以莊子「隱几」、「坐忘」匯通禪坐的現象;元和十年到元和十四年是白居易莊禪進一步融合的時期,此一時期,白居易通過莊子齊物逍遙的思想,體證洪州禪的「平常心是道」;白居易在杭州任刺史期間,除受「平常心是道」影響外,還受到了齋戒和道教求仙思想的影響;大和年間,白居易對南宗禪有了更深的體會,逐漸放棄求仙延年,能夠做到知止安心。〔註75〕

〔註72〕陳寅恪:《元白詩箋證稿》,生活・讀書・新知三聯書店 2015 年版,第 331～341 頁。

〔註73〕(宋)晁迥:《法藏碎金錄》卷五,《文淵閣四庫全書》第一〇五二冊,臺灣商務印書館 1983 年版,第 509 頁。

〔註74〕孫昌武:《詩與禪》,東大圖書公司 1994 年版,第 210 頁。

〔註75〕《唐代文學研究》(第七輯)——中國唐代文學學會第八屆年會暨國際學術討論會文集,廣西師範大學出版社 1998 年版。

四、佛禪與白居易文學創作的關係研究

　　宋代以後，人們對於白居易詩歌所蘊含的具體佛教因素逐漸產生興趣。如宋阮閱《詩話總龜》引《西清詩話》云：「世稱白樂天學佛，得佛光如滿旨趣，觀其『吾學空門不學仙，歸則須歸兜率天』之句，則豈解脫語也。」﹝註76﹞雖則對白居易學佛的境界表示懷疑，然而肯定了白居易詩歌中的佛教內容。清查慎行點評白詩時也發現了其中的佛禪意味，他指出《感悟妄緣題如上人壁》「結語深於禪悟」、《神照禪師同宿》「境界難到」。﹝註77﹞大批現代學者進一步從佛教文學的視野對白詩進行觀照，貢獻了許多精彩的見解。綜論方面，張汝釗在《白居易詩中的佛學思想》中，指出受佛教影響，白詩出現「觀空」、「研教」、「持齋」、「禪悟」等意象。﹝註78﹞杜松柏指出白居易以禪入詩，寫作的禪理詩與偈頌無異。﹝註79﹞孫昌武認為受佛禪影響，白居易詩歌語言散緩、內容平易和格調閒淡。﹝註80﹞謝思煒在《白居易的人生意識與文學實踐》中考察了白居易佛教信仰對文學實踐的影響。他認為白居易的文學實踐反映了他的佛教人生觀，在佛教思想的影響下，「為君為臣為民為事為物而作」與「為己為文而作」相併存，同時，白居易對文學虛構性的認識超過了前人，因而敘事文學取得了卓越的成就。﹝註81﹞胡遂在《三學兼修話香山──白居易佛學修養初探》中分析了白居易「戒」、「定」、「慧」兼修的佛教修養對詩歌內容、題材、

﹝註76﹞（宋）阮閱：《詩話總龜後集》卷四十五，吳文治主編：《宋詩話全編》第二冊，江蘇古籍出版社 1998 年版，第 2134～2135 頁。
﹝註77﹞（清）查慎行著，范道濟點校：《查慎行全集》第十八冊，中華書局 2017 年版，第 488、496 頁。
﹝註78﹞張汝釗：《白居易詩中的佛學思想》，《海潮音》1934 年第 15 卷第 3 期。張曼濤主編：《現代佛教學術叢刊⑲・佛教與中國文學》，大乘文化出版社 1981 年版，第 308～315 頁。
﹝註79﹞杜松柏：《禪學與唐宋詩學》，黎明文化出版社 1976 年版。
﹝註80﹞孫昌武：《佛教與中國文學》，上海人民出版社 1988 年版。
﹝註81﹞謝思煒：《白居易的人生意識與文學實踐》，《中國社會科學》1992 年第 5 期。

形式等方面產生的影響。〔註82〕在這些學者的努力下，佛教文學的話語體系和學術建構初具雛形，佛教與詩歌關係研究的基本思路和方法逐漸成型。

分論方面，禪宗、淨土宗對白居易詩歌創作的影響、佛典與白居易詩歌創作的關係、《長恨歌》與佛教的關係皆引起了學界的關注。

禪宗影響白居易閒適詩的研究受到部分學者的關注。鄧新躍和毛妍君先後對白居易閒適詩中的禪宗意涵進行分類探研。鄧新躍在《白居易閒適詩與禪宗人生境界》中從白居易閒適詩出發，總結出禪宗思想影響下白居易的閒適詩具有如下四種特徵：「即世間以求出世間」的家常境界、「萬法本閒人自鬧」的閒適境界、「煩惱即菩提」的曠達境界和「落花無言，人淡於菊」的審美境界。〔註83〕毛妍君襲此模式，也對白居易閒適詩進行了觀照，他認為白居易詩歌所蘊含的佛教境界主要包括四個方面：「佛法在日用處」的生活境，「觸目皆菩提」的審美境，「心安是歸處」的曠達境，「春來草自青」的天然境。〔註84〕

洪州禪對白詩的影響研究是一個比較熱門的研究面向，積累了一批研究成果。孫昌武曾指出洪州禪影響白居易詩歌主要表現在語言的平易淺俗和風格的閒淡自適。〔註88〕周裕鍇也認為白居易淺切的詩風與洪州禪有關。〔註86〕馬現誠、蕭馳和胡遂等人沿此模式探討洪州禪對白居易詩風產生的影響。馬現誠在《白居易與佛教》一文中提及在洪州禪影響下，白居易的詩歌呈現莊禪交融的特點。〔註87〕蕭馳在《洪州禪與白居易閒適詩的山意水思》中指出白居易在對洪州禪領悟後，

〔註82〕 胡遂：《三學兼修話香山──白居易佛學修養初探》，《湖南大學學報（社會科學版）》2002 年第 3 期。
〔註83〕 鄧新躍：《白居易閒適詩與禪宗人生境界》，《湘潭師範學院學報》2002 年第 4 期。
〔註84〕 毛妍君：《白居易閒適詩中的佛教意境》，《中國宗教》2005 年第 6 期。
〔註88〕 孫昌武：《詩與禪》，東大圖書公司 1994 年版，第 201 頁。
〔註86〕 周裕鍇：《中國禪宗與詩歌》，上海人民出版社 1992 年版。
〔註87〕 馬現誠：《白居易與佛教》，《江漢論壇》1999 年第 2 期。

詩歌中「無事」主題出現頻繁，山水題材增多，詩歌境界走向悠閒灑脫。〔註88〕胡遂在《從「平常心是道」看白居易的平易淺俗詩風》一文中論述了白居易受洪州禪所倡導「平常心是道」思想的影響，白詩在語言表達上多採取直白鋪敘的方式。〔註89〕

　　淨土宗信仰對白居易詩歌的影響研究相對冷清。王新亞在《白居易的淨土信仰和後期詩風》中指出白居易的淨土信仰是其詩風產生變化的關鍵，自江州之貶後，白居易的詩風從諷刺轉向閒適，並逐漸「俗化」。〔註90〕

　　孫昌武、張海沙和蕭麗華還梳理了佛典與白居易詩歌創作的關係。孫昌武在《中國文學中的維摩與觀音》中指出受《維摩詰經》的影響，白詩中常出現「維摩」、「淨名翁」、「示疾」、「毗耶長者」等意象。〔註91〕蕭麗華在《宴坐寂不動，大千入毫髮──唐人宴坐詩析論》中指出唐人宴坐詩的產生與《維摩詰經》的主張有關，白居易在宴坐詩中直接揭示禪法。〔註92〕張海沙在《佛教五經與唐宋詩學》中指出《心經》空觀造就了白詩超脫闊大、空靈夢幻的境界；《金剛經》的空幻觀導致白詩常以夢境表現世間的虛幻；《法華經》的化城喻豐富了白詩的意象；受《維摩詰經》的影響，白居易常在詩中以維摩自比，深化了詩歌意旨，提升了詩歌境界；受《壇經》不拘坐禪形式的影響，白詩有著自然任誕的詩學追求。〔註93〕

　　有關《長恨歌》與佛教關係的研究也有一定的關注度。早在唐代，

〔註88〕蕭馳：《佛法與詩境》，中華書局 2005 年版。

〔註89〕胡遂：《從「平常心是道」看白居易的平易淺俗詩風》，《文學評論》2007 年第 1 期。

〔註90〕王新亞：《白居易的淨土信仰和後期詩風》，《山西大學師範學院學報（哲學社會科學版）》1998 年第 2 期。

〔註91〕孫昌武：《中國文學中的維摩與觀音》，高等教育出版社 1996 年版，第 183 頁。

〔註92〕蕭麗華：《宴坐寂不動，大千入毫髮──唐人宴坐詩析論》，臺灣唐代學會第三屆國際唐代文學研討會，1996 年 11 月。

〔註93〕張海沙：《佛教五經與唐宋詩學》，中華書局 2012 年版。

人們即有所發現。據《本事詩》記載，張祜曾指出《長恨歌》中的「上窮碧落下黃泉，兩處茫茫皆不見」與《目連變》有關。〔註94〕現代學術興起後，陳允吉從情節內容的角度考察《長恨歌》對佛教變文《歡喜國王緣變文》和《目連變》的因襲，他指出：「《長恨歌》加工、提煉的這個風靡一代的民間傳聞，竟有絕大部分情節內容是在附會《歡喜國王緣》的基礎上形成的。」〔註95〕同時，目連上天入地尋母的情節與《長恨歌》中的情境有著內在的聯繫。

五、存在的問題與進一步研討的空間

前輩學人對白居易與佛教關係的研究，大體上可劃分為白居易的佛禪因緣、白居易與佛教各宗派的關係、白居易三教合一的學佛特徵和佛禪與白居易文學創作的關係等四方面，且在各個方面都已取得了不俗的研究成果。同時，在研究方法層面也體現出從泛論走向細節論證的趨勢，對佛禪對白居易人格塑造和文學創作之影響的揭示與論述日趨深入。

通過對學界研究現狀的回顧與分析，我們可以看到尚有很多可以著力的地方。首先，孫昌武、張海沙和蕭麗華等人的研究強調了經典閱讀作為士大夫宗教實踐的一部分所起到的作用，是非常有意義的。同時，白居易最喜愛閱讀的佛經是哪些？這些佛經對他的詩歌又產生了怎樣影響？這些研究目前還沒有得到的充分的論證，有待進一步深入。其次，白居易諸宗融合和三教合一的學佛特徵已被

〔註94〕《本事詩》云：「詩人張祜，未嘗識白公。白公刺蘇州，祜始來謁。才見白，白曰：『久欽籍，嘗記得君款頭詩。』祜愕然曰：『舍人何所謂？』白曰：『鴛鴦鈿帶拋何處，孔雀羅衫付阿誰？非款頭何邪？』張頓首微笑，仰而答曰：『祜亦嘗記得舍人目連變。』白曰：『何也？』祜曰：『上窮碧落下黃泉，兩處茫茫皆不見。非目連變何邪？』遂與歡宴竟日。」參見（唐）孟棨：《本事詩》，丁福保輯：《歷代詩話續編》，中華書局1983年版，第21頁。
〔註95〕陳允吉：《從歡喜國王緣變文看〈長恨歌〉的故事構成》，《復旦學報（社會科學版）》1985年第3期。

大致揭櫫出來，但有關白居易的信仰包含哪些修持方法，尚未被論及。再次，佛教具體的觀照方式如何滲透進白居易具體的詩歌創作中，尚且有待學界進行挖掘。最後，白詩中部分佛教題材和佛禪意象已經受到了前輩學人的關注，但白居易的佛寺詩究竟融攝著怎樣的佛教情懷、別離詩究竟滲透著怎樣的佛學意蘊，白詩中的古琴意象凝結著怎樣的佛教思想，還沒有得到系統的闡釋。這些內容，將是本文重點關注的問題。

第三節　本文的研究思路

本文嘗試在前人研究的基礎上，將學佛對白居易詩歌產生的影響進一步具體化，儘量挖掘更深、更新的內容。將從白居易學佛的原因、白居易禪淨雙修的宗教修法、白居易的佛典閱讀與詩歌創作、無常觀與白居易的詩歌創作、色空觀與白居易的詩歌創作、白居易佛寺詩的儒佛情懷、白居易別離詩的佛學意蘊以及白詩古琴意象與儒佛意蘊八方面探索白詩與佛禪的因緣溝通，考察白詩與佛學思想的內在關係，在最大程度上展現白詩所呈示的佛禪世界。本論題屬於佛教文學的研究範疇，研究對象涉及兩個領域——文學和佛學，因此需要結合唐代歷史、文化和思想等，進行詩歌與佛禪、時間與空間、個體與社會的多重對話，主要採取學術界近年倡導的佛教文學的研究思路。

關於佛教文學的內涵，吳光正曾從兩個維度對佛教文學進行界定：「佛教文學就是佛教徒創作的文學，就是佛教實踐即佛教修持和佛教弘傳過程中產生的文學。」〔註96〕蕭麗華認為，釐定文人創作、佛經創作和僧人創作的範疇尤為關鍵。〔註97〕佛教文學有其自

〔註96〕吳光正：《擴大中國文學版圖‧建構中國佛教文學——〈中國佛教文學史〉編撰芻議》，《哈爾濱工業大學學報（社會科學版）》2012年第3期，第65頁。

〔註97〕蕭麗華：《〈中國佛教文學史〉建構方法芻議》，鄭毓瑜主編：《文學典範的建立與轉化》，臺灣學生書局2011年版。

身的屬性特徵，因此，佛教文學研究不能直接套用一般文學的思路，好在已有諸多前輩學人進行探索勾稽。李小榮提出源流、本末、體用以及作家、作品、文體三位一體的原則。〔註98〕李舜臣指出既要從中國文學史發展的角度，考量佛教文學的價值，又要從文化交通史的角度，考量佛教徒文學創作的價值。〔註99〕吳光正就《中國佛教文學史》的書寫系統地提出八項意見：一、將中國佛教文學史寫成大中華佛教文學史；二、以宗教實踐為關注焦點探討佛教文學的文體規範；三、在教派史視野下觀照佛教文學的生成語境與內在風貌；四、凸顯經典閱讀在佛教徒修行生活和創作活動中的特殊地位；五、在聖與俗的框架中彰顯佛教文學的豐富性、複雜性和深刻性；六、堅守民族本位立場，建構中國本土的學術話語；七、在民族互動、國際交流的框架下探討佛教文學的本土化歷程；八、佛教的國際交流對於中國佛教文學的創作具有重要的意義。〔註100〕這些探索為佛教文學研究指明了方向並提供了可資借鑒的理路。本文在考察白居易詩歌時，將參考前輩學人所倡導的佛教文學的研究思路。整體而言，將白居易本人的佛典閱讀、信仰類別、修行方式、觀照方法全部納入考察範疇，以期揭示白詩與佛教關聯的內在理路。具體來說，主要包括以下三個方面：

第一，從宗教實踐的角度出發，重點凸顯經典閱讀在白居易修行生活和創作活動中的特殊地位。

宗教實踐尤其是經典閱讀對於白居易心靈的安頓、創作思維的塑造發揮了至關重要的作用。吳光正指出：「叢林流行的經典、學派宗

〔註98〕李小榮：《論中國佛教文學史編撰的原則》，《學術交流》2014 年第 8 期。

〔註99〕李舜臣：《中國佛教文學：研究對象·內在理路·評價標準》，《學術交流》2014 年第 8 期。

〔註100〕吳光正：《擴大中國文學版圖·建構中國佛教文學——〈中國佛教文學史〉編撰芻議》，《哈爾濱工業大學學報（社會科學版）》2012 年第 3 期，第 63～69 頁。

派崇奉的經典對於僧徒的宗教修持和文學創作有突出的影響。」〔註101〕近年來，張海沙對文人的經典閱讀給予了充分的重視，其《佛教五經與唐宋詩學》為透過經典閱讀還原文人學佛內部細節的典範之作，她的探索為佛教文學研究理路作了非常精彩的闡釋，對於佛教文學研究所起到的指示意義非常深遠。

　　本文在考察白居易學佛與詩歌創作的關係時，將首先對白居易的佛典閱讀情況進行全面梳理，並重點考察白居易與《維摩詰經》和《金剛經》兩部經典的關係。

　　第二，將白居易的佛教文學研究置於教派史視野下進行觀照。

　　佛教發展有其歷時性發展和共時性分布的複雜性特徵，因此需要格外重視教派史。吳光正提出要在教派史視野下觀照佛教文學的生成語境與內在風貌，對教派史的體認，主要是「對教派教義、儀式及其發展進行清理，對宗教徒的修持生活（尤其是經典閱讀、參悟方式）、日常生活和社會活動進行描述，辨明宗教文學家的教派身份，凸現佛教文學的生成語境和內在風貌。」〔註102〕李舜臣亦認為想要揭示佛教文學發展的內在理路，需要加強對作家所屬教派的體認，因為「教派歸屬最能體現作家的精神旨趣和思維方式」〔註103〕。

　　本文在白居易的佛教修持、佛禪意象的詩化運用等問題的考察中，試圖揭示白詩禪緣的真相，對一些失考或有爭議的問題，盡力依據史料，探幽發微。比如在討論白居易禪淨雙修的宗教修法前，先對唐中後期禪宗和淨土宗的情況進行梳理，無論是彌勒信仰還是彌陀信

〔註101〕吳光正：《擴大中國文學版圖‧建構中國佛教文學——〈中國佛教文學史〉編撰芻議》，《哈爾濱工業大學學報（社會科學版）》2012年第3期，第67頁。

〔註102〕吳光正：《擴大中國文學版圖‧建構中國佛教文學——〈中國佛教文學史〉編撰芻議》，《哈爾濱工業大學學報（社會科學版）》2012年第3期，第67頁。

〔註103〕李舜臣：《中國佛教文學：研究對象‧內在理路‧評價標準》，《學術交流》2014年第8期。

仰皆以文獻考證為前提，並儘量立足於當時的宗教背景來進行闡釋。

第三，採用中國本土的學術話語。

前輩學人對於佛教文學話語體系進行了諸多有意義的探索。趙益認為堅守民族本位至關重要，否則，「將會像我們今天的文學研究一樣，陷入某種『失語』的困境」〔註 104〕。同時，他認為我們要將中國文學的批評體系發揚光大，就必須「切實地回到傳統，認真地尋繹出中國語言文學的本質和中國文學批評的譜系」〔註 105〕。吳光正在《堅守民族本位‧走向宗教詩學》一文中正式提出構建宗教詩學的願景，他對建構宗教詩學作了如下界定：「通過對中國宗教文學史實和相關評論的梳理，揭示宗教到底給文學的表達（敘事和抒情）提供了一些什麼樣的要素，並進行理論提煉，建構民族詩學。」〔註 106〕在《擴大中國文學版圖‧建構中國佛教文學──〈中國佛教文學史〉編撰芻議》一文中進一步提出要堅守民族本位立場，建構中國本土的學術話語，主張「從宗教文學發展史、宗教文學批評史和宗教文學作品中提煉宗教文學的抒情手段和敘事手段，進行理論闡釋，建構民族文藝學和宗教文藝學，改變理論界長期搬用西方文藝理論的命運。」〔註 107〕力圖構建宗教文學領域獨具特色的闡釋體系，吳光正認為：「本土化理論建構應該是《中國宗教文學史》的靈魂所在。」〔註 108〕這

〔註104〕 趙益：《宗教文學‧中國宗教文學史‧魏晉南北朝道教文學史──關於「中國宗教文學史」的理論思考與實踐構想》，《哈爾濱工業大學學報（社會科學版）》2012 年第 3 期，第 72 頁。

〔註105〕 趙益：《宗教文學‧中國宗教文學史‧魏晉南北朝道教文學史──關於「中國宗教文學史」的理論思考與實踐構想》，《哈爾濱工業大學學報（社會科學版）》2012 年第 3 期，第 73 頁。

〔註106〕 吳光正、何坤翁：《堅守民族本位‧走向宗教詩學》，《武漢大學學報（人文科學版）》2009 年第 3 期，第 262 頁。

〔註107〕 吳光正：《擴大中國文學版圖‧建構中國佛教文學──〈中國佛教文學史〉編撰芻議》，《哈爾濱工業大學學報（社會科學版）》2012 年第 3 期，第 68 頁。

〔註108〕 吳光正：《宗教文學史：宗教徒創作的文學的歷史》，《武漢大學學報（人文科學版）》2012 年第 2 期，第 6 頁。

就要求宗教文學書寫者必須尊重中國本土的文體構成及其特性，採用大文學觀指導下的中國本土話語，摒棄西方純文學觀指導下的學術話語。

　　在本文具體的論證過程中，我們儘量採用中國本土的學術話語尤其是佛教詩學闡釋話語，比如在論述無常觀對白居易的詩歌創作時，用「常者皆盡」、「高者亦墮」進行概括。另如用「即色書寫」定義白居易《長恨歌》的書寫方式；用「以色觀空」定義《長恨歌》的創作意圖。

第一章　白居易學佛的原因

　　白居易是唐代士大夫學佛的典型代表。唐代濃厚的佛教氛圍和普遍的習禪風氣，是白詩禪緣的社會背景；在追求理想的道路上，難免遇到窮愁和苦難，這也在很大程度上推進了白居易趨向佛教的進程。

第一節　外因：中晚唐的佛學語境

　　文人學佛與所處的社會環境息息相關。湯用彤曾指出，「蓋魏晉六朝，天下紛崩，學士文人，競尚清談，多趨遁世，崇尚釋教，不為士人所鄙，而其為僧徒遊者，雖不無因果福利之想，然究多以談名理相過從。……文人學士如王維、白居易、梁肅等真正奉佛且深切體佛者，為數蓋少。此諸君子之信佛，原因殊多，其要蓋不外與當時之社會風氣亦有關係也。」〔註1〕

　　唐中後期是佛禪隆盛的時代，總體而言具有如下幾個特點：一、君主篤信、國家推崇；二、寺廟林立、僧團壯大；三、佛典繁盛、讀經流行；四、宗派眾多、禪宗興盛；五、禪教一致、禪淨合流。

〔註1〕湯用彤：《隋唐佛教史稿》，武漢大學出版社2008年版，第37頁。

一、君主篤信　國家推崇

唐代佛教進入宮廷，成為國家意志。除武宗外，唐朝的皇帝皆崇尚佛教，高祖立寺造像，設齋行道；太宗親製《聖教序》，敕令度天下僧尼一萬八千五十人；高宗作《述聖記》，迎奉佛骨，並設內道場；中宗令諸州立寺，以龍興為名；睿宗在宮中也都設有內道場；武則天特重佛法，敕天下造像，詔令僧尼居道士女冠前；玄宗大興譯事，詔天下城樓立毗沙門天王像，撰《唐六典》詔國忌日設齋行香；肅宗自韶州迎惠能衣缽入內道場供養；代宗佞佛，始設內齋，詔天下官吏不得箠曳僧尼，加之宰相元載、王縉、杜鴻漸也崇信佛教，由是禁中祀佛風行，群臣承風，使「中外臣民承流相化，皆廢人事而奉佛，政刑日紊」〔註2〕。德宗興建塔廟、禮迎佛骨；憲宗迎佛骨於鳳翔法門寺；穆宗、敬宗、文宗俱循舊例作佛事；宣宗大復佛寺；懿宗信佛尤甚，內中供僧、親為讚唄、敕寫藏經、詔雕檀像等；僖宗、昭宗常召僧人會談。由於君主的崇信，許多高僧從山林進入宮廷，吉藏之獲知於隋及唐初朝廷；玄奘之獲寵於太宗、高宗；法藏、神秀、慧能之見重於武則天、中宗；金剛智、善無畏之知遇於玄宗；神會、慧忠之屬意於肅宗；不空、慧堅之禮遇於代宗、德宗；廣宣之受供於憲宗、穆宗；宗密之賜紫於文宗；知玄之受任於僖宗等。由於得到了統治階層的普遍認可，佛教在唐代的發展繁榮昌熾、蔚為大觀。

二、寺廟林立　僧團壯大

唐代佛教寺廟林立，僧侶眾多。僅就長安城而言，「有一定規模的佛寺應有二百所以上。此外，還有大量不知名的山寺、『野寺』、佛堂、僧舍、蘭若等」〔註3〕，僧侶「當有數萬之眾」〔註4〕。《唐會要》

〔註2〕（宋）司馬光編著：《資治通鑒》卷二二四，中華書局2007年版，第2764頁。

〔註3〕孫昌武：《唐長安佛寺考》，《唐研究》卷二，北京大學出版社1996年版，第19頁。

〔註4〕孫昌武：《唐長安佛寺考》，《唐研究》卷二，北京大學出版社1996年版，第21頁。

記錄了會昌五年武宗廢毀寺廟和還俗僧人的情況，拆除官立佛寺四千六百餘所、私立寺院四萬餘所，還俗僧尼二十六萬餘人。〔註5〕從側面反映出此前寺廟林立、僧侶眾多的盛況。據湯用彤研究，唐太宗時，僧數約七萬人，寺數3716所，至玄宗時，僧尼總量達到126100人，寺數達到5358所，〔註6〕寺廟與僧人的數量迅速增長，形成了無山不寺、無處不僧的態勢，佛教達到了空前鼎盛階段。

不僅如此，唐代高僧名僧輩出，數量之多在歷史上實屬罕見，波頗、玄奘、實叉難陀、菩提流志、義淨、法琳、慧頤、慧淨、神昉、神泰、道宣、窺基、智嚴、般剌密帝等皆曾參與譯經，使得佛典翻譯臻至極盛；玄奘、慧超、法顯、義淨、道琳、會寧、義輝、無行、玄照等均求法西土，紹隆佛種、續佛慧命；澄觀、道世、法藏、宗密、靈一、彥悰、智昇、慧琳等都曾參與佛教撰述，或注疏、或著論、或纂集，敷衍經旨、闡明義理；智首、道宣弘揚律宗，金剛智、善無畏紹介密宗，慧能、神會開顯禪宗等，舉不勝舉，皆為高僧大德、千古獨步，活躍於李唐一代，為佛教的興盛起到了不可估量的作用。

三、佛典繁盛　讀經流行

佛經是佛教最為重要的傳承載體，因而佛經的傳譯對於佛教的傳播起著至關重要的作用。李唐之世，佛教流佈達到鼎盛，翻經事業取得了前所未有的進步。唐中後期佛經的數量非常之多。梁啟超根據元代《法寶勘同總錄》統計了歷代譯人及譯經部數、卷數。其中，唐貞元五年以前，共有1315部佛經被譯出，〔註7〕佛教經典的數量達到空前規模。

此期士大夫普遍有閱讀佛經的經歷。蕭璟在每日朝參的間際，轉

〔註5〕牛繼清校證：《唐會要校證》，三秦出版社2012年版，第718頁。
〔註6〕湯用彤：《隋唐佛教史稿》，武漢大學出版社2008年版，第50頁。
〔註7〕梁啟超：《佛學研究十八篇》，商務印書館2017年版，第197～198頁。

誦《法華經》。〔註 8〕張說被貶南行之時,在江中誦經。〔註 9〕王維退朝之後,「以禪誦為事」〔註10〕。岑參自謂「參嘗讀佛經,聞有憂缽羅花。」〔註11〕孟郊曾讀《大品般若》、《小品般若》。〔註12〕劉禹錫說自己「只讀佛經,願延聖壽」〔註13〕。柳宗元在永州的寺院中讀禪經。〔註14〕柳公權「嘗書京兆西明寺《金剛經》」〔註15〕。李賀「楞枷堆案前」〔註16〕。段成式「尤深於佛書」〔註17〕,他曾自述「予曾閱《正法念經》」〔註18〕。諸多例證,不勝枚舉,文人讀經之風氣,可見一斑。

四、宗派眾多　禪宗興盛

中晚唐時期,佛教極盛,宗派眾多,燦若星辰,三論宗、天台宗、法相宗、華嚴宗、律宗、禪宗、淨土宗、真言宗、三階教等宗派皆應運而生,自立門戶。每個宗派都有立宗經典和理論體系,對於彼岸的神秘景象以及超乎尋常、充滿智慧的思想都有異於他宗的闡釋。其中,禪宗興起並逐漸成為最熾手可熱的宗派。

〔註 8〕（唐）道宣撰,郭紹林點校:《續高僧傳》卷二十九,中華書局 2014年版,第 1188 頁。

〔註 9〕（唐）張說:《江中誦經》,(清)彭定求等編:《全唐詩》卷八十九,中華書局 1960 年版,第 978 頁。

〔註10〕（後晉）劉昫等:《舊唐書》卷一九〇,中華書局 1975 年版,第 5052 頁。

〔註11〕（唐）岑參:《憂缽羅花歌》,(清)彭定求等編:《全唐詩》卷一九九,中華書局 1960 年版,第 2062 頁。

〔註12〕（唐）孟郊:《讀經》,(清)彭定求等編:《全唐詩》卷三八〇,中華書局 1960 年版,第 4267 頁。

〔註13〕（唐）劉禹錫著,瞿蛻園箋證:《謝上連州刺史表》,《劉禹錫集箋證》,上海古籍出版社 2005 年版,第 1487 頁。

〔註14〕（唐）柳宗元:《晨詣超師院讀禪經》,《柳河東集》卷四十二,中華書局 1958 年版,第 686～687 頁。

〔註15〕（宋）歐陽修、宋祁:《新唐書》卷一六三,中華書局 1975 年版,第 5030 頁。

〔註16〕（唐）李賀:《贈陳商》,(清)彭定求等編:《全唐詩》卷三九二,中華書局 1960 年版,第 4416 頁。

〔註17〕（後晉）劉昫等:《舊唐書》卷一六七,中華書局 1975 年版,第 4369 頁。

〔註18〕（唐）段成式著,元鋒注、煙照編注:《塑像記》,《段成式詩文輯注》,濟南出版社 1995 年版,第 106 頁。

　　禪宗始於菩提達摩，經過慧可、僧璨、道信、弘忍等祖師的大力弘揚，禪宗日漸昌隆。至慧能、神秀時，出現了不同法脈，即南禪宗與北禪宗。及至中晚唐，北宗、牛頭宗、南禪宗中的菏澤宗、洪州禪各有發展，各據一方，「南能北秀水火之嫌，菏澤洪州參商之隙」〔註19〕是也。

　　首先來看一下唐代的北宗。按照我們後來所接受的觀念來說，北宗似乎相對處於弱勢，事實上，從當時的歷史來看，北宗在唐時受到君主的推崇遠勝於南宗。比如神秀為武則天迎入長安，被奉為「兩京法主，三帝國師」〔註20〕，神秀弟子普寂廣開門庭，其門徒過萬，升堂者有六十三人。時人爭相皈依瞻仰普寂，據《高僧傳》載：「始於都城傳教二十餘載，人皆仰之。」〔註21〕且「天下好釋氏者，咸師事之。」〔註22〕普寂圓寂時，「都城士庶謁者皆製弟子之服」〔註23〕。神秀另一弟子義福門下有大雄猛等八人，義福圓寂後，「送葬者數萬人。」〔註24〕中書侍郎嚴挺之「躬行喪服，若弟子焉，又撰碑文。」〔註25〕神秀的第二代弟子也非庸碌之輩，宏正、廣德、同光、曇真、法雲、常超等皆為教中龍象，在僧俗兩界穩持牛耳，接續北宗命脈。即便是在安史之亂中，兩京雖然淪翳，尚有北宗禪

〔註19〕（唐）宗密述：《禪源諸詮集都序》卷上之一，《大正藏》卷四十八，佛陀教育基金會出版部 1990 年版，第 401 頁。

〔註20〕（唐）張說：《唐玉泉寺大通禪師碑銘》，《全唐文》卷二三一，上海古籍出版社 1990 年版，第 2335 頁。

〔註21〕（宋）贊寧撰，范祥雍點校：《宋高僧傳》卷九，中華書局 1987 年版，第 197 頁。

〔註22〕（宋）贊寧撰，范祥雍點校：《宋高僧傳》卷九，中華書局 1987 年版，第 197 頁。

〔註23〕（宋）贊寧撰，范祥雍點校：《宋高僧傳》卷九，中華書局 1987 年版，第 198 頁。

〔註24〕（宋）贊寧撰，范祥雍點校：《宋高僧傳》卷九，中華書局 1987 年版，第 197 頁。

〔註25〕（宋）贊寧撰，范祥雍點校：《宋高僧傳》卷九，中華書局 1987 年版，第 197 頁。

師「奉持心印，散在群方」〔註26〕，使得「大怖之中，人獲依怙」〔註27〕。神秀的第三代弟子如道樹、崇圭、全植、崇演、日照等皆在禪史上留下了行跡。至9世紀中葉以後，正順、寶藏、如泉等仍有弘法活動。

牛頭宗在當時也頗為興盛。法融是這一系的開創者，其弟子法持與智威相繼出山來到金陵，望重一時、聞名遐邇，攝受了一大批出色的禪者和文人。法融的第二代弟子如慧忠、玄素以及第三代弟子佛窟遺則、徑山法欽等皆卓犖之士，在他們的努力之下，牛頭宗逐漸成為東吳最盛的禪宗門派，並成為與北宗、菏澤宗、洪州宗不相伯仲的一大門派。

再來看一下唐代的南宗。曹溪慧能信眾甚多，在大梵寺升座講法，「座下僧尼道俗一萬餘人」〔註28〕。慧能還獲得了朝廷的禮遇，武則天、中宗不止一次詔請他赴京，中宗為他翻修寺院、詔賜袈裟。慧能的門下還聚集了一批優秀的弟子，其中，神會是慧能最重要的弟子，他於天寶四年（745）到東京菏澤寺提倡頓教，由是創立了菏澤宗，吸引了大批佛門弟子，如惟忠、志滿、廣敷、進平、行覺、雲坦、廣乘等紛紛從其他禪宗門派轉投至神會門下。神會還得到了朝廷的大力支持，被肅宗皇帝詔入大內供養。神會無疑是光大南宗最核心的人物，由於神會的大力弘揚，南宗聲名流波天下，並能夠與北宗分庭抗禮。與此同時，以馬祖道一為首的洪州禪一系迅速崛起並持續發展，徹底打破了此前南北宗割據的形勢，禪宗進入南宗獨秀一枝的階段。

與普通民眾相比，文人士大夫更傾向於自力的救贖方式，他們對

〔註26〕（唐）李華：《故中嶽越禪師塔記》，《全唐文》卷三一六，上海古籍出版社1990年版，第3211頁。

〔註27〕（唐）李華：《故中嶽越禪師塔記》，《全唐文》卷三一六，上海古籍出版社1990年版，第3211頁。

〔註28〕楊曾文校寫：《敦煌新本・六祖壇經》，宗教文化出版社2011年版，第5頁。

於把希望寄託於鬼神的眷顧，造作種種功德如建寺、塑畫佛像、念佛、供僧等行為，表現出來的是不盡全信的態度。而中晚唐時期，強調自力救贖的禪宗興起並迅速流行開來，士大夫們對於禪宗的接受顯得非常自然。禪宗確定以《壇經》為宗門經典，並以禪坐、頓悟等為主要修行方式，不像其他佛門宗派那樣，教規森嚴，修持繁複。南禪宗甚至倡導一念頓悟，而禪坐也並不需要實實在在蒲團上打坐，只需「心定」即可。無疑，這樣簡易的入門方式吸引了大批文人士大夫。

五、禪教一致　禪淨合流

中晚唐時期，佛教內部開始倡導「禪教一致」的思想，以石頭希遷、宗密和靈祐等為代表。石頭希遷是禪宗青原係的祖師，他的禪學汲取了很多華嚴思想，倡導「圓轉無礙，如環無端」，已初具禪教一致的雛形。真正將禪教一致明確化、理論化的是華嚴宗五祖宗密，他在《禪源諸詮集都序》中提到：「經是佛語，禪是佛意，諸佛心口，必不相違」〔註29〕。華嚴宗的精髓在於無礙觀，無礙體現在許多面向，如《華嚴經》辨析道：「菩薩摩訶薩有十種無礙用。何等為十？所謂眾生無礙用、國土無礙用、法無礙用、身無礙用、願無礙用、境界無礙用、智無礙用、神通無礙用、神力無礙用、力無礙用。」〔註30〕禪宗吸收了華嚴宗的無礙觀，並進一步簡化到心的層面，直截根源。晚唐僧靈祐是禪宗為仰宗的祖師之一，他曾說：「從上諸聖，只是說濁邊過患，若無如許多惡覺情見想習之事，譬如秋水澄渟，清淨無為，澹濘無礙，喚他作道人，亦名無事之人。」〔註31〕「無事」是「無礙」的通俗化說法。

〔註29〕（唐）宗密述：《禪源諸詮集都序》卷上之一，《大正藏》卷四十八，佛陀教育基金會出版部 1990 年版，第 400 頁。

〔註30〕（唐）實叉難陀編譯，宗文點校：《華嚴經》，宗教文化出版社 2011 年版，第 843 頁。

〔註31〕（宋）釋道原：《景德傳燈錄》卷九，藍吉富主編：《禪宗全書》第二冊，北京圖書館出版社 2004 年版，第 150 頁。

　　與「禪教一致」思想同時興盛起來的還有「禪淨合流」思想。原本禪宗的「見性」思想與淨土宗往生極樂世界的觀念在理論闡釋上是對立的，一個重自力，理體唯心淨土，一個重他力，事相實相淨土。然而唐代廣為流傳的《維摩詰經》為「禪淨合流」提供了理論基礎，《維摩詰經》之《佛國品》中有對唯心淨土的定義：「直心是菩薩淨土」〔註32〕；「若菩薩欲得淨土，當淨其心，隨其心淨，則佛土淨」〔註33〕。將唯心淨土和實相淨土聯結起來。加之永明延壽撰《宗鏡錄》、《萬善同歸集》和《唯心訣》大倡「禪淨合一」，主張禪淨雙修。由是，唐代士大夫信佛既參禪打坐，同時對淨土世界充滿嚮往，湯用彤指出：「及至唐時帝王公卿以及士人，雖與釋子文字之因緣猶盛（如韓文公亦作送浮屠序），而談玄之風尚早已衰滅。自初唐之唐臨至晚唐之白居易，幾專言冥報淨土，求其如姚興、蕭衍、謝靈運、沈約之能談玄理，已不可見。文宗朝，白居易官太子少傅時，勸一百四十八人結上生會，行彌勒淨土業。晚歲風痹，遂專志西方，……蓋當時士大夫根本之所以信佛者，即在作來生之計，淨土之發達以至於幾獨佔中華之釋氏信仰者蓋在於此。」〔註34〕

第二節　內因：白居易自身的窮愁與苦難

　　白居易學佛與自身的經歷有關。白居易早年喪父，中年喪母，婚姻不幸，仕途不順，兩度喪子，病痛不斷。命途多舛無疑推進了白居易學佛的進程。

一、親友離世　離苦慘淒

　　親友紛紛離世所帶來的離苦促使白居易向佛門尋求庇祐。

〔註32〕賴永海主編，賴永海、高永旺譯注：《佛教十三經‧維摩詰經》，中華書局 2013 年版，第 15 頁。
〔註33〕賴永海主編，賴永海、高永旺譯注：《佛教十三經‧維摩詰經》，中華書局 2013 年版，第 16 頁。
〔註34〕湯用彤：《隋唐佛教史稿》，中華書局 1982 年版，第 194 頁。

　　貞元十年（794），白居易的父親白季庚卒，據《襄州別駕府君事狀》載：「貞元十年五月二十八日終於襄陽官舍，享年六十六。」〔註35〕是年，白居易剛過二十三歲，他慨歎：「已感歲倏忽，復傷物凋零。孰能不憯淒，天時牽人情。借問空門子，何法易修行？使我忘得心，不教煩惱生。」〔註36〕歲月倏忽、物易凋零，白居易想要向禪師討教解脫煩惱的辦法。

　　元和六年（811）四月，白居易的母親陳氏病逝，據《襄州別駕府君事狀》載：「夫人穎川陳氏，……元和六年四月三日歿於長安宣平里第，享年五十七。」〔註37〕禍不單行，是年冬，女金鑾子夭，白居易悲痛不已，晝吟宵哭，「朝哭心所愛，暮哭心所親」〔註38〕，「慈淚隨聲迸，悲腸遇物牽。」〔註39〕他悲痛成疾，枯槁憔悴，「前歲二毛生，今年一齒落」〔註40〕，「悲來四肢緩，泣盡雙眸昏。」〔註41〕在這種極度苦痛之中，白居易想到了佛教，寫下了《白髮》，詩云：「由來生老死，三病長相隨。除卻念無生，人間無藥治。」〔註42〕他感到除卻佛教，沒有其他辦法可以解脫無常所帶來的痛苦。同年所作的《自覺二首》其二云：「我聞浮屠教，中有解脫門。置心為止水，視

〔註35〕（唐）白居易著，謝思煒校注：《白居易文集校注》，中華書局 2011 年版，第 403 頁。

〔註36〕（唐）白居易著，謝思煒校注：《客路感秋寄明准上人》，《白居易詩集校注》，中華書局 2006 年版，第 759 頁。

〔註37〕（唐）白居易著，謝思煒校注：《白居易文集校注》，中華書局 2011 年版，第 403～404 頁。

〔註38〕（唐）白居易著，謝思煒校注：《自覺二首》其二，《白居易詩集校注》，中華書局 2006 年版，第 807 頁。

〔註39〕（唐）白居易著，謝思煒校注：《病中哭金鑾子》，《白居易詩集校注》，中華書局 2006 年版，第 1115 頁。

〔註40〕（唐）白居易著，謝思煒校注：《自覺二首》其一，《白居易詩集校注》，中華書局 2006 年版，第 806 頁。

〔註41〕（唐）白居易著，謝思煒校注：《自覺二首》其二，《白居易詩集校注》，中華書局 2006 年版，第 807 頁。

〔註42〕（唐）白居易著，謝思煒校注：《白居易詩集校注》，中華書局 2006 年版，第 754 頁。

身如浮雲。」〔註43〕這說明白居易一生對佛法傾心追求的起始動力是渴望解脫人生的苦難。兩年後，白居易尚未從失子之痛中走出來，偶逢金鑾子的乳母，白居易又傷心不已，寫下《念金鑾子二首》，其一云：「始知骨肉愛，乃是憂悲聚。唯思未有前，以理遣傷苦。」〔註44〕他想用道理來排遣自己的憂悲，這個道理是什麼呢，從該詩其二可知是因緣和合的佛理：「形質本非實，氣聚偶成身。恩愛元是妄，緣合暫為親。」〔註45〕毫無疑問，白居易通過佛法減輕了內心的痛楚，雖然四年後，即元和十年（815），白居易的悔恨無奈之情仍未平復，還寫下《重傷小女子》一詩，但至少，白居易的內心有所依怙，沉甸甸的死亡叩問不會讓他走向虛無迷茫的深淵。

元和十五年（820），時任忠州刺史的白居易驚聞好友王質夫去世，王質夫是白居易任盩厔尉時為數不多的朋友，與王質夫的友情曾給身心俱疲的白居易帶去莫大的撫慰，無疑，王質夫的死直接衝撞了白居易的心靈，《哭王質夫》云：「驚疑心未信，欲哭復踟躕。踟躕寢門側，聲發涕亦俱。」〔註46〕他錯愕、震盪，愴痛不已。

大和五年（831），時年六十歲的白居易喪子阿崔，他悲痛嚎哭，《哭崔兒》云：「悲腸自斷非因劍，啼眼加昏不是塵。」〔註47〕五十八歲方得兒的白居易對崔兒是如此喜愛並寄予了厚望，閒時便思量著將家學悉數傳給兒子〔註48〕，經此變故白居易自是悲裂肝心。白居易

〔註43〕（唐）白居易著，謝思煒校注：《白居易詩集校注》，中華書局 2006 年版，第 807 頁。

〔註44〕（唐）白居易著，謝思煒校注：《白居易詩集校注》，中華書局 2006 年版，第 796 頁。

〔註45〕（唐）白居易著，謝思煒校注：《念金鑾子二首》，《白居易詩集校注》，中華書局 2006 年版，第 797 頁。

〔註46〕（唐）白居易著，謝思煒校注：《白居易詩集校注》，中華書局 2006 年版，第 867 頁。

〔註47〕（唐）白居易著，謝思煒校注：《白居易詩集校注》，中華書局 2006 年版，第 2225 頁。

〔註48〕《阿崔》云：「弓冶將傳汝，琴書勿墜吾。」參見（唐）白居易著，謝思煒校注：《白居易詩集校注》，中華書局 2006 年版，第 2189 頁。

一生的摯友元稹也在同年去世，他痛哭流涕，《哭微之二首》其一云：
「寢門廊下哭微之」〔註49〕，其二云：「哭送咸陽北原上」〔註50〕，
接踵而至的變故對白居易的打擊非常大，這段時期，白居易終日以佛
事度日，《齋居》云：「香火多相對，葷腥久不嘗。」〔註51〕他頻繁地
進出寺廟，與奉國寺僧人神照、清閒、宗實交遊密切，還將元稹家眷
送給他的墓誌潤筆悉數捐給香山寺〔註52〕。

　　對周遭親友死亡的觀照加速了白居易皈依佛教的進程。當聽聞友
人之女簡簡〔註53〕年僅十三歲尚未出嫁就隕落了，白居易不禁慨歎
道：「大都好物不堅牢，彩雲易散琉璃脆。」〔註54〕跟美好的事物容
易凋零一樣，世間美好的女子也不得長久。白居易南面鄰居家的丈夫
二十五歲，北面鄰居家的兒子十七八歲，都很年少，卻都不免死亡，
因此白居易開始思考體悟無常的普遍規律，得出「四鄰尚如此，天下
多夭折」〔註55〕的結論，在他看來人間的夭關不只發生在自己的身
邊。晚年的時候，白居易的親友相繼殂落，「昨日聞甲死，今朝聞乙
死」〔註56〕、「昨日哭寢門，今日哭寢門」〔註57〕、「去年八月哭微之，

〔註49〕（唐）白居易著，謝思煒校注：《白居易詩集校注》，中華書局 2006
　　　　年版，第 2157 頁。
〔註50〕（唐）白居易著，謝思煒校注：《白居易詩集校注》，中華書局 2006
　　　　年版，第 2158 頁。
〔註51〕（唐）白居易著，謝思煒校注：《白居易詩集校注》，中華書局 2006
　　　　年版，第 2228 頁。
〔註52〕《修香山寺記》：「乘此功德，安知他劫不與微之結後緣於茲土乎？
　　　　因此行願，安知他生不與微之復同遊於茲寺乎？」（唐）白居易著，
　　　　謝思煒校注：《白居易文集校注》，中華書局 2011 年版，第 1870 頁。
〔註53〕朱金城考證簡簡疑為蘇弘之女，白居易居洛其間曾與蘇弘交遊，有
　　　　詩《贈蘇少府》，參見（唐）白居易著，朱金城箋校：《白居易集箋
　　　　校》，上海古籍出版社 1988 年版，第 453、698 頁。
〔註54〕（唐）白居易著，謝思煒校注：《簡簡吟》，《白居易詩集校注》，中
　　　　華書局 2006 年版，第 970～971 頁。
〔註55〕（唐）白居易著，謝思煒校注：《聞哭者》，《白居易詩集校注》，中
　　　　華書局 2006 年版，第 548 頁。
〔註56〕（唐）白居易著，謝思煒校注：《感逝寄遠》，《白居易詩集校注》，
　　　　中華書局 2006 年版，第 773 頁。

今年八月哭敦詩」〔註 58〕、「同歲崔何在，同年杜又無」〔註 59〕。他常感慨親交多零落，「零落三無一」〔註 60〕、「同輩凋零太半無」〔註 61〕、「老去親朋零落盡」〔註 62〕、「親故凋零四面空」〔註 63〕，死亡總是不期而至，有衰老導致的死亡、有生病導致的死亡，有的少年夭折、有的壽終正寢了，但無論賢愚貴賤，死亡是不可抗拒的規律。山水永恆，人易湮滅，白居易領悟到生命無常，無論賢愚貴賤終有一死，《對酒》云：「賢愚共零落，貴賤同埋沒。東岱前後魂，北邙新舊骨。」〔註 64〕可見，佛教之所以成為白居易生命意識的皈依之處，與佛教能夠紓解他面對死亡時產生的種種苦痛有關。

二、仕途坎坷　求苦憧惶

仕途坎坷所帶來的求苦促使白居易向佛門尋求安慰。

早年的白居易積極進諫，揭露時弊，由此招致了許多權豪貴近的忌恨，在《代書詩一百韻寄微之》中，白居易寫到：「造次行於是，平生志在茲。道將心共直，言與行兼危。水暗波翻覆，山藏路險巇。未為明主識，已被倖臣疑。」〔註 65〕這既是為好友元稹直言進諫導致

〔註 57〕（唐）白居易著，謝思煒校注：《哭諸故人因寄元八》，《白居易詩集校注》，中華書局 2006 年版，第 872 頁。

〔註 58〕（唐）白居易著，謝思煒校注：《寄劉蘇州》，《白居易詩集校注》，中華書局 2006 年版，第 2106 頁。

〔註 59〕（唐）白居易著，謝思煒校注：《七年元日對酒五首》其五，《白居易詩集校注》，中華書局 2006 年版，第 2351 頁。

〔註 60〕（唐）白居易著，謝思煒校注：《晚歸有感》，《白居易詩集校注》，中華書局 2006 年版，第 893 頁。

〔註 61〕（唐）白居易著，謝思煒校注：《代夢得吟》，《白居易詩集校注》，中華書局 2006 年版，第 2027 頁。

〔註 62〕（唐）白居易著，謝思煒校注：《聞樂感鄰》，《白居易詩集校注》，中華書局 2006 年版，第 2113 頁。

〔註 63〕（唐）白居易著，謝思煒校注：《杪秋獨夜》，《白居易詩集校注》，中華書局 2006 年版，第 2610 頁。

〔註 64〕（唐）白居易著，謝思煒校注：《白居易詩集校注》，中華書局 2006 年版，第 798 頁。

〔註 65〕（唐）白居易著，謝思煒校注：《白居易詩集校注》，中華書局 2006

政敵陷害鳴不平，也是對自我處境的書寫。白居易這一時期的很多詩作都流露出對自己境遇的擔憂，如在《勸酒寄元九》中云：「況在名利途，平生有風波。深心藏陷阱，巧言織網絡。」〔註66〕另如在《適意二首》其二云：「作客誠已難，為臣尤不易。況予方且介，舉動多忤累。」〔註67〕是時，白居易不僅頻頻上書言事，而且寫作了大量的諷喻詩，披露種種弊政，皆情辭懇切，大膽潑辣，力圖滌蕩污穢、劓除姦邪，白居易深知自己處境堪憂。果不其然，五年後，元和十年（815），因越級上書要求朝廷捉拿殺害宰相武元衡的刺客，時年四十四歲的白居易被貶任江州司馬，貶地之遠、官職之低都是空前的。剛到江州，白居易就寫信給好友元稹，在《與元九書》中，白居易說：「豈圖志未就而悔已生，言未聞而謗已成矣。……凡聞僕《賀雨》詩，而眾口籍籍，已謂非宜矣。聞僕《哭孔戡》詩，眾面脈脈，盡不悅矣。聞《秦中吟》者，則權豪貴近者相目而變色矣。聞《樂遊園》寄足下詩，則執政柄者扼腕矣。聞《宿紫閣村》詩，則握軍要者切齒矣。……其不我非者，舉世不過三兩人。」〔註68〕他完全知曉諷喻詩所引起的軒然大波，深知直心直性直言給自己帶來了非常不利的處境。貶江州的前一年，尚且丁憂下邽的白居易遊悟真寺，寫下了長篇大作《遊悟真寺詩一百三十韻》，直陳自己拙值得不合時宜：「既登文字科，又忝諫諍員。拙直不合時，無益同素餐。」〔註69〕現在剛到貶地安頓下來，他就忍不住向好友長篇大論地傾吐心中的不平。

　　為了消解貶謫帶來的種種痛苦，白居易想到了佛法，剛到江州時

年版，第979頁。

〔註66〕（唐）白居易著，謝思煒校注：《白居易詩集校注》，中華書局2006年版，第743頁。

〔註67〕（唐）白居易著，謝思煒校注：《白居易詩集校注》，中華書局2006年版，第530頁。

〔註68〕（唐）白居易著，謝思煒校注：《白居易文集校注》，中華書局2011年版，第324～325頁。

〔註69〕（唐）白居易著，謝思煒校注：《白居易詩集校注》，中華書局2006年版，第561頁。

已是初冬，仍前往東林寺遊覽，並寫下《東林寺白蓮》一詩。早年的白居易還信仰道教，這時已經全身心地轉向佛教了，他說：「早年以身代，直付逍遙篇。近歲將心地，迴向南宗禪」〔註70〕。作於元和十年（815）的《晏坐閒吟》云：「昔為京洛聲華客，今作江湖潦倒翁。意氣銷磨群動裏，形骸變化百年中。霜侵殘鬢無多黑，酒伴衰顏只暫紅。賴學禪門非想定，千愁萬念一時空。」〔註71〕昔日的白居易是京洛間聲光斑斕的人物，現在卻淪落為潦倒落魄的江州司馬，於是，他想要依靠禪門的入定法門來消泯胸中的愁念。同年所作的《自誨》用洪州宗禪法勸慰自己要改變：「而今而後，汝宜饑而食，渴而飲，晝而興，夜而寢。無喜浪，無妄憂。病則臥，死則休。」〔註72〕洪州宗強調平常心是道，經歷了人生巨變，心灰意冷的白居易想要獲得平常心來淡化痛苦。

元和十一年（816），已到江州一年的白居易略帶憂愁地說：「自來潯陽郡，四序忽已周。不分物黑白，但與時沉浮。朝餐夕安寢，用是為身謀。」〔註73〕宦途迍邅，白居易沒有施展才能的空間，只能按部就班地為身而謀，於是他把重點放在了安頓心靈方面，他說自己「朝為公府吏，暮是靈山客」〔註74〕，遊寺訪僧成為了生活的重要部分，他「薄暮蕭條投寺宿，凌晨清淨與僧期」〔註75〕。白居易遍遊東林、西林、大雲和寶稱等寺，並與東、西二林寺僧人結蓮社，他尤其喜歡

〔註70〕（唐）白居易著，謝思煒校注：《贈杓直》，《白居易詩集校注》，中華書局 2006 年版，第 583 頁。

〔註71〕（唐）白居易著，謝思煒校注：《白居易詩集校注》，中華書局 2006 年版，第 1227 頁。

〔註72〕（唐）白居易著，謝思煒校注：《白居易詩集校注》，中華書局 2006 年版，第 2843 頁。

〔註73〕（唐）白居易著，謝思煒校注：《詠意》，《白居易詩集校注》，中華書局 2006 年版，第 615 頁。

〔註74〕（唐）白居易著，謝思煒校注：《春遊二林寺》，《白居易詩集校注》，中華書局 2006 年版，第 609 頁。

〔註75〕（唐）白居易著，謝思煒校注：《宿西林寺早赴東林滿上人之會因寄崔二十二員外》，《白居易詩集校注》，中華書局 2006 年版，第 1276 頁。

東西二林寺。經常前去遊玩:「春遊慧遠寺」〔註76〕、「下馬二林寺」〔註77〕,有時還夜宿於此:「索落廬山夜,風雪宿東林」〔註78〕、「心知不及柴桑令,一宿西林便卻回」〔註79〕。由於仕宦之情日益減少、林泉之志日益加深,白居易還籌劃在東林寺旁修築草堂,《歲暮》云:「名宦意已矣,林泉計何如。擬近東林寺,溪邊結一廬。」〔註80〕

元和十二年(817),已到江州兩年的白居易心情仍舊苦悶,他說:「人間多艱險」〔註81〕、「可憐白司馬,老大在湓城」〔註82〕。在《江南謫居十韻》中白居易集中抒發了自己的謫居感受,詩曰:「自哂沈冥客,曾為獻納臣。壯心徒許國,薄命不如人。才展凌雲翅,俄成失水鱗。葵枯猶向日,蓬斷即辭春。澤畔長愁地,天邊欲老身。蕭條殘活計,冷落舊交親。草合門無徑,煙消甑有塵。憂方知酒聖,貧始覺錢神。虎尾難容足,羊腸易覆輪。行藏與通塞,一切任陶鈞。」〔註83〕真是滿腔牢騷,寫盡涉履江州後的鬱悼!即便過了近二十年,已分司洛陽的白居易偶然回憶起這段貶謫歲月,還忍不住連用「恐懼」、「悲吟」二詞來形容,《閒臥有所思二首》其一云:「偶因明月清風夜,忽想遷臣逐客心。何處投荒初恐懼,誰

〔註76〕 (唐)白居易著,謝思煒校注:《詠意》,《白居易詩集校注》,中華書局 2006 年版,第 615 頁。

〔註77〕 (唐)白居易著,謝思煒校注:《春遊二林寺》,《白居易詩集校注》,中華書局 2006 年版,第 609 頁。

〔註78〕 (唐)白居易著,謝思煒校注:《宿東林寺》,《白居易詩集校注》,中華書局 2006 年版,第 822 頁。

〔註79〕 (唐)白居易著,謝思煒校注:《宿西林寺》,《白居易詩集校注》,中華書局 2006 年版,第 1266 頁。

〔註80〕 (唐)白居易著,謝思煒校注:《白居易詩集校注》,中華書局 2006 年版,第 612 頁。

〔註81〕 (唐)白居易著,謝思煒校注:《香爐峰下新置草堂即事詠懷題於石上》,《白居易詩集校注》,中華書局 2006 年版,第 621 頁。

〔註82〕 (唐)白居易著,謝思煒校注:《潯陽歲晚寄元八郎中庾三十三員外》,《白居易詩集校注》,中華書局 2006 年版,第 583 頁。

〔註83〕 (唐)白居易著,謝思煒校注:《白居易詩集校注》,中華書局 2006 年版,第 1337 頁。

人繞澤正悲吟。」〔註84〕足見貶謫給白居易內心留下的傷痕。這一年，白居易與二林寺的聯繫更加頻繁，如《閒意》云：「北省朋僚音信斷，東林長老往還頻」〔註85〕，另據《東林寺白氏文集記》載，白居易任江州司馬時，常與二林寺長老們在東林寺經藏樓中披閱慧遠詩集〔註86〕。這一年的元宵節，白居易前往東林寺坐禪修行，《正月十五日夜東林寺學禪偶懷藍田楊六主簿因呈智禪師》云：「花縣當君行樂夜，松房是我坐禪時。」〔註87〕並向智滿師討教坐禪過程中的疑惑，「不覺定中微念起，明朝更問雁門師」〔註88〕。四月九日，東西二林寺的神湊、朗上人、智滿、晦師、士堅等僧人前去白居易的廬山草堂參加落成典禮。〔註89〕同一天，白居易與東林寺沙門法演、智滿、士堅、利辯、道深、道建、神照、雲皋、息慈、寂然等遊二林寺，宿大林寺。〔註90〕九月，興果寺律德大師神湊去世，

〔註84〕（唐）白居易著，謝思煒校注：《白居易詩集校注》，中華書局 2006 年版，第 2429 頁。

〔註85〕（唐）白居易著，謝思煒校注：《白居易詩集校注》，中華書局 2006 年版，第 1370 頁。

〔註86〕《東林寺白氏文集記》：「常與廬山長老於東林寺經藏中披閱遠大師與諸文士唱和集卷。」參見（唐）白居易著，謝思煒校注：《白居易文集校注》，中華書局 2011 年版，第 1966 頁。

〔註87〕（唐）白居易著，謝思煒校注：《白居易詩集校注》，中華書局 2006 年版，第 1315 頁。

〔註88〕（唐）白居易著，謝思煒校注：《正月十五日夜東林寺學禪偶懷藍田楊六主簿因呈智禪師》，《白居易詩集校注》，中華書局 2006 年版，第 1315 頁。

〔註89〕《草堂記》：「時三月二十七日始居新堂，四月九日與河南元集虛、范陽張允中、南陽張深之東西二林寺長老湊、朗、滿、晦、堅等二十二人，具齋施茶果以落之。」參見（唐）白居易著，謝思煒校注：《白居易文集校注》，中華書局 2011 年版，第 255～256 頁。

〔註90〕《遊大林寺序》：「余與河南元集虛、范陽張允中、南陽張深之、廣平宋郁、安定梁必復、范陽張特、東林寺沙門法演、智滿、士堅、利辯、道深、道建、神照、雲皋、息慈、寂然，凡十七人。……時元和十二年四月九日，樂天序。」參見（唐）白居易著，謝思煒校注：《白居易文集校注》，中華書局 2011 年版，第 276～277 頁。

白居易為其作詩〔註91〕並撰塔銘〔註92〕。他向朗上人傾訴自己的修行感受：「只有解脫門，能度衰苦厄」〔註93〕。這一年，白居易潛心修行，發出了「自從苦學空門法，銷盡平生種種心」〔註94〕的喟歎，他的修行取得了很大的進步，「除卻青衫在，其餘便是僧」〔註95〕，一切行儀都與僧人無異了。

　　元和十三年（818），已經貶謫三年的白居易仍在江州司馬任上，他想過出離江州，並為此努力過，但沒有結果，《詠懷》云：「今我不量力，舉心欲攀援。窮通不由己，歡戚不由天。」〔註96〕他心情煩悶，白居易在該年寫作的許多詩中都透露出悲觀的情緒，比如《贈寫真者》云：「迢遞麒麟閣，圖功未有期。」〔註97〕他覺得自己想要為國效力，可是沒有機會，他還覺得富貴有命，強求不得，《浩歌行》云：「功名富貴須待命，命若不來爭奈何！」〔註98〕《達理二首》其一亦云：「我無奈命何，委順以待終。」〔註99〕並相約與元稹一起退仕歸隱，《昔

〔註91〕　《興果上人歿時題此訣別兼簡二林僧社》：「本結菩提香火社，為嫌煩惱電泡身。不須惆悵從師去，先請西方作主人。」參見（唐）白居易著，謝思煒校注：《白居易詩集校注》，中華書局 2006 年版，第1366 頁。

〔註92〕　（唐）白居易著，謝思煒校注：《唐江州興果寺律大德湊公塔碣銘》，《白居易文集校注》，中華書局 2011 年版，第 202～203 頁。

〔註93〕　（唐）白居易著，謝思煒校注：《因沐感發寄朗上人二首》其二，《白居易詩集校注》，中華書局 2006 年版，第 836 頁。

〔註94〕　（唐）白居易著，謝思煒校注：《閒吟》，《白居易詩集校注》，中華書局 2006 年版，第 1333 頁。

〔註95〕　（唐）白居易著，謝思煒校注：《山居》，《白居易詩集校注》，中華書局 2006 年版，第 1317 頁。

〔註96〕　（唐）白居易著，謝思煒校注：《白居易詩集校注》，中華書局 2006 年版，第 645 頁。

〔註97〕　（唐）白居易著，謝思煒校注：《白居易詩集校注》，中華書局 2006 年版，第 1367 頁。

〔註98〕　（唐）白居易著，謝思煒校注：《白居易詩集校注》，中華書局 2006 年版，第 902 頁。

〔註99〕　（唐）白居易著，謝思煒校注：《白居易詩集校注》，中華書局 2006 年版，第 648 頁。

與微之在朝日同蓄休退之心迨今十年淪落老大追尋前約且結後期》
云：「宦情君早厭，世事我深知。常於榮顯日，已約林泉期。況今各
流落，身病齒髮衰，不作歸雲計，攜手欲何之？」〔註100〕對仕宦的
熱情已經降至最低，生起了隱退之心。按照慣例，貶謫三年的他應該
得到量移，但是朝廷沒有傳來任何消息，《自題》云：「一旦失恩先左
降，三年隨例未量移。馬頭覓角生何日，石火敲光住幾時？」〔註101〕
他是有多麼心灰意冷，才會用馬頭生角來比喻自己量移無望，以至於
略帶哀怨地歎息道：「前事是身俱若此，空門不去欲何之。」〔註102〕
他覺得還有什麼好胡思亂想的，佛門才是自己唯一的出路。

　　幾經周折，流離轉徙，白居易終於在元和十四年（819）這一年
調任忠州，但這次量移並沒有給白居易帶去多少安慰，他惴惴不安地
赴任，告誡自己要從之前的貶謫中吸取教訓以求遠離禍患，「險路應
須避，迷途莫共爭。……但在前非悟，期無後患嬰。多知非景福，少
語是元亨」〔註103〕。他覺得自己仍是遷客，而且已經貶謫五年了，
也未見被召回，「何此南遷客，五年獨未還？命迍分已定，日久心彌
安。」〔註104〕他雖用命運說安慰自己，但終究是委屈的，否則也不
會一再強調自己「年顏漸衰颯，生計仍蕭索」〔註105〕。這種不被重
視的挫敗感依然需要依靠佛教來消解，《郡齋暇日憶廬山草堂兼寄二
林僧社三十韻多敘貶官已來出處之意》云：「諫諍知無補，遷移分所

〔註100〕（唐）白居易著，謝思煒校注：《白居易詩集校注》，中華書局 2006
　　　　年版，第 634～635 頁。
〔註101〕（唐）白居易著，謝思煒校注：《白居易詩集校注》，中華書局 2006
　　　　年版，第 1353 頁。
〔註102〕（唐）白居易著，謝思煒校注：《自題》，《白居易詩集校注》，中華
　　　　書局 2006 年版，第 1353 頁。
〔註103〕（唐）白居易著，謝思煒校注：《江州赴忠州至江陵已來舟中示舍
　　　　弟五十韻》，《白居易詩集校注》，中華書局 2006 年版，第 1422 頁。
〔註104〕（唐）白居易著，謝思煒校注：《歲晚》，《白居易詩集校注》，中華
　　　　書局 2006 年版，第 883 頁。
〔註105〕（唐）白居易著，謝思煒校注：《寄王質夫》，《白居易詩集校注》，
　　　　中華書局 2006 年版，第 853 頁。

當。不堪匡聖主，只合事空王。」〔註106〕白居易覺得既然才能不足夠侍奉君主，那麼就乾脆信奉佛教吧。

元和十五年（820），白居易被詔回長安，前途未卜，卻拒絕不得，他寫下《不二門》，詩曰：「唯有不二門，其間無夭壽。」〔註107〕希望從不二法門中尋找到安寧，宦途的無奈無疑加速了白居易學佛的進程。身臨內部傾軋的政治漩渦之中，白居易蹭蹬不遇，不能自安，他深刻認識到官場的漩渦，發出「宦途氣味已諳盡，五十不休何日休」〔註108〕的哀歎。長慶二年（822），身在長安的白居易於蕭相公宅遇到自遠禪師，他感歎自己今不如昨可笑可悲，「宦途堪笑不勝悲，昨日榮華今日衰。轉似秋蓬無定處，長於春夢幾多時？」〔註109〕他也想過拋棄所有世緣，但是仍有牽掛，只得留下一聲「應是世間緣未盡，欲拋官去尚遲疑」〔註110〕的悵歎，只得將這份徘徊失落向禪師傾訴，以期得到禪師的開示。

大和三年（829），白居易罷刑部侍郎，以太子賓客分司洛陽，這與白居易想要躲避宦海風波有關。其時，黨錮之爭愈演愈劣，政治生態極其險惡，據《舊唐書‧白居易傳》記載：「大和已後，李宗閔、李德裕朋黨事起，是非排陷，朝升暮黜，天子亦無如之何。楊穎士、楊虞卿與宗閔善。居易妻，穎士從父妹也。居易愈不自安，懼以黨人見斥，乃求致身散地，冀於遠害。」〔註111〕白居易的妻兄與李宗閔

〔註106〕（唐）白居易著，謝思煒校注：《白居易詩集校注》，中華書局2006年版，第1433頁。

〔註107〕（唐）白居易著，謝思煒校注：《白居易詩集校注》，中華書局2006年版，第865頁。

〔註108〕（唐）白居易著，謝思煒校注：《自問》，《白居易詩集校注》，中華書局2006年版，第1541頁。

〔註109〕（唐）白居易著，謝思煒校注：《蕭相公宅遇自遠禪師有感而贈》，《白居易詩集校注》，中華書局2006年版，第1555頁。

〔註110〕（唐）白居易著，謝思煒校注：《蕭相公宅遇自遠禪師有感而贈》，《白居易詩集校注》，中華書局2006年版，第1556頁。

〔註111〕（後晉）劉昫等：《舊唐書》卷一六六，中華書局1975年版，第4354頁。

一黨相善，可想而知，其在仕途上一定會遇到諸多的窮愁和困苦。白居易在《閒臥有所思二首》其一中云：「偶因明月清風夜，忽想遷臣逐客心。何處投荒初恐懼，誰人繞澤正悲吟。始知洛下分司坐，一日安閒直萬金。」〔註112〕已分司洛陽的白居易覺得相較於之前令人「恐懼」、「悲吟」的逐臣歲月，眼下分司的安閒生活彌足珍貴，顯然，白居易請求分司與他希求安定不想再捲入任何風浪有關。我們從作於一年前的《戊申歲暮詠懷三首》也能看出白居易的這一心跡。他說「猶被妻兒教漸退，莫求致仕且分司」〔註113〕、「人間禍福愚難料，世上風波老不禁」〔註114〕，因此，「冀於遠害」〔註115〕確實是白居易請求分司的重要原因，同時，宦海艱險、仕途窘厄也讓白居易乞靈佛教，「龍尾趁朝無氣力，牛頭參道有心期。」〔註116〕他覺得自己無力再浮遊宦海，只想參禪修道。

會昌二年（842），時年七十一歲的白居易以刑部尚書致仕，他說：「十五年來洛下居，道緣俗累兩何如？迷路心回因向佛，宦途事了是懸車」〔註117〕，感歎自己為官時有俗累，現在終於結束了宦途，覺得佛教讓他從迷途中醒悟過來，這是徹底置心於佛教了。

三、身體不適　病苦愁索

身體不適所帶來的病苦也促使白居易向佛門尋求解藥。

〔註112〕 （唐）白居易著，謝思煒校注：《白居易詩集校注》，中華書局 2006 年版，第 2429 頁。

〔註113〕 （唐）白居易著，謝思煒校注：《戊申歲暮詠懷三首》其一，《白居易詩集校注》，中華書局 2006 年版，第 2115 頁。

〔註114〕 （唐）白居易著，謝思煒校注：《戊申歲暮詠懷三首》其三，《白居易詩集校注》，中華書局 2006 年版，第 2117 頁。

〔註115〕 （後晉）劉昫等：《舊唐書》卷一六六，中華書局 1975 年版，第 4354 頁。

〔註116〕 （唐）白居易著，謝思煒校注：《戊申歲暮詠懷三首》其一，《白居易詩集校注》，中華書局 2006 年版，第 2115 頁。

〔註117〕 （唐）白居易著，謝思煒校注：《刑部尚書致仕》，《白居易詩集校注》，中華書局 2006 年版，第 2789 頁。

少年時的白居易即體弱多病，《病中作》云：「年少已多病，此身豈堪老。」〔註118〕《郡廳有樹晚榮早凋人不識名因題其上》亦云：「形骸少多病，三十不豐盈。」〔註119〕中年以後，眼疾、頭風、瘡痏、牙疾、腳疾等接踵而至，「眼藏損傷來已久」〔註120〕、「頭風目眩乘衰老」〔註121〕、「去冬病瘡痏」〔註122〕、「頭痛牙疼三日臥」〔註123〕、「右眼昏花左足風」〔註124〕等都是白居易對自己疾病的寫照，他憂歎「病致衰殘早」〔註125〕、「此身應與病齊生」〔註126〕。

晚年白居易患風疾，他說自己「體矜目眩，左足不支」〔註127〕，行動不便，異常艱難，但也漸漸「因疾觀身」〔註128〕、因病學佛，體悟「外形骸而內忘憂恚，先禪觀而後順醫治。」〔註129〕他更加堅

〔註118〕　（唐）白居易著，謝思煒校注：《白居易詩集校注》，中華書局2006年版，第1043頁。

〔註119〕　（唐）白居易著，謝思煒校注：《白居易詩集校注》，中華書局2006年版，第834頁。

〔註120〕　（唐）白居易著，謝思煒校注：《眼病二首》其二，《白居易詩集校注》，中華書局2006年版，第1923頁。

〔註121〕　（唐）白居易著，謝思煒校注：《病眼花》，《白居易詩集校注》，中華書局2006年版，第2219頁。

〔註122〕　（唐）白居易著，謝思煒校注：《二月一日作贈韋七庶子》，《白居易詩集校注》，中華書局2006年版，第2316頁。

〔註123〕　（唐）白居易著，謝思煒校注：《病中贈南鄰覓酒》，《白居易詩集校注》，中華書局2006年版，第2520頁。

〔註124〕　（唐）白居易著，謝思煒校注：《病中看經贈諸道侶》，《白居易詩集校注》，中華書局2006年版，第2773頁。

〔註125〕　（唐）白居易著，謝思煒校注：《三年冬隨事鋪設小堂寢處稍似穩暖因念衰病偶吟所懷》，《白居易詩集校注》，中華書局2006年版，第2616頁。

〔註126〕　（唐）白居易著，謝思煒校注：《病氣》，《白居易詩集校注》，中華書局2006年版，第1116頁。

〔註127〕　（唐）白居易著，謝思煒校注：《病中詩十五首》序，《白居易詩集校注》，中華書局2006年版，第2627頁。

〔註128〕　（唐）白居易著，謝思煒校注：《病中詩十五首》序，《白居易詩集校注》，中華書局2006年版，第2627頁。

〔註129〕　（唐）白居易著，謝思煒校注：《病中詩十五首》序，《白居易詩集校注》，中華書局2006年版，第2627頁。

信學佛才是解脫疾苦的究竟方法,《早梳頭》云:「不學空門法,老病何由了?」〔註130〕《病中看經贈諸道侶》云:「不如回念三乘樂,便得浮生百病空。」〔註131〕白居易覺得學佛才能從根本上消泯一切病苦,坐禪則可以代替服藥,《罷藥》云:「自學坐禪休服藥」〔註132〕。同時,白居易推己及人,心量逐漸擴大,說:「年老病風,因身有苦,遍念一切惡趣眾生,願同我身離苦得樂。」〔註133〕希望眾生都能脫離苦海。

身體的種種病痛讓白居易開始斷酒持齋,如《酬舒三員外見贈長句》云:「頭風不敢多多飲」〔註134〕,另如《閒居》云:「肺病不飲酒」〔註135〕,再如《二月一日作贈韋七庶子》云:「去冬病瘡痏,將養遵醫術。今春入道場,清淨依僧律。嘗聞聖賢語,所慎齋與疾。遂使愛酒人,停杯一百日。」〔註136〕齋戒「初能脫病患」〔註137〕,讓白居易遠離疾病,還讓他「四體更輕便」〔註138〕、「齋來體更輕」〔註139〕,

---

〔註130〕 (唐)白居易著,謝思煒校注:《白居易詩集校注》,中華書局 2006年版,第 736～737 頁。

〔註131〕 (唐)白居易著,謝思煒校注:《病中看經贈諸道侶》,《白居易詩集校注》,中華書局 2006 年版,第 2773 頁。

〔註132〕 (唐)白居易著,謝思煒校注:《白居易詩集校注》,中華書局 2006年版,第 1215 頁。

〔註133〕 (唐)白居易著,謝思煒校注:《畫彌勒上生幀記》,《白居易文集校注》,中華書局 2011 年版,第 2011 頁。

〔註134〕 (唐)白居易著,謝思煒校注:《白居易詩集校注》,中華書局 2006年版,第 2359 頁。

〔註135〕 (唐)白居易著,謝思煒校注:《白居易詩集校注》,中華書局 2006年版,第 643 頁。

〔註136〕 (唐)白居易著,謝思煒校注:《白居易詩集校注》,中華書局 2006年版,第 2316 頁。

〔註137〕 (唐)白居易著,謝思煒校注:《仲夏齋戒月》,《白居易詩集校注》,中華書局 2006 年版,第 697 頁。

〔註138〕 (唐)白居易著,謝思煒校注:《仲夏齋戒月》,《白居易詩集校注》,中華書局 2006 年版,第 697 頁。

〔註139〕 (唐)白居易著,謝思煒校注:《酬夢得以予五月長齋延僧徒絕賓友見戲十韻》,《白居易詩集校注》,中華書局 2006 年版,第 2589頁。

感到身體輕安，最為重要的是，齋戒還能將他引向「方寸任清虛」〔註140〕、「漸覺塵勞染愛輕」〔註141〕的境界。齋戒成為白居易與佛門結緣的一個方式：「但減葷血味，稍結清淨緣。」〔註142〕在持齋戒中，他逐漸認為自己可堪稱為佛門弟子：「從此始堪為弟子，竺乾師是古先生」〔註143〕。白居易持齋非常頻繁，其《負春》云：「去年斷酒到今年」〔註144〕，又其《長齋月滿攜酒先與夢得對酌醉中同赴令公之宴戲贈夢得》云：「齋宮前日滿三旬」〔註145〕。並經常受八戒、持十齋，長慶元年（821），白居易與韋處厚俱詣普濟寺道宗律師所，同受八關齋戒，各持十齋〔註146〕。大約從長慶四年（824）秋開始，白居易每年從智如處受八關齋戒，據《聖善寺白氏文集記》載：「中大夫、守太子少傅、馮翊縣開國侯、上柱國、賜紫金魚袋太原白居易，字樂天，與東都聖善寺鉢塔院故長老智如大師有齋戒之因。」〔註147〕另據《東都十律大德長聖善寺鉢塔院主智如和尚茶毗幢記》載：「振輩以居易辱為是院門徒者有年矣，又十年以還，蒙師授八關齋戒。」〔註148〕

〔註140〕（唐）白居易著，謝思煒校注：《仲夏齋居偶題八韻寄微之及崔湖州》，《白居易詩集校注》，中華書局 2006 年版，第 1920 頁。

〔註141〕（唐）白居易著，謝思煒校注：《齋戒》，《白居易詩集校注》，中華書局 2006 年版，第 2645 頁。

〔註142〕（唐）白居易著，謝思煒校注：《仲夏齋戒月》，《白居易詩集校注》，中華書局 2006 年版，第 698 頁。

〔註143〕（唐）白居易著，謝思煒校注：《齋戒》，《白居易詩集校注》，中華書局 2006 年版，第 2645 頁。

〔註144〕（唐）白居易著，謝思煒校注：《白居易詩集校注》，中華書局 2006 年版，第 2397 頁。

〔註145〕（唐）白居易著，謝思煒校注：《白居易詩集校注》，中華書局 2006 年版，第 2526 頁。

〔註146〕《祭中書韋相公文》：「長慶初俱為中書舍人，尋詣普濟寺宗律師所，同受八戒，各持十齋。」參見（唐）白居易著，謝思煒校注：《白居易文集校注》，中華書局 2011 年版，第 1896 頁。

〔註147〕（唐）白居易著，謝思煒校注：《白居易文集校注》，中華書局 2011 年版，第 1967 頁。

〔註148〕（唐）白居易著，謝思煒校注：《白居易文集校注》，中華書局 2011 年版，第 1922 頁。

皆提到從智如處受齋戒的事。在《贈僧五首》其一《鉢塔院如大師》中還明確提及連續九年每年在智如處受八關齋戒，該詩自注云：「每歲於師處授八關齋戒者九度。」〔註149〕九年應非實數，長慶四年（824）五月，白居易除太子右庶子分司東都，月末離杭，經汴河路，秋至洛陽，若從此時開始從智如處受八關齋戒，至大和五年（831）作《鉢塔院如大師》應為八年。白居易在詩文中常提及持八戒十齋之事，如作於開成四年（839）的《書事詠懷》自注曰：「每月常持十齋。」〔註150〕同年所作的《白髮》云：「八戒夜持香火印。」〔註151〕作於開成五年（840）的《畫彌勒上生幀記》云：「樂天歸三寶，持十齋，受八戒者，有年歲矣。」〔註152〕作為居士，白居易持齋戒可以說相當精嚴了，無怪乎《新唐書》說白居易「暮節惑浮屠道尤甚，至經月不食葷」〔註153〕。

四、愛情受挫　情苦鬱悒

愛情受挫所帶來的情苦也促使白居易向佛門尋求解脫。

湘靈是白詩出現頻率最高的女性，她是白居易的初戀，白居易在《鄰女》中充滿愛意地寫道：「娉婷十五勝天仙，白日姮娥旱地蓮。何處閒教鸚鵡語，碧紗窗下繡床前。」〔註154〕這一年，白居易與十五歲的湘靈初相識，他所愛的這位女子美麗又可愛，兩人情投意合

〔註149〕（唐）白居易著，謝思煒校注：《白居易詩集校注》，中華書局2006年版，第2170頁。

〔註150〕（唐）白居易著，謝思煒校注：《白居易詩集校注》，中華書局2006年版，第2623頁。

〔註151〕（唐）白居易著，謝思煒校注：《白居易詩集校注》，中華書局2006年版，第2620頁。

〔註152〕（唐）白居易著，謝思煒校注：《白居易文集校注》，中華書局2011年版，第2011頁。

〔註153〕（宋）歐陽修、宋祁：《新唐書》卷一一九，中華書局1975年版，第4304頁。

〔註154〕（唐）白居易著，謝思煒校注：《白居易詩集校注》，中華書局2006年版，第1572頁。

併相戀了八年，「十五即相識，今年二十三。」〔註155〕與湘靈有關的詩作白居易總是真情流露到不能克制，比如《寄湘靈》云：「淚眼凌寒凍不流，每經高處即回頭。」〔註156〕另如《長相思》云：「九月西風興，月冷露華凝。思君秋夜長，一夜魂九升。二月東風來，草坼花心開。思君春日遲，一日腸九回。」〔註157〕這樣發自肺腑的動情之作在白集中實屬少見，這是白居易為數不多的寫給異性的詩歌，充滿了少年之作的血氣與活力，一任感情從肺腑中流出，奔流恣肆、毫無顧忌。這當與白居易極其投入並珍視其少年時候的愛情有關，故而綿邈真摯。

這樣美好的戀情卻充滿坎坷。貞元十七年（800），二十九歲的白居易考中進士，及第後回洛陽省親，他懇切向母親要求與湘靈成親，但被母親拒絕了，其中的原因應與門第有關，《長相思》云：「妾住洛橋北，君住洛橋南。十五即相識，今年二十三。有如女蘿草，生在松之側。蔓短枝苦高，縈回上不得。」〔註158〕他們雖然相識已有八年，青梅竹馬、郎情妾意，然而湘靈卻因門第過低攀援不上，就像松樹下的女蘿，雖有心想纏繞而上，但是因藤蔓過短而松枝過高而攀爬不上。但這究竟還沒能讓他們徹底放棄，詩歌末尾以女子的口吻寄託了永結同心的美好願望：「人言人有願，願至天必成。願作遠方獸，步步比肩行。願作深山木，枝枝連理生。」〔註159〕希望上天能成全他們永不分離，這是多麼癡情的願望啊！這願望既是湘靈的，更是白居

〔註155〕（唐）白居易著，謝思煒校注：《長相思》，《白居易詩集校注》，中華書局 2006 年版，第 919 頁。

〔註156〕（唐）白居易著，謝思煒校注：《白居易詩集校注》，中華書局 2006 年版，第 1057 頁。

〔註157〕（唐）白居易著，謝思煒校注：《白居易詩集校注》，中華書局 2006 年版，第 918～919 頁。

〔註158〕（唐）白居易著，謝思煒校注：《白居易詩集校注》，中華書局 2006 年版，第 919 頁。

〔註159〕（唐）白居易著，謝思煒校注：《白居易詩集校注》，中華書局 2006 年版，第 919 頁。

易自己的。從此與湘靈天各一方的白居易用詩歌書寫著自己低徊纏綿的思念，《三年別》云：「悠悠一別已三年，相望相思明月天。腸斷青天望明月，別來三十六回圓。」〔註160〕《續古詩十首》其八云：「不舒良有以，同心久離居。五年不見面，三年不得書。」〔註161〕皆為白居易對自己與湘靈山迢水遞無法相見的寫照。另外，作於貞元二十年（804）左右的《冬至夜懷湘靈》、《邯鄲冬至夜思家》和《感秋寄遠》皆為寄湘靈之詩，每一首都寫得情深意切、哀婉動人。還有很多首格調傷感卻極朦朧的詩作，如《潛別離》、《南浦別》和《花非花》，也疑為寫給湘靈之詩，皆傳遞出相親卻相離的無奈與遺憾。

　　白居易與湘靈最終還是沒能等到一個圓滿的結局。元和三年（808），三十七歲的白居易在與門第懸殊的戀人湘靈分開，與望族之後弘農楊氏完婚，他吶喊悲鳴：「世法貴名教，士人重官婚。以此自桎梏，信為大謬人。」〔註162〕但無濟於事。帶著對湘靈的不捨，白居易走進了婚姻，他只好將對湘靈的永思長懷潛藏在詩中，他曾因她而惆悵感傷：「暗凝無限思，起傍藥欄行」〔註163〕；也曾因她而矛盾痛苦：「不知移舊愛，何處作新恩」〔註164〕。他想忘記卻做不到，卻又不能去尋找：「欲忘忘未得，欲去去無由」〔註165〕，因此只能踽踽獨行、登高遠眺：「坐看新落葉，行上最高樓」〔註166〕、「鄉遠去不

〔註160〕（唐）白居易著，謝思煒校注：《白居易詩集校注》，中華書局 2006年版，第 1498 頁。

〔註161〕（唐）白居易著，謝思煒校注：《白居易詩集校注》，中華書局 2006年版，第 151 頁。

〔註162〕（唐）白居易著，謝思煒校注：《朱陳村》，《白居易詩集校注》，中華書局 2006 年版，第 777 頁。

〔註163〕（唐）白居易著，謝思煒校注：《涼夜有懷》，《白居易詩集校注》，中華書局 2006 年版，第 1098 頁。

〔註164〕（唐）白居易著，謝思煒校注：《怨詞》，《白居易詩集校注》，中華書局 2006 年版，第 1570 頁。

〔註165〕（唐）白居易著，謝思煒校注：《寄遠》，《白居易詩集校注》，中華書局 2006 年版，第 1535 頁。

〔註166〕（唐）白居易著，謝思煒校注：《寄遠》，《白居易詩集校注》，中華書局 2006 年版，第 1535 頁。

得，無日不瞻望」〔註167〕。

　　元和七年（812）至元和九年（814），白居易丁憂下邽，回到與湘靈相識相戀的故地，重遊下邽的白居易心情非常苦悶，從他的隻言片語中我們能隱約索引出部分憂愁與湘靈有關。他常常提到「斷腸」之苦：「唯有衷腸斷，無應續得期」〔註168〕、「大抵四時心總苦，就中腸斷是秋天」〔註169〕，是什麼人能讓他思之斷腸，估計也只有湘靈了。他時常追憶往事，《夜坐》云：「感時因憶事，不寢到雞鳴。」〔註170〕往事所帶來的愁緒還無從傾吐，同題的另一首《夜坐》云：「此情不語何人會，時復長籲一兩聲。」〔註171〕似乎妻子也開始糾結於他的往事，《贈內》云：「莫對明月思往事，損君顏色減君年。」〔註172〕是什麼樣的往事能讓白居易失眠，讓妻子糾結呢，大約也只有與湘靈的過往了。他看到昔日湘靈贈給自己的一方鏡子，因物懷人，倍感惆悵，《感鏡》云：「美人與我別，留鏡在匣中。自從花顏去，秋水無芙蓉。經年不開匣，紅埃覆青銅。今朝一拂拭，自照憔悴容。照罷重惆悵，背有雙盤龍。」〔註173〕那些因湘靈而起的縷縷思念始終讓白居易魂牽魄蕩、俯仰情深。

　　很長一段時間，白居易都沒能忘卻湘靈，帶著湘靈送給他的一

〔註167〕（唐）白居易著，謝思煒校注：《夜雨》，《白居易詩集校注》，中華書局 2006 年版，第 783 頁。

〔註168〕（唐）白居易著，謝思煒校注：《有感》，《白居易詩集校注》，中華書局 2006 年版，第 1123 頁。

〔註169〕（唐）白居易著，謝思煒校注：《暮立》，《白居易詩集校注》，中華書局 2006 年版，第 1123 頁。

〔註170〕（唐）白居易著，謝思煒校注：《白居易詩集校注》，中華書局 2006 年版，第 1128 頁。

〔註171〕（唐）白居易著，謝思煒校注：《白居易詩集校注》，中華書局 2006 年版，第 1123 頁。

〔註172〕（唐）白居易著，謝思煒校注：《白居易詩集校注》，中華書局 2006 年版，第 1126 頁。

〔註173〕（唐）白居易著，謝思煒校注：《白居易詩集校注》，中華書局 2006 年版，第 802 頁。

雙鞋子，輾轉多地〔註174〕，派人四處打聽湘靈的消息〔註175〕，時常憶念起與湘靈離別的情景〔註176〕。儘管時光流逝、塵世暗移，但他的這些情緒並沒有減少一分，他說：「我有所念人，隔在遠遠鄉。我有所感事，結在深深腸。鄉遠去不得，無日不瞻望。腸深解不得，無夕不思量。」〔註177〕這是多麼徹骨的相思啊！他只得逃禪：「不學頭陀法，前心安可忘？」〔註178〕白居易開始向佛門尋找解脫情苦的方法，因為只有佛門才能讓人將種種過往徹底忘記並放下。在《和夢遊春詩一百韻》中，白居易重陳元積夢遊之中「所以甚感者，敘婚仕之際所以至感者」〔註179〕後，勸慰好友讀禪經、悟空性：「欲除憂惱病，當取禪經讀。須悟事皆空，無令念將屬」〔註180〕。要看破放下：「豔色即空花，浮生乃焦谷」〔註181〕、「合者離之始，樂者

〔註174〕 《感情》：「中庭曬服玩，忽見故鄉履。昔贈我者誰？東鄰嬋娟子。因思贈時語，特用結終始。永願如履綦，雙行復雙止。自吾謫江郡，漂蕩三千里。為感長情人，提攜同到此。今朝一惆悵，反覆看未已。人隻履猶雙，何曾得相似？可嗟復可惜，錦表繡為裏。況經梅雨來，色暗花草死。」參見（唐）白居易著，謝思煒校注：《白居易詩集校注》，中華書局2006年版，第831頁。

〔註175〕 《醉後走筆酬劉五主簿長句之贈兼簡張大賈二十四先輩昆季》：「且傾斗酒慰羈愁，重話符離問舊遊。北巷鄰居幾家去，東林舊院何人住？」參見（唐）白居易著，謝思煒校注：《白居易詩集校注》，中華書局2006年版，第910頁。

〔註176〕 《板橋路》：「梁苑城西二十里，一渠春水柳千條。若為此路今重過，十五年前舊板橋。曾共玉顏橋上別，不知消息到今朝。」參見（唐）白居易著，謝思煒校注：《白居易詩集校注》，中華書局2006年版，第1567頁。

〔註177〕 （唐）白居易著，謝思煒校注：《夜雨》，《白居易詩集校注》，中華書局2006年版，第783頁。

〔註178〕 （唐）白居易著，謝思煒校注：《夜雨》，《白居易詩集校注》，中華書局2006年版，第783頁。

〔註179〕 （唐）白居易著，謝思煒校注：《和夢遊春詩一百韻》，《白居易詩集校注》，中華書局2006年版，第1131頁。

〔註180〕 （唐）白居易著，謝思煒校注：《和夢遊春詩一百韻》，《白居易詩集校注》，中華書局2006年版，第1133頁。

〔註181〕 （唐）白居易著，謝思煒校注：《和夢遊春詩一百韻》，《白居易詩集校注》，中華書局2006年版，第1133頁。

憂所伏」〔註182〕。結合白居易與元稹的經歷，這些勸慰的話又何嘗不是對自己說的呢。在詩的前半部分，白居易花了大量篇幅來描述元稹所謂夢遊中遇到的那位女子並與之相戀最後分離的故事，可以想見，元稹正式結婚前亦有過一位戀人，且感情至深，白居易與他的婚戀經歷非常相似，因此，白居易贈詩給元稹也是想讓自己「悔熟」、「悟深」，以佛法來救贖自己的情苦。雖然白居易用佛法苦苦修心離念消磨掉了很多憶念，但是故人的身影卻還是在夢中出現，《夢舊》云：「別來老大苦修煉，煉得離心成死灰。平生憶念消磨盡，昨夜因何入夢來。」〔註183〕千回百轉、魂牽夢繞，這是多麼令人無可奈何的相思啊！可見白居易傾心佛教與佛教能夠消磨他鬱悒的情苦有關。

綜上，白居易一生坎壈，正是由於歸命佛教可以使人忘懷得失，絕除憂慮，超越種種令人痛苦的現實和瑣屑無聊的束縛，白居易逐漸傾心於佛教並找到了人生的歸棲處。

在外因和內因的共同作用下，白居易毅然決然、發自內心地皈依佛教了，他至誠至情地讚歎佛教，如作於大和二年（828）的《和微之詩二十三首·和晨霞》：

> 君歌仙氏真，我歌慈氏真。慈氏發真念，念此閻浮人。左命大迦葉，右召桓提因。千萬化菩薩，百億諸鬼神。上自非想頂，下及風水輪。胎卵濕化類，蠢蠢難具陳。弘願在救拔，大悲忘辛勤。無論善不善，豈問冤與親。抉開生盲眼，擺去煩惱塵。燭以智慧日，灑之甘露津。千界一時度，萬法無與鄰。借問晨霞子，何如朝玉宸？〔註184〕

〔註182〕（唐）白居易著，謝思煒校注：《和夢遊春詩一百韻》，《白居易詩集校注》，中華書局 2006 年版，第 1133 頁。

〔註183〕（唐）白居易著，謝思煒校注：《白居易詩集校注》，中華書局 2006 年版，第 1201 頁。

〔註184〕（唐）白居易著，謝思煒校注：《白居易詩集校注》，中華書局 2006 年版，第 1724 頁。

全詩都在歌頌佛教救拔一切有情眾生的大慈大悲，大願大行。會昌元年（841），白居易模寫佛經偈頌寫作《六贊偈》，序曰：「今年登七十，老矣病矣，與來世相去甚邇，故作六偈，跪唱於佛法僧前，欲以起因發緣，為耒世張本也。」〔註185〕六贊偈為：贊佛偈、贊法偈、贊僧偈、眾生偈、懺悔偈、發願偈，皆為歸命佛教之作，「浮屠生死之說」〔註186〕成為他主要的精神寄託。

〔註185〕 （唐）白居易著，謝思煒校注：《白居易文集校注》，中華書局 2011 年版，第 2025 頁。

〔註186〕 （宋）歐陽修、宋祁：《新唐書》卷一一九，中華書局 1975 年版，第 4302 頁。

第二章　白居易禪淨雙修的宗教
修法

作為在家居士，白居易的信仰系統是比較複雜的。白居易常將
禪宗和淨土宗相提並論，如《重修香山寺畢題二十二韻以紀之》云：
「南祖心應學，西方社可投。」〔註1〕將「南祖」與「西方」並舉。
另如《晚起》云：「北闕停朝簿，西方入社名。唯吟一句偈，無念是
無生。」〔註2〕將西方極樂世界與禪宗無念心法相併列，表明自己
禪淨兼修的宗教修法。有鑒於此，本章將分別探討白居易的禪宗和
淨土宗信仰。

第一節　白居易的禪宗信仰及修持

白居易信仰禪宗，對於《壇經》有非常深刻的領悟。他的禪宗
信仰呈現出諸宗融合的特點，坐禪是白居易經常秉持的禪宗修行方
式。

〔註1〕（唐）白居易著，謝思煒校注：《白居易詩集校注》，中華書局 2006
　　　 年版，第 2374 頁。
〔註2〕（唐）白居易著，謝思煒校注：《白居易詩集校注》，中華書局 2006
　　　 年版，第 2192 頁。

一、白居易對《壇經》的領悟

　　白居易曾提及閱讀《壇經》的經歷，其《味道》云：「一卷壇經
說佛心」〔註3〕。禪宗以《壇經》為宗經，《壇經》經文云：「已後傳
法，遞相教授一卷《壇經》，不失本宗。不稟受《壇經》，非我宗旨。」
〔註4〕「無念」和「無住」（或作「無著」）是《壇經》中兩個重要的
概念，《壇經》明確說明：「我此法門從上以來，頓漸皆立無念為宗，
無相為體，無住為本。」〔註5〕「悟此法者，即是無念，無憶，無著。
莫起雜妄，即自是真如性。」〔註6〕比較上面兩段引文即可知，敘述
宗門要領時，無念和無住總是並列出現，而無相、無憶則可以發生變
化，可見，無念與無住是契入真如本性的兩個必要條件。白居易常在
詩中表達自己對《壇經》中「無念」、「無住」禪法的深刻領會。

　　首先來看白居易對「無念」的領悟。「無念」是《壇經》的宗旨，
《壇經》云：「是以立無念為宗，即緣迷人於境上有念，念上便起邪
見，一切塵勞妄念從此而生。然此教門立無念為宗，世人離境，不起
於念。」〔註7〕要做到無念，就必須不黏著一切境相：「無念法者，見
一切法，不著一切法；遍一切處，不著一切處，常淨自性，使六賊從
六門走出，於六塵中不離不染，來去自由，即是般若三昧，自在解脫，
名無念行。」〔註8〕無念法要求眼耳鼻舌身意遠離塵勞垢染。白居易
在《思往喜今》中云：「憶除司馬向江州，及此凡經十五秋。雖在簪

〔註3〕（唐）白居易著，謝思煒校注：《白居易詩集校注》，中華書局 2006
　　　年版，第 1836 頁。
〔註4〕楊曾文校寫：《敦煌新本‧六祖壇經》，宗教文化出版社 2011 年版，
　　　第 53 頁。
〔註5〕楊曾文校寫：《敦煌新本‧六祖壇經》，宗教文化出版社 2011 年版，
　　　第 15 頁。
〔註6〕楊曾文校寫：《敦煌新本‧六祖壇經》，宗教文化出版社 2011 年版，
　　　第 26 頁。
〔註7〕楊曾文校寫：《敦煌新本‧六祖壇經》，宗教文化出版社 2011 年版，
　　　第 16 頁。
〔註8〕楊曾文校寫：《敦煌新本‧六祖壇經》，宗教文化出版社 2011 年版，
　　　第 31 頁。

裾從俗累，半尋山水是閒遊。謫居終帶鄉關思，領郡猶分邦國憂。爭似如今作賓客，都無一念到心頭。」〔註9〕此時的白居易能做到「都無一念到心頭」，心態遠勝於從前，所以白居易說他「思往喜今」。「無念」還成了白居易護持心念的座右銘，《晚起》云：「唯吟一句偈，無念是無生。」〔註10〕白居易時刻吟誦《壇經》中的偈頌，要求自己不沾縛：於一切境上不染，不於法上生念。

　　然後來看白居易對「無住」的領悟。「無住」最早出現於《金剛經》中，經云：「應無所住而生其心」〔註11〕。《金剛經》並未對「無住」進行釋義，而《壇經》則對其進行了闡釋，經云：「無住者，為人本性，念念不住，前念、今念、後念，念念相續，無有斷絕，若一念斷絕，法身即離色身；念念時中，於一切法上無住；一念若住，念念即住，名繫縛；於一切法上念念不住，即無縛也。此是以無住為本。」〔註12〕「無住」即是念念不住，念念守護自心。白居易在《感悟妄緣題如上人壁》中云：「自從為駿童，直至作衰翁。所好隨年異，為忙終日同。弄沙成佛塔，鏪玉謁王宮。彼此皆兒戲，須臾即色空。有營非了義，無著是真宗。兼恐勤修道，猶應在妄中。」〔註13〕他說「無住」才是真宗，對於「無住」的重要性是非常有感觸的。白居易一直在努力踐行「無住」禪法，其《答元八郎中楊十二博士》云：「身覺浮雲無所著，心同止水有何情？」〔註14〕在一定

〔註9〕（唐）白居易著，謝思煒校注：《白居易詩集校注》，中華書局 2006年版，第 2212 頁。

〔註10〕（唐）白居易著，謝思煒校注：《白居易詩集校注》，中華書局 2006年版，第 2192 頁。

〔註11〕賴永海主編，賴永海、高永旺譯注：《佛教十三經‧維摩詰經》，中華書局 2013 年版，第 49 頁。

〔註12〕楊曾文校寫：《敦煌新本‧六祖壇經》，宗教文化出版社 2011 年版，第 16 頁。

〔註13〕（唐）白居易著，謝思煒校注：《白居易詩集校注》，中華書局 2006年版，第 1949 頁。

〔註14〕（唐）白居易著，謝思煒校注：《白居易詩集校注》，中華書局 2006年版，第 1390 頁。

程度上可以做到心如止水，無所住。白居易認為得道之人就一定能做到無住，如《題施山人野居》云：「得道應無著，謀生亦不妨。春泥秧稻暖，夜火焙茶香。水巷風塵少，松齋日月長。高閒真是貴，何處覓侯王。」〔註15〕還有《送文暢上人東遊》云：「得道即無著，隨緣西復東。貌依年臘老，心到夜禪空。山宿馴溪虎，江行灕水蠱。悠悠塵客思，春滿碧雲中。」〔註16〕白居易認為施山人和文暢上人都能做到無著無依，風致瀟灑。

綜上可知，白居易的禪宗信仰可謂堅固，對於禪宗的心法也頗有心得。

二、白居易的禪門交遊

白居易的禪法傳承是頗為複雜的，既有南宗、北宗還有牛頭宗。他所接觸的南宗僧人中也分屬各個派系，既有菏澤宗，也有洪州宗，呈現出諸宗融合的特點。

（一）南宗

白居易早年研習南宗禪，參禪問道，與南宗一系禪僧交遊頻繁。元和六年（811），白居易丁母憂退居渭上，在《春眠》一詩中，白居易說：「全勝彭澤醉，欲敵曹溪禪。」〔註17〕「曹溪禪」指代的就是慧能一系的南禪宗。元和十年（815），白居易在寫給李建的《贈杓直》一詩中，說自己「近歲將心地，迴向南宗禪。」〔註18〕可看出他已心歸南宗了。白居易與好友崔群也經常同參南宗心法。他在《答戶部崔侍郎書》一文中回憶到：「頃與閣下在禁中日，每視草之暇，匡床接

〔註15〕（唐）白居易著，謝思煒校注：《白居易詩集校注》，中華書局 2006年版，第 1063 頁。

〔註16〕（唐）白居易著，謝思煒校注：《白居易詩集校注》，中華書局 2006年版，第 1029 頁。

〔註17〕（唐）白居易著，謝思煒校注：《白居易詩集校注》，中華書局 2006年版，第 525 頁。

〔註18〕（唐）白居易著，謝思煒校注：《白居易詩集校注》，中華書局 2006年版，第 583 頁。

枕，言不及他，常以南宗心要互相誘導。」〔註19〕

　　對於菏澤宗和洪州宗這兩支南宗法脈，白居易皆有所接觸。先來看菏澤宗。

　　白居易與菏澤宗的關係主要體現在與神照及其弟子交往上。大和七年（833），白居易與神照及其弟子宗密、清閒、宗實在奉國寺相見，並寫下《喜照密閒實四上人見過》一詩：「紫袍朝士白髯翁，與俗乖疏與道通。官秩三回分洛下，交遊一半在僧中。臭腐世界終須出，香火因緣久願同。齋後將何充供養，西軒泉石北窗風。」〔註20〕白居易與神照、宗密、清閒和宗實的往來非常頻繁。具體如下：

　　神照傳承菏澤神會的法脈〔註21〕。元和十二年（817），白居易與神照同遊大林寺，〔註22〕大和五年（831），白居易作《贈僧五首》，其二《神照上人》即是寫給神照的，詩曰：「心如定水隨形應，口似懸河逐病治。曾向眾中先禮拜，西方去日莫相遺。」〔註23〕白居易題

〔註19〕（唐）白居易著，謝思煒校注：《白居易文集校注》，中華書局 2011年版，第 345 頁。

〔註20〕（唐）白居易著，謝思煒校注：《白居易詩集校注》，中華書局 2006年版，第 2369 頁。

〔註21〕《唐東都奉國寺禪德大師照公塔銘》：「大師號神照，姓張氏，蜀州青城人也。始出家於智凝法師，受具足戒於惠萼律師，學心法於惟忠禪師。忠一名南印，即第六祖之法曾孫也。」參見（唐）白居易著，謝思煒校注：《白居易文集校注》，中華書局 2011 年版，第 2017頁。另據《曹溪別出第四世‧荊南惟忠禪師法嗣》：「道圓禪師，益州如一禪師，奉國神照禪師，廬山東林雅禪師，以上四人無機緣語句，不錄。」神照係惟忠禪師弟子，據《景德傳燈錄》卷十三目錄，惟忠係神會法孫。參見（宋）釋道原：《景德傳燈錄》卷十三，藍吉富主編：《禪宗全書》第二冊，北京圖書館出版社 2004 年版，第 239頁。

〔註22〕《遊大林寺序》：「余與河南元集虛、范陽張允中、南陽張深之、廣平宋郁、安定梁必復、范陽張特，東林寺沙門法演、智滿、士堅、利辯、道深、道建、神照、雲臯、息慈、寂然，凡十七人。」參見（唐）白居易著，謝思煒校注：《白居易文集校注》，中華書局 2011年版，第 276 頁。

〔註23〕（唐）白居易著，謝思煒校注：《白居易詩集校注》，中華書局 2006年版，第 2172 頁。

注云：「照以說壇為佛事」，神照作壇場說法，這是神會菏澤禪一系通常採用的傳法方式。大和八年（834），白居易與神照同宿，白居易作《神照禪師同宿》一詩：「八年三月晦，山梨花滿枝。龍門水西寺，夜與遠公期。晏坐自相對，密語誰得知？前後際斷處，一念不生時。」〔註24〕晏坐之時，神照禪師教授白居易以守念的禪法。開成三年（838），神照終於奉國寺禪院，葬於寶應寺菏澤祖師塔東，白居易為作塔銘。〔註25〕

　　宗密為神照弟子，初從菏澤宗道圓出家，後又從華嚴宗澄觀求教，被後人尊為華嚴宗五祖。〔註26〕大和七年（833），白居易作《贈草堂宗密上人》，詩曰：「吾師道與佛相應，念念無為法法能。口藏宣傳十二部，心臺照耀百千燈。盡離文字非中道，長住虛空是小乘。少有人知菩薩行，世間只是重高僧。」〔註27〕表達了自己對於宗密菩薩地修行境界的肯定，並闡述了自己對「念念不住」的實修方式以及中

〔註24〕（唐）白居易著，謝思煒校注：《白居易詩集校注》，中華書局 2006年版，第 2269 頁。

〔註25〕《唐東都奉國寺禪德大師照公塔銘》：「大師號神照，姓張氏，蜀州青城人也。始出家於智凝法師，受具足戒於惠萼律師，學心法於惟忠禪師。忠一名南印，即第六祖之法曾孫也。大師祖達摩、宗神會而父事印。其教之大旨，以如然不動為體，以妙然不空為用，示真寂而不說斷滅，頗計著而不壞假名。師即得之，揭以行化，出蜀入洛，與洛人有緣，月開六壇，僅三十載，隨根說法，言下多悟。……開成三年冬十二月，示滅於奉國寺禪院，以是月遷葬於龍門山，報年六十三，僧夏四十四。」參見（唐）白居易著，謝思煒校注：《唐東都奉國寺禪德大師照公塔銘》，《白居易文集校注》，中華書局 2011年版，第 2017 頁。

〔註26〕《唐圭峰草堂寺宗密傳》：「釋宗密，姓何氏，……元和二年，偶謁遂州圓禪師，圓未與語，密欣然而慕之，乃從其削染受教。……復見洛陽照禪師，照曰：『菩薩人也，誰能識之？』末見上都華嚴觀，觀曰：『毗盧華藏，能隨我遊者其唯汝乎？』……密累入內殿，問其法要。大和二年慶成節，徵賜紫方袍為大德。尋請歸山。會昌元年正月六日坐滅於興福塔寺。」參見（宋）贊寧撰，范祥雍點校：《宋高僧傳》卷六，中華書局 1987 年版，第 124～125 頁。

〔註27〕（唐）白居易著，謝思煒校注：《白居易詩集校注》，中華書局 2006年版，第 2367 頁。

道觀的理解。

　　清閒，神照弟子〔註 28〕。大和四年（830），白居易與清閒師一同秋遊平泉，《秋遊平泉贈韋處士閒禪師》云：「秋景引閒步，山遊不知疲。杖藜捨輿馬，十里與僧期。昔嘗憂六十，四體不支持。今來已及此，猶未苦衰羸。心興遇境發，身力因行知。尋雲到起處，愛泉聽滴時。南村韋處士，西寺閒禪師。山頭與澗底，聞健且相隨。」〔註 29〕白居易與清閒師等眾在山頭澗底賞雲聽泉，樂遊不知疲倦。大和五年（831），白居易發心修繕香山寺，曾請清閒師幫忙主持，《修香山寺記》載：「因請悲智僧清閒主張之。」〔註 30〕同年作《贈僧五首》，其五為贈給清閒的《清閒上人》，詩曰：「梓潼眷屬何年別，長壽壇場近日開。應是蜀人皆度了，法輪移向洛中來。」〔註 31〕清閒師來到洛陽長壽寺開壇講法，白居易感到非常歡喜。開成元年（836），白居易與清閒等四位僧人在天竺南院，《題天竺南院贈閒振元㫬四上人》云：「雜芳潤草合，繁綠岩樹新。山深景候晚，四月有餘春。竹寺過微雨，石徑無纖塵。白衣一居士，方袍四道人。地是佛國土，人非俗交親。城中山下別，相送亦殷勤。」〔註 32〕白居易說他與清閒師等僧眾的交往是佛法交，而非俗交親。開成四年（839），白居易患風疾，閒上人曾來看望，白居易有《答閒上人來問因何風疾》詩記錄此事。開成五年（840），白居易與清閒師一同參加香山寺經藏堂落成儀式，據《香

〔註 28〕《唐東都奉國寺禪德大師照公塔銘》：「傳教主院上首弟子沙門清閒，糾門徒，合財施，與服勤弟子志行等，營度裏事……」參見（唐）白居易著，謝思煒校注：《白居易文集校注》，中華書局 2011 年版，第 2017 頁。

〔註 29〕（唐）白居易著，謝思煒校注：《白居易詩集校注》，中華書局 2006 年版，第 1783～1784 頁。

〔註 30〕（唐）白居易著，謝思煒校注：《白居易文集校注》，中華書局 2011 年版，第 1870 頁。

〔註 31〕（唐）白居易著，謝思煒校注：《白居易詩集校注》，中華書局 2006 年版，第 2174 頁。

〔註 32〕（唐）白居易著，謝思煒校注：《白居易詩集校注》，中華書局 2006 年版，第 2337 頁。

山寺新修經藏堂記》載：「與閑、振、源、濟、釗、操、州、暢八長老，及比丘眾百二十人圍繞讚歎之。」〔註33〕會昌二年（842），白居易赴奉國寺清閑禪師處避暑，《夏日與閑禪師林下避暑》云：「洛景牆西塵土紅，伴僧閑坐竹泉東。綠蘿潭上不見日，白石灘邊長有風。熱惱漸知隨念盡，清涼常願與人同。每因毒暑悲親故，多在炎方瘴海中。」〔註34〕。

宗實，神照弟子〔註35〕。大和五年（831），白居易作《贈僧五首》，其四為贈給宗實師的《宗實上人》：「榮華恩愛棄成唾，戒定真如和作香。今古雖殊同一法，瞿曇拋卻轉輪王。」〔註36〕宗實為樊司空之子，與白居易有故交，宗實捨官位妻子出家，白居易表示讚賞。大和八年（834），宗實要去江南，白居易相送，《送宗實上人遊江南》云：「忽辭洛下緣何事，擬向江南住幾時？每過渡頭應問法，無妨菩薩是船師。」〔註37〕詩寫得風趣幽默，可見與宗實的交情匪淺。

再來看洪州宗。白居易也得到過洪州宗的禪法，他曾作《自誨》一詩勉勵自己，詩曰：「而今而後，汝宜饑而食，渴而飲，晝而興，夜而寢。無喜浪，無妄憂。病則臥，死則休。」〔註38〕其中體現出來的隨處任真、觸目皆如的思想，與馬祖道一所倡導的「應機接物，盡是道」禪法一脈相承。以馬祖道一為代表的洪州宗一系，認為平常心

〔註33〕 （唐）白居易著，謝思煒校注：《白居易文集校注》，中華書局 2011 年版，第 2013 頁。

〔註34〕 （唐）白居易著，謝思煒校注：《白居易詩集校注》，中華書局 2006 年版，第 2771 頁。

〔註35〕 《唐東都奉國寺禪德大師照公塔銘》：「其諸升堂入室得心要口訣者，有宗實在裏……」參見（唐）白居易著，謝思煒校注：《白居易文集校注》，中華書局 2011 年版，第 2017 頁。

〔註36〕 （唐）白居易著，謝思煒校注：《白居易詩集校注》，中華書局 2006 年版，第 2173 頁。

〔註37〕 （唐）白居易著，謝思煒校注：《白居易詩集校注》，中華書局 2006 年版，第 2457 頁。

〔註38〕 （唐）白居易著，謝思煒校注：《白居易詩集校注》，中華書局 2006 年版，第 2843 頁。

是眾生成佛的根源，不別是非、無所執著、無有取捨的心是合道的：
「道不用修，但莫污染。何為污染？但有生死心，造作趨向，皆是污
染。若欲直會其道，平常心是道。何謂平常心？無造作，無是非，無
取捨，無斷常，無凡無聖。經云：『非凡夫行，非聖賢行，是菩薩行。』
只如今行住坐臥，應機接物，盡是道。」〔註39〕

　　白居易的另一首詩也體現了洪州一系的禪法，《有感三首》其三
云：「食來即開口，睡來即合眼。」〔註40〕這幾乎就是轉述馬祖道一
的弟子大珠慧海所說的「饑來吃飯，困來即眠」〔註41〕。大珠慧海繼
承了馬祖道一的思想，並對馬祖道一的應機接物進行了更加詳細的發
揮，試看他與源律師的問答：

　　　　源律師問：「和尚修道，還用功否？」師曰：「用功。」
　　曰：「如何用功？」師曰：「饑來吃飯，困來即眠。」曰：「一
　　切人總如是，同師用功否？」師曰：「不同。」曰：「何故
　　不同？」師曰：「他吃飯時不肯吃飯，百種須索；睡時不肯
　　睡，千般計較，所以不同也。」〔註42〕

大珠慧海將平常心進一步地貫徹於日常生活中，主張隨機吃飯與睡
眠，長養聖胎，使洪州禪更加普及化、生活化。

　　與此同時，白居易與洪州宗一脈的惟寬、如滿、智常和神湊往還
比較頻繁。

　　惟寬，馬祖道一弟子〔註43〕。白居易曾四次向興善惟寬請詣佛

〔註39〕《四家語錄》，藍吉富主編：《禪宗全書》第三十九冊，北京圖書館
　　　　出版社 2004 年版，第 72 頁。
〔註40〕（唐）白居易著，謝思煒校注：《白居易詩集校注》，中華書局 2006
　　　　年版，第 1696 頁。
〔註41〕（宋）釋普濟撰，蘇淵雷點校：《五燈會元》卷三，中華書局 1984
　　　　年版，第 157 頁。
〔註42〕（宋）釋普濟撰，蘇淵雷點校：《五燈會元》卷三，中華書局 1984
　　　　年版，第 157 頁。
〔註43〕《傳法堂碑》：「有問師之名跡，曰：號惟寬，……讓傳洪州道一，
　　　　一諡曰大寂，寂即師之師。……成最上乘道於大寂道一。」參見（唐）
　　　　白居易著，謝思煒校注：《白居易文集校注》，中華書局 2011 年版，

法，釋贊寧《宋高僧傳》對此記載為：「白樂天為宮贊時，遇惟寬，四詣法堂，每來垂一問，寬答如流，白君以師事之。」〔註44〕具體的請法內容，白居易在《傳法堂碑》中有詳細的記錄：「第一問云：『既曰禪師，何故說法？』師曰：『無上菩提者，被於身為律，說於口為法，行於心為禪。應用有三，其實一也。如江湖河漢，在處立名，名雖不一，水性無二。律即是法，法不離禪，云何於中妄起分別？』第二問云：『既無分別，何以修心？』師曰：『心本無損傷，云何要修理？無論垢與淨，一切勿起念。』第三問云：『垢即不可念，淨無念可乎？』師曰：『如人眼睛上，一物不可住。金屑雖珍寶，在眼亦為病。』第四問云：『無修無念，亦何異於凡夫耶？』師曰：『凡夫無明，二乘執著，離此二病，是名真修。真修者不得勤，不得妄。動即近執著，忘即落無明。』」〔註45〕這段請法的內容也被收入禪宗燈錄中。白居易問：如何修心，惟寬禪師回答：心無損傷，不需要修心，白居易問：無念無修，不是與凡夫無異了嗎？惟寬禪師回答：此無念無修是要斷除凡夫對二乘的執著，真修者遠離二邊，不勤也不妄。惟寬禪師的回答體現了洪州宗的「任心禪法」。「任心禪法」的精髓在於保持天真平常、任運隨緣的心：「即今能語言動作，貪瞋慈忍，造善惡受苦樂等，即汝佛性。即此本來是佛，除此無別佛也。了此天真自然，故不可起心修道。道即是心，不可將心還修於心；惡亦是心，不可將心還斷於心。不斷不修，任運自在，方名解脫。性如虛空，不增不減，何假添補。但隨時隨處息業，養神聖胎增長，顯發自然神妙。此即是為真悟

第 185 頁。《唐京兆興善寺惟寬傳》：「釋惟寬，……成最上乘於大寂道一。」參見（宋）贊寧撰，范祥雍點校：《宋高僧傳》卷十，中華書局 1987 年版，第 228 頁。《京兆興善惟寬禪師》：「後參大寂乃得心要。」（宋）釋道原：《景德傳燈錄》卷七，藍吉富主編：《禪宗全書》第二冊，北京圖書館出版社 2004 年版，第 127 頁。

〔註44〕（宋）贊寧撰，范祥雍點校：《宋高僧傳》卷十，中華書局 1987 年版，第 228 頁。

〔註45〕（唐）白居易著，謝思煒校注：《白居易文集校注》，中華書局 2011 年版，第 186 頁。

真修真證也。」〔註46〕故不可將心還修於心，不可起心修道，也不可將心還斷於心，應該既不斷又不修，任運自在。在《傳法堂碑》的最後，白居易說：「志吾受燃燈記，記靈山會於將來世」〔註47〕，將惟寬比作釋迦牟尼佛，將為惟寬寫碑一事比作傳燈之行，可見白居易對惟寬的敬仰之情。

據《金剛經集注》記載，白居易曾就《金剛經》經義向惟寬請教。《金剛經》云：「佛告須菩提：『於意云何？如來昔在然燈佛所，於法有所得不？』『不也，世尊！如來在然燈佛所，於法實無所得』。」白居易對這段話感到不解，特向惟寬禪師請教：「無修無證，何異凡夫？」〔註48〕這一問題與《傳法堂碑》中第四問「無修無念，亦何異於凡夫耶？」〔註49〕幾乎相同，惟寬回答道：「凡夫無明，二乘執著。離此二病，是為真修也。真修者，不得勤，不得怠，勤則近執著，怠則落無明，乃為心要耳，此是初學入道之法門也。於法實無所得者，須菩提謂如來自性本來清淨，而於然燈佛所，於法實無所得。」〔註50〕內容基本與《傳法堂碑》中惟寬對第四問的回答一致，因此，《傳法堂碑》中的第四問是白居易據《金剛經》提出的問題。

如滿，馬祖道一弟子〔註51〕。《景德傳燈錄》卷十將「杭州刺史白居易」列為洛京佛光寺如滿禪師唯一的法嗣，《傳法正宗記》也有相同記載：「大鑒之四世，曰洛京佛光寺如滿禪師。其所出法嗣一人，

〔註46〕（唐）宗密述：《禪源諸詮集都序》卷上之二，《大正藏》卷四十八，佛陀教育基金會出版部 1990 年版，第 402 頁。

〔註47〕（唐）白居易著，謝思煒校注：《白居易文集校注》，中華書局 2011 年版，第 186 頁。

〔註48〕（明）朱棣：《金剛經集注》，上海古籍出版社 1984 年版，第 100 頁。

〔註49〕（唐）白居易著，謝思煒校注：《白居易文集校注》，中華書局 2011 年版，第 186 頁。

〔註50〕（明）朱棣：《金剛經集注》，上海古籍出版社 1984 年版，第 100 頁。

〔註51〕《景德傳燈錄》卷六將如滿列為馬祖道一法嗣。參見（宋）釋道原：《景德傳燈錄》卷六，藍吉富主編：《禪宗全書》第二冊，北京圖書館出版社 2004 年版，第 104 頁。

曰太子少傅白居易者。」〔註52〕根據《景德傳燈錄》的記載，白居易「久參佛光得心法，兼稟大乘金剛寶戒」〔註53〕，其中的「佛光」即指如滿。據《舊唐書・白居易傳》載，白居易與佛光如滿結過蓮社：「會昌中，請罷太子少傅，以刑部尚書致仕。與香山僧如滿結香火社。」〔註54〕白居易與如滿交情甚好，將如滿引為空門友，白居易在作於開成三年（838）的《醉吟先生傳》中寫道：「與嵩山僧如滿為空門友。」〔註55〕會昌元年（841），白居易與如滿見面，臨別時如滿送白居易下山，白居易作《山下留別佛光和尚》云：「勞師送我下山行，此別何人識此情？我已七旬師九十，當知後會在他生。」〔註56〕這一別可能是一生，白居易寫得尤為動情。會昌二年（842），白居易在香山寺請人為自己和如滿和尚寫真，並作《佛光和尚真贊》紀其事。會昌五年（845）白居易為九老寫真，作《九老圖詩》，如滿也在其中。白居易病逝前，曾囑其家人將他埋葬在如滿塔側，《舊唐書・白居易傳》云：「會昌中，請罷太子少傅，以刑部尚書致仕。……遺命不歸下邽，可葬於香山如滿師塔之側，家人從命而葬焉。」〔註57〕

　　智常，馬祖道一弟子〔註58〕。據《祖堂集》記載，白居易曾微

〔註52〕（宋）釋契嵩撰：《傳法正宗記》卷七，藍吉富主編：《禪宗全書》第三冊，北京圖書館出版社 2004 年版，第 556～557 頁。

〔註53〕（宋）釋道原：《景德傳燈錄》卷十，藍吉富主編：《禪宗全書》第二冊，北京圖書館出版社 2004 年版，第 185 頁。

〔註54〕（後晉）劉昫等撰：《舊唐書》卷一六六，中華書局 1975 年版，第 4356 頁。

〔註55〕（唐）白居易著，謝思煒校注：《白居易文集校注》，中華書局 2011 年版，第 1981 頁。

〔註56〕（唐）白居易著，謝思煒校注：《白居易詩集校注》，中華書局 2006 年版，第 2620 頁。

〔註57〕（後晉）劉昫等：《舊唐書》卷一六六，中華書局 1975 年版，第 4356～4358 頁。

〔註58〕《景德傳燈錄》卷七將智常列為馬祖道一法嗣。參見（宋）釋道原：《景德傳燈錄》卷七，藍吉富主編：《禪宗全書》第二冊，北京圖書館出版社 2004 年版，第 118 頁。《唐廬山歸宗智常傳》：「釋智常者。……同遊大寂之門。」參見（宋）贊寧撰，范祥雍點校：《宋高

服訪問歸宗，智常正親自塗刷牆壁，白居易幫忙遞過泥桶給他，智常問道：「你是儒，還是釋？」白答：「儒。」智常又問：「是君子儒，還是小人儒？」答：「君子儒。」智常又說：「我聽說儒者中有白樂天，是你麼？」答：「是的。」良久，智常說：「今日我們有遞桶的緣分。」〔註59〕另據《宋高僧傳》記載，白居易任江州司馬期間，與李渤二人一同拜訪智常法師。〔註60〕元和十一年（816），白居易作詩《晚春登大雲寺南樓贈常禪師》贈給智常，該詩曰：「花盡頭新白，登樓意若何？歲時春日少，世界苦人多。愁醉非因酒，悲吟不是歌。求師治此病，唯勸讀楞伽。」〔註61〕白居易向智常法師討教治療疾病的方法，得到的回答是讀誦《楞伽經》。

神湊，雖是律僧，也從馬祖道一學禪〔註62〕。元和十二年（817）

僧傳》卷，中華書局1987年版，第427頁。另外《祖堂集》卷十五、《五燈會元》卷三均將智常列為馬祖道一法嗣。

〔註59〕《祖堂集》：「歸宗和尚嗣馬大師，在江州廬山。師諱智常，未詳姓氏。……白舍人為江州刺史，頗甚殷敬。舍人參師，師泥壁次。師回首云：『君子儒？小人儒？』白舍人云：『君子儒。』」參見（南唐）靜、筠禪僧編：《祖堂集》卷十五，藍吉富主編：《禪宗全書》第一冊，北京圖書館出版社2004年版，第722頁。

〔註60〕《唐廬山歸宗智常傳》：「釋智常者，挺拔出倫，操履清約，遍參知識，影附南泉，同遊大寂之門，乃見江西之道。元和中，駐錫廬山歸宗淨院。……白樂天貶江州司馬，最加欽重。續以李渤員外，元和六年隱嵩，少以著作徵起，杜元穎排之，出為虔州刺史南康，曾未卒歲，遷江州刺史。……到郡，喜與白樂天相遇。因言潯陽廬阜山水之最，人物賢哲隱淪。論惠遠遺跡，遂述歸宗禪師善談禪要，李曰：『朝廷金榜早晚有嗜菜阿師名目。』白曰：『若然，則未識食菜阿師歟？』白強勸遊二林，意同見常耳。及到歸宗，李問曰：『教中有言，須彌納芥子，芥子納須彌，如何芥子納得須彌？』常曰：『人言博士學覽萬卷書籍，還是否耶？』李曰：『忝此虛名。』常曰：『摩踵至頂，只若干尺身，萬卷書向何處著？』李俯首無言，再思稱歎。」參見（宋）贊寧撰，范祥雍點校：《宋高僧傳》卷十七，中華書局1987年版，第427～428頁。

〔註61〕（唐）白居易著，謝思煒校注：《白居易詩集校注》，中華書局2006年版，第1273頁。

〔註62〕《唐江州興果寺律大德湊公塔碣銘》：「如來滅後後五百年，有持戒見性者曰興果律師。師姓成，號神湊，京兆藍田人。既出家，具戒

九月，神湊去世，白居易並為之撰寫碣銘，即《唐江州興果寺律大德湊公塔碣銘》。

（二）北宗

　　白居易與北宗僧人的交遊從年輕時即已開始，主要有法凝及其座下弟子們、崇珪和甄公等。貞元十五年（799），時年二十八歲的白居易從浮梁大兄白幼文處返洛陽省母，貞元十七年（801）前後，開始從東都聖善寺塔院〔註63〕的法凝學禪，《八漸偈》記錄了法凝對他的開示。法凝弟子眾多，白居易與法凝弟子如信、智如及智如弟子振公等交誼甚厚。如信於長慶四年（824）去世，次年遷葬於龍門西山奉先寺，白居易時在蘇州刺史任上，應如信同門智如及諸弟子等人之請，為作《如信大師功德幢記》，寶曆二年（826），白居易又作《感悟妄緣題如上人壁》一詩憶念如信師。白居易與智如交誼甚厚，大和元年（827），白居易與智如徹夜交談，並寫下《與僧智如夜話》一詩。白居易曾從智如處受齋戒，據《聖善寺白氏文集記》載：「中大夫、守太子少傅、馮翊縣開國侯、上柱國、賜紫金魚袋太原白居易，字樂天，與東都聖善寺缽塔院故長老智如大師有齋戒之因。」〔註64〕大約從長慶四年（824）秋開始，白居易每年從智如處受八關齋戒，據《東都十律大德長聖善寺缽塔院主智如和尚茶毗幢記》載：「振輩以居易辱為是院門徒者有年矣，又十年以還，蒙師授八關齋戒。」〔註65〕從

於南嶽希操大師，參禪於鍾陵大寂大師。」參見（唐）白居易著，謝思煒校注：《白居易文集校注》，中華書局 2011 年版，第 202～203 頁。《唐江州興果寺湊傳》：「釋神湊，……祈南嶽希操師受具，復參鍾陵大寂禪師。」參見（宋）贊寧撰，范祥雍點校：《宋高僧傳》卷十六，中華書局 1987 年版，第 391 頁。

〔註63〕謝思煒在《白居易集綜論》下編《白居易的佛教信仰》第一節《元和以時期的佛教信仰》中梳理了聖善寺與北宗傳承的關係。參見謝思煒：《白居易集綜論》，中國社會科學出版社 1997 年版，第 255 頁。

〔註64〕（唐）白居易著，謝思煒校注：《白居易文集校注》，中華書局 2011 年版，第 1967 頁。

〔註65〕（唐）白居易著，謝思煒校注：《白居易文集校注》，中華書局 2011 年版，第 1922 頁。

智如處受齋戒的事白居易還寫進了《贈僧五首》其一《鉢塔院如大師》中，該詩自注曰：「每歲於師處授八關齋戒者九度。」〔註66〕每年從智如那裡受八關齋戒持續了九年，九年應非實數，長慶四年（824）五月，白居易除太子右庶子分司東都，月末離杭，經汴河路，秋至洛陽，若從此時開始從智如處受八關齋戒，至大和五年（831）作《鉢塔院如大師》應為八年。智如於大和八年（834）去世，兩年後，白居易為作《東都十律大德長聖善寺鉢塔院主智如和尚茶毗幢記》。白居易與智如弟子振公亦有交往，白居易曾與振公結僧社，《聖善寺白氏文集記》云：「與今長老振大士為香火之社」〔註67〕。白居易還與崇珪〔註68〕、甄公〔註69〕等北宗禪師有交往。崇珪圓寂後，於唐會昌元年八月十日葬入佛塔，白居易為其撰寫了塔銘。〔註70〕白居易任蘇州刺史時，與甄公「接其談道」〔註71〕，並且「得甄之閫閾矣」〔註72〕。

〔註66〕（唐）白居易著，謝思煒校注：《白居易詩集校注》，中華書局 2006 年版，第 2170 頁。

〔註67〕（唐）白居易著，謝思煒校注：《白居易文集校注》，中華書局 2011 年版，第 1967 頁。

〔註68〕崇珪得神秀之禪法，據《宋高僧傳》卷九《唐洛京龍興寺崇珪傳》載：「釋崇珪，……其所談法，宗秀之提唱，獲益明心者多矣。」參見（宋）贊寧撰，范祥雍點校：《宋高僧傳》卷九，中華書局 1987 年版，第 215 頁。

〔註69〕甄公曾禮嵩山禪師，據《宋高僧傳》卷十一《唐荊州福壽寺甄公傳》載：「釋甄公，……後於洛京昭成寺講法數座，因禮嵩山禪師，通暢心決。」參見（宋）贊寧撰，范祥雍點校：《宋高僧傳》卷十一，中華書局 1987 年版，第 257 頁。據宇井伯壽《禪宗史研究》，嵩山禪師是神秀弟子普寂之弟子。轉引自簡宗修：《〈白居易集〉中的北宗文獻與北宗禪師》，《佛教研究中心學報》2006 年第 6 期，第 234 頁。

〔註70〕《唐洛京龍興寺崇珪傳》：「釋崇珪，……忽告眾決別，春秋八十六。白侍郎撰塔銘，會昌元年辛酉八月十日入塔云。」參見（宋）贊寧撰，范祥雍點校：《宋高僧傳》卷九，中華書局 1987 年版，第 215 頁。

〔註71〕（宋）贊寧撰，范祥雍點校：《宋高僧傳》卷十一，中華書局 1987 年版，第 257 頁。

〔註72〕（宋）贊寧撰，范祥雍點校：《宋高僧傳》卷十一，中華書局 1987 年版，第 257 頁。

　　白居易還有許多詩歌闡釋了北宗禪法。如作於貞元二十年（804）的《八漸偈》是法凝對他的開示，《八漸偈》序文對此事作了記述：「唐貞元十九年秋八月，有大師曰凝公遷化於東都聖善寺塔院。越明年二月，有東來客白居易作《八漸偈》，偈六言四句，以贊之。初，居易常求心要於師，師賜我八言焉。曰觀、曰覺、曰定、曰慧、曰明、曰通、曰濟、曰捨。繇是入於耳，貫於心，達於性，於茲三四年矣。嗚呼！今師之報身則化，師之八言不化。至哉八言，實無生忍觀之漸門也。放自觀至捨，次而贊之。廣一言為一偈，謂之《八漸偈》。蓋欲以發揮師之心教，且明居易不敢失墜也。既而陞於堂，禮於床，跪而唱，泣而去。」〔註 73〕

　　凝公將八言傳授焓白居易，居易敷演闡揭之，遂成為八偈，因此，《八漸偈》在一定程度上也表達了白居易對佛教的虔誠和對禪法的領悟，《八漸偈》由八首偈頌組成，偈文如下：

　　　　觀偈：以心中眼，觀心外相。從何而有？從何而喪？
　　觀之又觀，則辯真妄。〔註 74〕

　　　　覺偈：惟真常在，為妄所蒙。真妄茍辯，覺生其中。
　　不離妄有，而得真空。〔註 75〕

　　　　定偈：真若不滅，妄即不起。六根之源，湛如止水。
　　是為禪定，乃脫生死。〔註 76〕

　　　　慧偈：慧之以定，定猶有繫。濟之以慧，慧則無滯。
　　如珠在盤，盤定珠慧。〔註 77〕

〔註 73〕（唐）白居易著，謝思煒校注：《白居易文集校注》，中華書局 2011年版，第 104 頁。

〔註 74〕（唐）白居易著，謝思煒校注：《白居易文集校注》，中華書局 2011年版，第 106 頁。

〔註 75〕（唐）白居易著，謝思煒校注：《白居易文集校注》，中華書局 2011年版，第 108 頁。

〔註 76〕（唐）白居易著，謝思煒校注：《白居易文集校注》，中華書局 2011年版，第 109 頁。

〔註 77〕（唐）白居易著，謝思煒校注：《白居易文集校注》，中華書局 2011年版，第 109 頁。

　　明偈：定慧相合，合而後明。照彼萬物，物無遁形。

如大圓鏡，有應無情。〔註78〕

　　通偈：慧至乃明，明則不昧。明至乃通，通則無礙。

無礙者何？變化自在。〔註79〕

　　濟偈：通力不常，應念而變。變相非有，隨求而見。

是大慈悲，以一濟萬。〔註80〕

　　捨偈：眾苦既濟，大悲亦捨。苦既非真，悲亦是假。

是故眾生，實無度者。〔註81〕

八偈分別描述了「觀、覺、定、慧、明、通、濟、捨」這八個境界，具有嚴格的次第，從第一偈「觀」到第八偈「捨」，是漸進的，自然而然的過程。其中所關涉的觀心、息心為北宗禪的心法。只有「觀」心才能對「真妄」有所辨別，才能有所「覺」，最後才得「真空」。一旦心能做到「不滅真、不妄起」時，就可以達到「湛如止水」的息心狀態，實現禪定。這描述的顯然是北宗的漸修禪法。以神秀為代表的北宗一系主張漸修，《觀心論》中的這段話是神秀禪法的濃縮：

　　菩薩摩訶薩行深般若波羅密多時，了於四大五蘊，於空無我中，了見自心有二種差別，云何為二？一者淨心，二者染心。其淨心者，即是無漏真如之心；其染心者，即是有漏無明之心。二種之心，法爾自然，本來俱有。雖假緣和合，本不相生。淨心恒樂善因，染體常思惡業。若真如自覺，不受所染，則稱之為聖，遂能遠離諸苦，證涅槃樂。若隨染造業，受其纏覆，則名之為凡。於是沉淪三界，受種種苦。何以故？由彼染心障真如體故。《十地經》云：

〔註78〕（唐）白居易著，謝思煒校注：《白居易文集校注》，中華書局 2011
　　　　年版，第 110 頁。

〔註79〕（唐）白居易著，謝思煒校注：《白居易文集校注》，中華書局 2011
　　　　年版，第 111 頁。

〔註80〕（唐）白居易著，謝思煒校注：《白居易文集校注》，中華書局 2011
　　　　年版，第 111 頁。

〔註81〕（唐）白居易著，謝思煒校注：《白居易文集校注》，中華書局 2011
　　　　年版，第 112 頁。

「眾生身中有金剛佛性，猶如日輪，體明圓滿，廣大無邊。
心為五陰黑雲所覆，如瓶內燈光，不能顯了。」又《涅槃
經》云：「一切眾生皆有佛性，無明覆故，故不得解脫。」
佛性者，即覺性也。但自覺覺他，智惠明瞭，離其所覆，
則名解脫。故知一切諸善，以覺為根。因其覺根，遂顯現
諸功德樹，涅槃之果，因此而成。〔註82〕

神秀認為心性分為「染淨二心」，因此需要時刻觀心、守心，以免貪
著外境，受到染污。神秀十分重視對染心的內涵、表現、體性和危害
的闡述。

另外宋人蘇轍從《八漸偈》的「六根之源，湛為止水」等句中看
出了其中所蘊含的「應無所住而生其心」的禪宗要義，文見《書白樂
天集後二首》其二：

《圓覺經》云：「動念息念，皆歸迷悶。」世間諸修行
人，不墮動念中，即墮息念中矣。欲兩不墮，必先辨真妄，
使真不滅，則妄不起，妄不起，而六根之源，湛如止水，
則未嘗息念而念自靜矣。如此，乃為真定，真定既立，則
真惠自生，定惠圓滿，而眾善自至，此諸佛心要也。《金剛
經》云：「應無所住，而生其心。」既不住六塵，亦不住靜，
六塵日夜遊於六根，而兩不相染。此樂天所謂「六根之源
湛如止水」也。六祖嘗告大弟子：「假使坐而不動，除得妄
起心，此法同無情，即能障道，道須流通，何以卻住心？
心不住即流通，住即被縛。」故五祖告牛頭亦云：「妄念既
不起，真心任遍知。」皆所謂應無所住而生其心者也。佛
祖舊說，符合如此，而樂天《八漸偈》，亦似見此事，故書
其後，寄子瞻兄。〔註83〕

蘇轍認為，諸佛心要皆始於真定，而真定的前提則是看守心念，念念

〔註82〕此處引用《觀心論》，所據版本為（伯4646）《敦煌寶藏》第一三四
冊，新文豐出版公司1986年版，第217～218頁。

〔註83〕（宋）蘇轍著，陳宏天、高秀芳點校：《蘇轍集》第三冊，中華書局
1990年版，第1115～1116頁。

不住，既不墮於動念中，又不墮於息念中，不偏不倚，不墮兩邊，如此才可以不起妄念，都攝六根，達到湛然不動的境界。這也是在闡述北宗禪法，從蘇轍的點評中也可看出白居易《八漸偈》所闡釋的為北宗禪法。

　　白居易有多首詩作透露出北宗的禪法傾向。受神秀觀心法門的影響，白居易常在詩中提到「觀心」、「看心」、「洗心」、「心法」等。如白詩提到「觀心」，《詠懷》云：「所以見道人，觀心不觀跡。」〔註84〕一旦見道，則守護內心的念頭，不再執著外在的境象。白詩也提到「看心」，如《酬錢員外雪中見寄》云：「煩君想我看心坐，報導心空無可看。」〔註85〕禪坐的過程中觀察起心動念，最後發現並不曾見到一物，屬於典型的觀心法門。正如《大乘無生方便門》所云：「看心若淨，名淨心地。莫捲縮身心，舒展身心。放曠遠看，平等盡虛空看。和問言：見何物？子云：一物不見。」〔註86〕最妙的境界就是「一物不見」。白詩還提到「洗心」，《送兄弟回雪夜》云：「平生洗心法，正為今宵設。」〔註87〕這裡的「洗心」是說在觀心之後可以逐步使心地獲得清淨。白詩提到「心法」，《夢裴相公》云：「自我學心法，萬緣成一空。」〔註88〕他非常強調伏自心的重要性，《歲暮》云：「中心一調伏，外累盡空虛。」〔註89〕他甚至認為一切煩惱都源自內心的造作，《委順》

〔註84〕（唐）白居易著，謝思煒校注：《白居易詩集校注》，中華書局 2006 年版，第 683 頁。

〔註85〕（唐）白居易著，謝思煒校注：《白居易詩集校注》，中華書局 2006 年版，第 1082 頁。

〔註86〕《大乘無生方便門》，《大正藏》卷八十五，佛陀教育基金會出版部 1990 年版，第 1273 頁。

〔註87〕（唐）白居易著，謝思煒校注：《白居易詩集校注》，中華書局 2006 年版，第 787 頁。

〔註88〕（唐）白居易著，謝思煒校注：《白居易詩集校注》，中華書局 2006 年版，第 790 頁。

〔註89〕（唐）白居易著，謝思煒校注：《白居易詩集校注》，中華書局 2006 年版，第 612 頁。

云：「外累由心起，心寧累自息。」〔註90〕因此，白居易很強調沒有偏私的平等心，《歲暮道情二首》其一云：「為學空門平等法，先齊老少死生心。」〔註91〕想要獲得平等心，就要看破衰老和死亡。

因為要認識並守護心念，自然有需要平息心念的時候，白詩還常提及「息念」、「息心」及其他意思相近的詞彙，如「達摩傳心令息念」〔註92〕、「人間久息心」〔註93〕等。白居易不僅闡述「息心」禪理，而且常將「息心」禪法應用到實際生活當中，其《渭村退居寄禮部崔侍郎翰林錢舍人詩一百韻》即是一例，詩云：「漸閒親道友，因病事醫王。息亂歸禪定，存神入坐亡。斷癡求慧劍，濟苦得慈航。不動為吾志，無何是我鄉。可憐身與世，從此兩相忘。」〔註94〕白居易與道友們一起打坐參禪，逐漸平息內心的雜念妄想。當然，要做到真正的息心需要假以時日，並非一蹴而就，白居易在《閒吟》中云：「自從苦學空門法，銷盡平生種種心。唯有詩魔降未得，每逢風月一閒吟。」〔註95〕種種心念都消磨得差不多了，只是偶然還想吟風頌月。道心不堅固的時候，有時候一個夢境的到來就可以打碎以往的所有修持，白居易在《夢舊》中云：「別來老大苦修道，煉得離心成死灰。平生憶念消磨盡，昨夜因何入夢來。」〔註96〕可見，做到真正息心前必定經

〔註90〕（唐）白居易著，謝思煒校注：《白居易詩集校注》，中華書局 2006 年版，第 885 頁。

〔註91〕（唐）白居易著，謝思煒校注：《白居易詩集校注》，中華書局 2006 年版，第 1235 頁。

〔註92〕（唐）白居易著，謝思煒校注：《拜表回閒遊》，《白居易詩集校注》，中華書局 2006 年版，第 2406 頁。

〔註93〕（唐）白居易著，謝思煒校注：《香山下卜居》，《白居易詩集校注》，中華書局 2006 年版，第 2513 頁。

〔註94〕（唐）白居易著，謝思煒校注：《白居易詩集校注》，中華書局 2006 年版，第 1151 頁。

〔註95〕（唐）白居易著，謝思煒校注：《閒吟》，《白居易詩集校注》，中華書局 2006 年版，第 1333 頁。

〔註96〕（唐）白居易著，謝思煒校注：《白居易詩集校注》，中華書局 2006 年版，第 1201 頁。

歷一個漫長的過程。首先應該平息比較粗大的情緒，《寄李相公崔侍郎錢舍人》云：「曾陪鶴馭兩三仙，親侍龍輿四五年。天上歡華春有限，世間漂泊海無邊。榮枯事過都成夢，憂喜心忘便是禪。官滿更歸何處去？香爐峰在宅門前。」〔註97〕先看淡情緒起伏較大的憂和喜就已經是在修持息心禪法了。如此則在碰到比較嚴厲的情境時也能保持內心平靜，如《睡覺》云：

> 星河耿耿漏綿綿，月暗燈微欲曙天。轉枕頻伸書帳下，
> 披裘箕踞火爐前。老眼早覺常殘夜，病力先衰不待年。五
> 欲已銷諸念息，世間無境可勾牽。〔註98〕

儘管此時的白居易百病纏身，難以入睡，可是卻說「世間無境可勾牽」，可見息心禪法是白居易對治疾病的靈丹妙藥。

綜上，白居易對北宗的信仰始於青年時期，持續至人生末年，始終不渝，老而彌篤。

（三）牛頭宗

白居易與牛頭一脈也有所接觸。大和二年（828），白居易在《戊申歲暮詠懷三首》其一中云：「牛頭參道有心期。」〔註99〕

牛頭禪指法融一系牛頭宗，傳禪宗四祖道信付法於法融，為牛頭宗初祖，以下法系為智巖、慧方、法持、智威和慧忠，智威又傳鶴林玄素，玄素再傳徑山道欽。

道林禪師又稱鳥窠禪師，係徑山道欽法嗣〔註100〕，白居易與他交往甚密。據宋釋普濟撰《五燈會元》載：「元和中，白居易侍郎出守茲郡，因入山謁師。問曰：『禪師住處甚危險。』師曰：『太守危險

〔註97〕（唐）白居易著，謝思煒校注：《白居易詩集校注》，中華書局 2006
　　　　年版，第 1295 頁。
〔註98〕（唐）白居易著，謝思煒校注：《白居易詩集校注》，中華書局 2006
　　　　年版，第 2244 頁。
〔註99〕（唐）白居易著，謝思煒校注：《白居易詩集校注》，中華書局 2006
　　　　年版，第 2115 頁。
〔註100〕《祖堂集》卷三、《景德傳燈錄》卷四、《五燈會元》卷二皆將鳥窠
　　　　道林禪師列為徑山道欽法嗣。

尤甚！』白曰：『弟子位鎮江山，何險之有！』師曰：『薪火相交，識
性不停，得非險乎？』又問：『如何是佛法大意？』師曰：『諸惡莫作，
眾善奉行。』白曰：『三歲孩兒也解恁麼道。』師曰：『三歲孩兒雖道
得，八十老人行不得。』白作禮而退。」〔註101〕《祖堂集》卷三、《景
德傳燈錄》卷四對此事均有記載，所記內容大體相同。當時白居易與
鳥窠禪師問答的偈頌還有碑刻，據《輿地碑記目》卷一《臨安府碑記》
載：「唐白舍人鳥窠禪師問答頌，在定業院。」〔註102〕據《祖堂集》
載，白居易有詩贈鳥窠禪師，詩曰：「空門有路不知處，頭白齒黃猶
念經。何年飲著聲聞酒，迄至如今醉未醒。」〔註103〕並為鳥窠禪師
作贊，贊曰：「形羸骨瘦久修行，一納麻衣稱道情。曾結草庵倚碧樹，
天涯知有鳥窠名。」〔註104〕據《萬曆錢塘縣志》載，鳥窠禪師有偈
為白居易開示，偈曰：「來時無跡去無蹤，去與來時事一同。何須更
問浮生事，只此浮生是夢中。」〔註105〕

　　白居易與鳥窠禪師門下弟子會通禪師〔註106〕也有交往。白居易
曾為招賢寺的一種無名花命名，〔註107〕而招賢寺為會通的居所。據
《咸淳臨安志》載：「禪宗院，唐德宗朝郡人吳元卿為六宮使，棄官，
參鳥窠禪師，建菴修道，即會通禪師也。開運三年錢氏建院，元額招

〔註101〕（宋）釋普濟撰，蘇淵雷點校：《五燈會元》卷二，中華書局 1984
　　　　年版，第 71 頁。

〔註102〕（宋）王象之輯：《輿地碑記目》卷一，《地方金石志彙編》第七十
　　　　九冊，國家圖書館出版社 2011 年版，第 11 頁。

〔註103〕（南唐）靜、筠禪僧編：《祖堂集》卷三，藍吉富主編：《禪宗全書》
　　　　第一冊，北京圖書館出版社 2004 年版，第 482 頁。

〔註104〕（南唐）靜、筠禪僧編：《祖堂集》卷三，藍吉富主編：《禪宗全書》
　　　　第一冊，北京圖書館出版社 2004 年版，第 482 頁。

〔註105〕《萬曆錢唐縣志·外紀》，清光緒十九年刊本，明萬曆十七年（1589）
　　　　修。

〔註106〕《景德傳燈錄》卷四將會通禪師列為鳥窠禪師法嗣。

〔註107〕《紫陽花》題注云：「招賢寺有山花一樹，無人知名，色紫氣香，
　　　　芳麗可愛，頗類仙物，因以紫陽花名之。」參見（唐）白居易著，
　　　　謝思煒校注：《白居易詩集校注》，中華書局 2006 年版，第 1651 頁。

賢。」〔註108〕那麼，白居易在招賢寺應該是有機會見到會通法師的，或者說白居易正因為跟會通禪師有交情，才去往招賢寺的。

據此可知，白居易與牛頭法系的關係也算比較密切。

總體而言，白居易的北宗交遊集中於貞元、元和年間，牛頭宗交遊集中於長慶年間，南宗交遊則集中於大和、開成年間。〔註109〕因此，白居易的禪門交遊有逐漸向南宗靠攏的趨勢。這與當時南北宗的流行趨勢直接相關聯，隨著南宗的興盛並逐漸形成一枝獨秀的格局，白居易對南宗的信向也越來越深，最顯著的一個例子就是白集曾兩次提到「六祖」，但其所指卻不同，作於寶曆元年（825）《如信大師功德幢記》中的「六祖」指神秀〔註110〕，而作於開成三年（838）《唐東都奉國寺禪德大師照公塔銘》中的「六祖」則指慧能〔註111〕，指稱內容改變的內在動因即是白居易禪宗信仰體系發生了改變。

三、白居易的禪宗修持

坐禪是禪門所倡導的重要修行方式，也是白居易最主要的禪宗修行方法。

（一）白居易的坐禪概況

白居易描述打坐修行的詞彙非常豐富，除「坐禪」外，還有「宴坐」、「晏坐」和「結跏」等，如「寺僧有經行宴坐之安」〔註112〕、「晏

〔註108〕　（宋）潛說友：《咸淳臨安志》卷七十九，浙江古籍出版社 2012 年版，第 2847 頁。
〔註109〕　參見附錄五《白居易南北宗作品創作繫年表》。
〔註110〕　《如信大師功德幢記》：「師姓康，號如信，……後傳六祖心要於本院先師。」（唐）白居易著，謝思煒校注：《如信大師功德幢記》，《白居易文集校注》，中華書局 2011 年版，第 1830 頁。
〔註111〕　《唐東都奉國寺禪德大師照公塔銘》：「大師號神照，姓張氏，蜀州青城人也。始出家於智凝法師，受具足戒於惠萼律師，學心法於惟忠禪師。忠一名南印，即第六祖之法曾孫也。」參見（唐）白居易著，謝思煒校注：《白居易文集校注》，中華書局 2011 年版，第 2017 頁。
〔註112〕　（唐）白居易著，謝思煒校注：《修香山寺記》，《白居易文集校注》，中華書局 2011 年版，第 1870 頁。

坐齋心」〔註113〕、「若不結跏禪，即須開口笑。」〔註114〕

白居易選擇坐禪與僧人的勸誡有關。《負春》云：「老去山僧勸坐禪」〔註115〕。更主要的原因應是白居易發現了坐禪的種種妙處。比如坐禪可以代替服藥，《罷藥》云：「自學坐禪休服藥」〔註116〕。還能夠讓人坦然面對光陰流逝所帶來的傷感，《清調吟》云：「今晨從此過，明日安能料？若不結跏禪，即須開口笑。」〔註117〕光陰飛馳、人生無常，需要坐禪修行，否則在面對痛苦的時候無法保持良好的心態。認識到坐禪的種種妙處後，白居易還在廬山草堂安置了禪床，其《郡齋暇日憶廬山草堂兼寄二林僧社三十韻多敘貶官已來出處之意》云：「平治行道路，安置坐禪床。」〔註118〕

白居易坐禪早晚不拘。如《臥小齋》詩敘寫早上坐禪：「朝起視事畢，晏坐飽食終。」〔註119〕而相對而言，白居易在夜晚坐禪更多一些，如《閒詠》云：「夜學禪多坐，秋牽興暫吟。」〔註120〕另如《早服雲母散》云：「每夜坐禪觀水月。」〔註121〕還有《齋戒滿夜戲招夢得》

〔註113〕　（唐）白居易著，謝思煒校注：《東都十律大德長聖善寺鉢塔院主智如和尚茶毗幢記》，《白居易文集校注》，中華書局 2011 年版，第 1921 頁。

〔註114〕　（唐）白居易著，謝思煒校注：《清調吟》，《白居易詩集校注》，中華書局 2006 年版，第 679 頁。

〔註115〕　（唐）白居易著，謝思煒校注：《白居易詩集校注》，中華書局 2006 年版，第 2397 頁。

〔註116〕　（唐）白居易著，謝思煒校注：《白居易詩集校注》，中華書局 2006 年版，第 1215 頁。

〔註117〕　（唐）白居易著，謝思煒校注：《白居易詩集校注》，中華書局 2006 年版，第 679 頁。

〔註118〕　（唐）白居易著，謝思煒校注：《白居易詩集校注》，中華書局 2006 年版，第 1433 頁。

〔註119〕　（唐）白居易著，謝思煒校注：《白居易詩集校注》，中華書局 2006 年版，第 877 頁。

〔註120〕　（唐）白居易著，謝思煒校注：《白居易詩集校注》，中華書局 2006 年版，第 1961 頁。

〔註121〕　（唐）白居易著，謝思煒校注：《白居易詩集校注》，中華書局 2006 年版，第 2409 頁。

云：「紗籠燈下道場前，白日持齋夜坐禪。」〔註122〕《達哉樂天行》
亦云：「或隨山僧夜坐禪。」〔註123〕白居易坐禪時常焚香，如作於長
慶四年（824）的《味道》云：「焚香宴坐晚窗深。」〔註124〕另如作於
大和二年（828）的《齋月靜居》云：「香火常親宴坐時。」〔註125〕

　　白居易很喜歡跟僧人一道坐禪。元和十年（815）的一天，白居
易與長安禪師恒寂師一起坐禪，《恒寂師》云：「舊遊分散人零落，如
此傷心事幾條。會逐禪師坐禪去，一時滅盡定中消。」〔註126〕白居
易的生活充滿了離別與痛苦，他很希望有一天能跟著禪師一起，通過
打坐放下並看破世情。大和八年（834）的三月底，白居易與奉國寺
禪師神照一同坐禪，《神照禪師同宿》云：「八年三月晦，山梨花滿枝。
龍門水西寺，夜與遠公期。晏坐自相對，密語誰得知？前後際斷處，
一念不生時。」〔註127〕白居易深於禪悅，以至於可以做到真心沉冥、
一念不生。真正有修為的高僧大德，可以幫助士大夫們平息世俗的壓
力，使他們獲得身心的寧靜，這大約就是白居易想要追隨僧人坐禪的
原因。

　　白居易常去寺廟坐禪。如大和九年（835），白居易在香山寺坐禪，
《宿香山寺酬廣陵牛相公見寄》：「君匡聖主方行道，我事空王正坐
禪。」〔註128〕對於自己坐禪修行頗感到得意。晚年白居易尤其愛去道

〔註122〕（唐）白居易著，謝思煒校注：《白居易詩集校注》，中華書局 2006
　　　　　年版，第 2523 頁。

〔註123〕（唐）白居易著，謝思煒校注：《白居易詩集校注》，中華書局 2006
　　　　　年版，第 2746 頁。

〔註124〕（唐）白居易著，謝思煒校注：《白居易詩集校注》，中華書局 2006
　　　　　年版，第 1836 頁。

〔註125〕（唐）白居易著，謝思煒校注：《白居易詩集校注》，中華書局 2006
　　　　　年版，第 2037 頁。

〔註126〕（唐）白居易著，謝思煒校注：《白居易詩集校注》，中華書局 2006
　　　　　年版，第 1180 頁。

〔註127〕（唐）白居易著，謝思煒校注：《白居易詩集校注》，中華書局 2006
　　　　　年版，第 2269 頁。

〔註128〕（唐）白居易著，謝思煒校注：《白居易詩集校注》，中華書局 2006

場坐禪，作於會昌二年（842）的《道場獨坐》云：「整頓衣巾拂淨床，一瓶秋水一爐香。不論煩惱先須去，直到菩提亦擬忘。朝謁久停收劍佩，宴遊漸罷廢壺觴。世間無用殘年處，祇合逍遙坐道場。」〔註129〕談禪詠古，蕭散閒雅，晏如也。白居易還喜歡在室外坐禪，比如水邊。即便生病，也不能阻止白居易去池邊打坐，作於開成四年（839）的《病中宴坐》云：「有酒病不飲，有詩慵不吟。頭眩罷垂鉤，手痹休援琴。竟日悄無事，所居閒且深。外安支離體，中養希夷心。窗戶納秋景，竹木澄夕陰。宴坐小池畔，清風時動襟。」〔註130〕無論是寺廟蘭若，還是寂靜山林，白居易選擇的坐禪地點都是安靜之處，這與佛教對坐禪的規定不無關係。禪宗坐禪對坐禪地點有所講究，必須為靜處，禪宗四祖道信在《入道安心要方便法門》談到坐禪的機要：「於一靜處，直觀身心，四大五陰，眼耳鼻舌身意，及貪嗔癡，若善若惡若怨若親若凡若聖，及至一切諸狀，應當觀察，從本以來空寂，不生不滅，平等無二，從本以來無所有，究竟寂滅。」〔註131〕智顗《修習止觀坐禪法要》指出三個比較好的禪定地點，分別是深山絕人之處、頭陀蘭若之處和清淨伽藍中〔註132〕，皆為闃靜處。《坐禪三昧經‧第五治等分法門》亦倡導去靜處修行：「將至佛像所，或教令自往諦觀佛像相好，相相明瞭，一心憶持，還至靜處。」〔註133〕《瑜伽師地論》認為靜室是一個較好的禪坐地點，論云：「宴坐靜室，暫持其

年版，第2514頁。

〔註129〕 （唐）白居易著，謝思煒校注：《白居易詩集校注》，中華書局2006年版，第2796頁。

〔註130〕 （唐）白居易著，謝思煒校注：《白居易詩集校注》，中華書局2006年版，第2722頁。

〔註131〕 （唐）淨覺：《楞伽師資記》，藍吉富主編：《禪宗全書》第一冊，北京圖書館出版社2004年版，第15頁。

〔註132〕 （隋）智顗：《修習止觀坐禪法要》卷上，《大正藏》卷四十六，佛陀教育基金會出版部1990年版，第465～466頁。

〔註133〕 （後秦）鳩摩羅什譯：《坐禪三昧經》，《大正藏》卷十五，佛陀教育基金會出版部1990年版，第276頁。

心，身心輕安，疾疾生起。」〔註134〕《維摩詰經》提及舍利弗在樹下禪坐，經云：「舍利弗白佛言：『憶念我昔，曾於林中宴坐樹下。』」〔註135〕《佛說十二頭陀經》也提倡在樹下坐禪：「又如佛生時、成道轉法輪般涅槃時皆在樹下，行者隨諸法常處樹下。」〔註136〕

有一定禪定工夫後，白居易還嘗試閉關。《閉關》云：「我心忘世久，世亦不我干。遂成一無事，因得長掩關。掩關來幾時，彷彿二三年。著書已盈帙，生子欲能言。始悟身向老，復悲世多艱。回顧趨時者，役役塵壤間。歲暮竟何得，不如且安閒。」〔註137〕閉關意蘊遙指淡泊之道，整個身心徜徉在無牽無繫的精神世界中。閉關是一種態度，擯除俗物的態度，顯示出白居易此時不求聞達，只願保足的內斂心態。

（二）白居易的坐禪感受

禪坐雖然棄絕外界躲避人群，但其營造的卻是空靈澄明、淡遠虛空的生命世界。白居易通過坐禪以離念，逐漸感受到淨定安樂、并體悟到妙道、泯滅分別心，直至臻於色空一如的境界。

白居易通過坐禪以離念。作於元和十年（815）的《強酒》云：「若不坐禪銷妄想，即須行醉放狂歌。不然秋月春風夜，爭那閒思往事何？」〔註138〕白居易嘗試用禪坐的方法消除分別的痛苦。白居易有時提及「坐忘」，「坐忘」雖源自《莊子》。《莊子·大宗師》云：「墮肢體，黜聰明，離形去知，同於大通，此謂坐忘。」〔註139〕白居易

〔註134〕（印）彌勒論師著，（唐）玄奘法師譯：《瑜伽師地論》卷三十二，宗教文化出版社2008年版，第812頁。
〔註135〕賴永海主編，賴永海、高永旺譯注：《佛教十三經·維摩詰經》，中華書局2013年版，第34頁。
〔註136〕（劉宋）求那跋陀羅譯：《佛說十二頭陀經》，《大正藏》卷十七，佛陀教育基金會出版部1990年版，第721頁。
〔註137〕（唐）白居易著，謝思煒校注：《白居易詩集校注》，中華書局2006年版，第629頁。
〔註138〕（唐）白居易著，謝思煒校注：《白居易詩集校注》，中華書局2006年版，第1238頁。
〔註139〕（清）郭慶藩撰，王孝魚點校：《莊子集釋》，中華書局1961年版，

在詩中提及「坐忘」時都融合了佛教的思想，如作於元和六年（811）的《送兄弟回雪夜》云：「回念入坐忘，轉憂作禪悅。」〔註140〕坐忘過後轉而獲得禪悅，顯然，這裡的坐忘有離念之意。另如《睡起晏坐》云：

> 後亭晝眠足，起坐春景暮。新覺眼猶昏，無思心正住。
> 淡寂歸一性，虛閒遺萬慮。了然此時心，無物可譬喻。本
> 是無有鄉，亦名不用處。行禪與坐忘，同歸無異路。〔註141〕

這首詩約作於元和十一年（816）至元和十二年（817）間。白居易在此認為「坐忘」與「行禪」殊途同歸，也就是說他所理解的「坐忘」與禪門的坐禪離念相似，即永嘉禪師《證道歌》所云「行亦禪，坐亦禪，語默動靜體安然」〔註142〕的境界。作於元和九年（814）的《冬夜》云：「長年漸省睡，夜半起端坐。不學坐忘心，寂寞安可過？兀然身寄世，浩然心委化。如此來四年，一千三百夜。」〔註143〕白居易渡過了異常艱難的四年，貧病潦倒、孤苦伶仃。在這四年裏，他經歷親人的驟然離世、病痛的折磨，企圖通過坐禪尋求精神上的解脫，撫慰深受重創的心靈。有了一定的工夫後，白居易的憂愁減少了許多。元和十年（815）所作《歲暮道情二首》其二云：「禪功自見無人覺，合是愁時亦不愁。」〔註144〕面對憂愁的對境能夠不起憂愁的心；同年所作《晏坐閒吟》云：「賴學禪門非想定，千愁萬念一時空。」

〔註140〕（唐）白居易著，謝思煒校注：《白居易詩集校注》，中華書局2006年版，第787頁。

〔註141〕（唐）白居易著，謝思煒校注：《白居易詩集校注》，中華書局2006年版，第607頁。

〔註142〕（宋）釋道原：《景德傳燈錄》卷三十，藍吉富主編：《禪宗全書》第二冊，北京圖書館出版社2004年版，第633頁。

〔註143〕（唐）白居易著，謝思煒校注：《白居易詩集校注》，中華書局2006年版，第519頁。

〔註144〕（唐）白居易著，謝思煒校注：《白居易詩集校注》，中華書局2006年版，第1236頁。

〔註145〕禪定甚至能夠消泯所有的愁念。元和十二年（817）的元宵節，白居易專門前往東林寺坐禪修行，《正月十五日夜東林寺學禪偶懷藍田楊六主簿因呈智禪師》云：「花縣當君行樂夜，松房是我坐禪時。」〔註146〕坐禪修行的境界至少達到了初禪，他能夠覺察出定中的微念。「不覺定中微念起，明朝更問雁門師。」〔註147〕《臨水坐》云：「昔為東掖垣中客，今作西方社內人。手把楊枝臨水坐，閒思往事似前身。」〔註148〕禪坐到最後，還有一種恍惚的隔世之感。

　　通過坐禪，白居易感受到淨定安樂的禪悅。如作於元和六年（811）的《送兄弟回雪夜》：

> 日晦雲氣黃，東北風切切。時從村南還，新與兄弟別。
> 離襟淚猶濕，回馬嘶未歇。欲歸一室坐，天陰多無月。夜
> 長火消盡，歲暮雨凝結。寂寞滿爐灰，飄零上階雪。對雪
> 畫寒灰，殘燈明覆滅。灰死如我心，雪白如我髮。所遇皆
> 如此，頃刻堪愁絕。回念入坐忘，轉憂作禪悅。平生洗心
> 法，正為今宵設。〔註149〕

在與兄弟分別後，白居易覺得愁絕難忍，他即刻坐禪，很快就轉憂為喜。在此，與兄弟分別所帶來的別苦是白居易坐禪的外緣，坐禪能夠可快讓人從愁苦中解脫出來，取而代之的是禪悅。

　　另如作於元和十四年（819）的《負冬日》：

> 杲杲冬日出，照我屋南隅。負暄閉目坐，和氣生肌膚。
> 初似飲醇醪，又如蟄者蘇。外融百骸暢，中適一念無。曠

〔註145〕（唐）白居易著，謝思煒校注：《白居易詩集校注》，中華書局2006年版，第1227頁。

〔註146〕（唐）白居易著，謝思煒校注：《白居易詩集校注》，中華書局2006年版，第1315頁。

〔註147〕（唐）白居易著，謝思煒校注：《白居易詩集校注》，中華書局2006年版，第1315頁。

〔註148〕（唐）白居易著，謝思煒校注：《白居易詩集校注》，中華書局2006年版，第1316頁。

〔註149〕（唐）白居易著，謝思煒校注：《白居易詩集校注》，中華書局2006年版，第787頁。

然忘所在，心與虛空俱。〔註150〕

呆呆冬日，白居易閉目坐禪，他感到身心調柔、安靜閒恬、如飲醇醪、如蟄者蘇。白居易將維摩詰居士當作人格的榜樣，遂學習維摩詰坐禪。如作於大和七年（833）的《自詠》：「白衣居士紫芝仙，半醉行歌半坐禪。今日維摩兼飲酒，當時綺季不請錢。等閒池上留賓客，隨事燈前有管絃。但問此身銷得否，分司氣味不論年。」〔註151〕維摩詰的宴坐不拘泥於形式，重在心性，《維摩詰經·弟子品》闡釋宴坐：「不於三界現身意」〔註152〕、「不起滅定而現諸威儀」〔註153〕、「不捨道法而現凡夫事」〔註154〕、「心不住內，亦不在外」〔註155〕、「於諸見不動，而修行三十七品」〔註156〕、「不斷煩惱而入涅槃」〔註157〕。受維摩居士的影響，白居易不執著、不黏滯，將禪坐看得非常輕鬆，等閒識之，默然處之，俯仰皆是禪，即便寫禪坐修行，卻給人優游度日、蕭散自得之感。另如作於開成五年（840）的《在家出家》云：

　　衣食支吾婚嫁畢，從今家事不相仍。夜眠身是投林鳥，朝飯心同乞食僧。清唳數聲松下鶴，寒光一點竹間燈。中

〔註150〕（唐）白居易著，謝思煒校注：《白居易詩集校注》，中華書局 2006 年版，第 884 頁。

〔註151〕（唐）白居易著，謝思煒校注：《白居易詩集校注》，中華書局 2006 年版，第 2380 頁。

〔註152〕賴永海主編，賴永海、高永旺譯注：《佛教十三經·維摩詰經》，中華書局 2013 年版，第 34 頁。

〔註153〕賴永海主編，賴永海、高永旺譯注：《佛教十三經·維摩詰經》，中華書局 2013 年版，第 34 頁。

〔註154〕賴永海主編，賴永海、高永旺譯注：《佛教十三經·維摩詰經》，中華書局 2013 年版，第 34 頁。

〔註155〕賴永海主編，賴永海、高永旺譯注：《佛教十三經·維摩詰經》，中華書局 2013 年版，第 34 頁。

〔註156〕賴永海主編，賴永海、高永旺譯注：《佛教十三經·維摩詰經》，中華書局 2013 年版，第 34 頁。

〔註157〕賴永海主編，賴永海、高永旺譯注：《佛教十三經·維摩詰經》，中華書局 2013 年版，第 34 頁。

宵入定跏趺坐，女喚妻呼多不應。〔註158〕

通過禪坐可以從世俗的生活中超脫出來，入定並沉浸在法樂中，連家中妻女的呼喚聲都不能影響他打坐。白居易從禪坐中體驗到如維摩詰一般在家出家、通達灑脫的禪悅生命。

白居易逐漸在禪坐中，體悟妙道、泯滅分別心。作於元和十三年（818）的《題遺愛寺前溪松》云：「偃亞長松樹，侵臨小石溪。靜將流水對，高共遠峰齊。翠蓋煙籠密，花幢雪壓低。與僧清影坐，借鶴隱枝棲。筆寫形難似，琴偷韻易迷。暑天風颯颯，晴夜露淒淒。獨憩依為舍，閒行繞作蹊。棟樑君莫採，留著伴幽棲。」〔註159〕夏山嘉木、蔥蘢迷離、山溪潺湲、松風陣陣，在遺愛寺的小溪邊，白居易與僧人一起禪坐，進入了一個纖塵不染的潔淨世界。另如作於大和四年（830）的《秋池》云：「洗浪清風透水霜，水邊閒坐一繩床。眼塵心垢見皆盡，不是秋池是道場。」〔註160〕山居清寂、秋池瞑泊，當內心無礙之後，秋後的池水也是道場，觸目皆是道。

通過坐禪，白居易還感受到了色空一如的至高境界。作於寶曆二年（826）的《江上對酒二首》其一云：「酒助疏頑性，琴資緩慢情。有慵將送老，無智可勞生。忽忽忘機坐，怅怅任運行。家鄉安處是，那獨在神京。」〔註161〕既然生命當中的往昔歲月都終將歸於虛無，那有什麼好執著，值得一直念念不相忘的呢，還不如放開心地，隨緣了緣。這是一種更為高深的無礙精神的體現。

作於大和三年（829）的《和微之詩二十三首・和知非》云：「不如學禪定，中有甚深味。曠廓了如空，澄凝勝於睡。屏除默默念，銷

〔註158〕（唐）白居易著，謝思煒校注：《白居易詩集校注》，中華書局 2006 年版，第 2672 頁。

〔註159〕（唐）白居易著，謝思煒校注：《白居易詩集校注》，中華書局 2006 年版，第 1399 頁。

〔註160〕（唐）白居易著，謝思煒校注：《白居易詩集校注》，中華書局 2006 年版，第 2307 頁。

〔註161〕（唐）白居易著，謝思煒校注：《白居易詩集校注》，中華書局 2006 年版，第 1939 頁。

盡悠悠思。春無傷春心，秋無感秋淚。坐成真諦樂，如受空王賜。既得脫塵勞，兼應離慚愧。」〔註 162〕坐禪的甚深味道即是可以截斷眾流、頓悟本來、寵辱皆忘、隨心適意。

作於開成二年（837）的《三適贈道友》云：

褐綾袍厚暖，臥蓋行坐披。紫氈履寬穩，寒步頗相宜。足適已忘履，身適已忘衣。況我心又適，兼忘是與非。三適今為一，怡怡復熙熙。禪那不動處，混沌未鑿時。此固不可說，為君強言之。〔註 163〕

坐禪使白居易覺受到虛空粉碎，大地平沉，了卻取捨與分別，進入了一種混沌未鑿、如如不動的狀態。

第二節　白居易的淨土信仰及修持

白居易信仰淨土法門，好友劉禹錫曾評價他道：「矻矻將心求淨土」〔註 164〕，白居易所信奉的淨土宗派並不固定，總體為彌陀淨土，兼有彌勒淨土。

一、白居易的彌陀信仰與彌勒信仰

（一）彌陀信仰──嚮往西方極樂世界

盧山慧遠是淨土宗初祖，是彌陀淨土法門的倡導者。白居易對慧遠敬重有加，稱東林寺為慧遠寺〔註 165〕；在任江州司馬期間，與東林寺僧人一同披閱慧遠詩集〔註 166〕；曾去慧遠題過詩的石門澗遊

〔註 162〕（唐）白居易著，謝思煒校注：《白居易詩集校注》，中華書局 2006年版，第 1746 頁。

〔註 163〕（唐）白居易著，謝思煒校注：《白居易詩集校注》，中華書局 2006年版，第 2298 頁。

〔註 164〕（唐）劉禹錫著，瞿蛻園箋證：《答樂天戲贈》，《劉禹錫集箋證》，上海古籍出版社 2005 年版，第 1093 頁。

〔註 165〕《詠意》：「春遊慧遠寺，秋上庾公樓。」參見（唐）白居易著，謝思煒校注：《白居易詩集校注》，中華書局 2006 年版，第 615 頁。

〔註 166〕《東林寺白氏文集記》：「常與盧山長老於東林寺經藏中披閱遠大師

玩，作《遊石門澗》追慕慧遠〔註167〕。慧遠曾與彭城劉遺民等一百多位居士在般若雲臺精舍建齋立誓，結為蓮社，念佛求生西方極樂世界，白居易傚仿之，在廬山東林寺旁築草堂，與東、西二林寺僧人結蓮社。元和十二年（817），蓮社主創僧人神湊去世，白居易為作碑銘，白居易為作碑銘，其銘即《興果上人歿時題此訣別兼簡二林僧社》，曰：「本結菩提香火社，為嫌煩惱電泡身。不須惆悵從師去，先請西方作主人。」〔註168〕勉勵眾人精進修行，不要因為法師的示寂而惆悵，要升起對西方極樂世界的嚮往之情。同年所作的《臨水坐》云：「昔為東掖垣中客，今作西方社內人。手把楊枝臨水坐，閑思往事似前身。」〔註169〕這裡的「西方社」指與二林寺僧人所結的蓮社。因為有了彌陀信仰，且有了可以依託的蓮社作道場，白居易看待世界的方式發生了改變，覺得往事如同前世發生的事情。蓮社由慧遠首創並一直為淨土宗傳承，是最能夠代表淨土宗特色的組織。縱觀白居易的一生，他在各個時期都不忘記締結蓮社，可見他對於淨土宗的認同已經深入骨髓。

　　廬山東林寺自慧遠創立起一直都是弘揚淨土宗的道場，白居易與東林寺因緣深厚，經常前去遊玩：「春遊慧遠寺」〔註170〕、「下馬二林寺」〔註171〕；有時還夜宿於此：「索落廬山夜，風雪宿東林」〔註

與諸文士唱和集卷。」參見（唐）白居易著，謝思煒校注：《東林寺白氏文集記》，《白居易文集校注》，中華書局2011年版，第1966頁。

〔註167〕（唐）白居易著，謝思煒校注：《白居易詩集校注》，中華書局2006年版，第619頁。

〔註168〕（唐）白居易著，謝思煒校注：《興果上人歿時題此訣別兼簡二林僧社》，《白居易詩集校注》，中華書局2006年版，第1366頁。

〔註169〕（唐）白居易著，謝思煒校注：《白居易詩集校注》，中華書局2006年版，第1316頁。

〔註170〕（唐）白居易著，謝思煒校注：《詠意》，《白居易詩集校注》，中華書局2006年版，第615頁。

〔註171〕（唐）白居易著，謝思煒校注：《春遊二林寺》，《白居易詩集校注》，中華書局2006年版，第609頁。

〔註172〕（唐）白居易著，謝思煒校注：《宿東林寺》，《白居易詩集校注》，

172〕、「心知不及柴桑令，一宿西林便卻回」〔註173〕；為方便親近這裡，他還在寺旁修築草堂。白居易前後四次將自己的文集送往東林寺，大和九年（835），他將所著文集六十卷送往東林寺，欲「與二林結他生之緣」〔註174〕。開成四年（839），編六十七卷《白氏文集》成，除家藏外，別錄三本，其中一本送往廬山東林寺經藏院〔註175〕。會昌二年（842），編二十卷《後集》成，送廬山東林寺收藏〔註176〕。會昌五年（845），編《續後集》五卷，完成七十五卷《白氏長慶集》五本，其中一本送往廬山東林寺經藏院〔註177〕。

白居易與東林寺僧人們交往頗為頻繁。《閑意》云：「北省朋僚音信斷，東林長老往還頻」〔註178〕。白居易與東、西二林寺僧人結蓮社，還經常與東林寺長老一同披閱詩卷〔註179〕，元和十一年春

中華書局 2006 年版，第 822 頁。

〔註173〕 （唐）白居易著，謝思煒校注：《宿西林寺》，《白居易詩集校注》，中華書局 2006 年版，第 1266 頁。

〔註174〕 （唐）白居易著，謝思煒校注：《東林寺白氏文集記》，《白居易文集校注》，中華書局 2011 年版，第 1966 頁。

〔註175〕 《蘇州南禪院白氏文集記》：「有文集七帙，合六十七卷，凡三千四百八十七首。……家藏之外，別錄三本。一本置於東都聖善寺鉢塔院律庫中，一本置於廬山東林寺經藏中，一本置於蘇州南禪院千佛堂內。」參見（唐）白居易著，謝思煒校注：《白居易文集校注》，中華書局 2011 年版，第 1991 頁。

〔註176〕 《送後集往廬山東林寺兼寄雲皋上人》：「後集寄將何處去，故山迢遞在匡廬。」參見（唐）白居易著，謝思煒校注：《白居易詩集校注》，中華書局 2006 年版，第 2782 頁。

〔註177〕 《白氏文集後序》：「白氏前著《長慶集》五十卷，元微之為序。《後集》二十卷，自為序。今又《續後集》五卷，自為記。前後七十五卷，詩筆大小凡三千八百四十首。集有五本：一本在廬山東林寺經藏院，一本在蘇州南禪寺經藏內，一本在東都聖善寺鉢塔院律庫樓，一本付侄龜郎，一本付外孫談閣童，各藏於家，傳於後。」參見（唐）白居易著，謝思煒校注：《白居易文集校注》，中華書局 2011 年版，第 2039 頁。

〔註178〕 （唐）白居易著，謝思煒校注：《白居易詩集校注》，中華書局 2006 年版，第 1370 頁。

〔註179〕 《東林寺白氏文集記》：「常與廬山長老於東林寺經藏中披閱遠大師與諸文士唱和集卷。」參見（唐）白居易著，謝思煒校注：《東林寺

（816），盧山東林寺諸僧請求白居易為景雲寺大德上弘師撰寫碑銘〔註180〕。元和十二年（817）三月，白居易建成盧山草堂，遷入新居。四月，東西二林寺的諸多長老都來參加落成典禮，《草堂記》載：「東西二林寺長老湊、朗、滿、晦、堅等二十二人，具齋施茶果以落之。」〔註181〕當天，白居易還與東林寺僧一同遊歷大林寺，據《遊大林寺序》載：「余與河南元集虛、范陽張允中、南陽張深之、廣平宋郁、安定梁必復、范陽張特、東林寺沙門法演、智滿、士堅、利辯、道深、道建、神照、雲皋、息慈、寂然，凡十七人。」〔註182〕長慶元年（821），白居易已自忠州召還長安，他回憶起舊時與諸僧一同遊歷東西二林寺的經歷，有感而發，特地賦詩寄給朗上人、智滿師和晦師，即《春憶二林寺舊遊因寄朗滿晦三上人》，詩云：「一別東林三度春，每春常似憶情親。頭陀會裏為逋客，供奉班中作老臣。清淨久辭香火伴，塵勞難索幻泡身。最慚僧社題橋處，十八人名空一人。」〔註183〕此時，白居易身在長安，心繫淨土，但仕宦的塵勞讓白居易失去了觀照世界的清淨心，因此他說僧社唯獨少了自己，表面是憶念諸僧，實質是表達對淨土修行的迫切願望，希望諸位上人能給身處紅塵的自己一點開示。

　　據初步統計，白居易詩文中提到的東西二林寺僧人有如下一些：

　　　　　白氏文集記》，《白居易文集校注》，中華書局 2011 年版，第 1966 頁。
〔註180〕 《唐撫州景雲寺故律大德上弘和尚石塔碑銘》：「盧山東林寺僧道深、懷縱、如建、沖契、宗一、至柔、晉諸、智則、智明、雲皋、太易等凡二十輩，請司馬白居易作先師碑，會有故不果。十二年夏，作石墳成，復來請，會有病不果。十三年冬，作石塔成，又來請，始從之。」參見（唐）白居易著，謝思煒校注：《白居易文集校注》，中華書局 2011 年版，第 194 頁。
〔註181〕 （唐）白居易著，謝思煒校注：《白居易文集校注》，中華書局 2011 年版，第 255～256 頁。
〔註182〕 （唐）白居易著，謝思煒校注：《白居易文集校注》，中華書局 2011 年版，第 276 頁。
〔註183〕 （唐）白居易著，謝思煒校注：《白居易詩集校注》，中華書局 2006 年版，第 1509 頁。

智滿、法演、利辯、道深、道建、雲皐上人、息慈、士堅、朗上人、晦師、懷縱、如建、沖契、宗一、至柔、諸、智則、智明、太易、琳公、杲、靈、達、遠師〔註184〕。白居易與其中的智滿、朗上人、士堅、雲皐交往較密。如智滿。元和十一年（816），白居易赴東林寺參加智滿主持的法會〔註185〕。元和十二年（817），白居易在東林寺學禪，呈詩給智滿請教坐禪中碰到的問題〔註186〕。朗上人。據鄭素卿《西林寺水閣院律大德齊朗和尚碑》載，白居易「得之精微」〔註187〕，元和十二年（817），白居易寫詩寄朗上人〔註188〕。士堅。長慶四年（824），白居易在杭州送士堅回東林寺，作《天竺寺送堅上人歸廬山》〔註189〕一詩。雲皐。會昌二年（842），白居易編二十卷《後集》成，送廬山東林寺收藏並寄詩給雲皐，作《送後集往廬山東林寺兼寄雲皐上人》〔註190〕一詩。

我們從白居易的詩文中可以摸索出他對彌陀淨土的信仰脈絡。白居易在很多詩中都表達了對西方極樂世界的嚮往之情，如：

〔註184〕 參見附錄二《白居易與僧侶交遊情況繫年表》。

〔註185〕 《宿西林寺早赴東林滿上人之會因寄崔二十二員外》：「謫辭魏闕鵷鷺隔，老入廬山麋鹿隨。薄暮蕭條投寺宿，凌晨清淨與僧期。雙林我起聞鐘後，隻日君趨入閣時。鵬鷃高低分皆定，莫勞心力遠相思。」參見（唐）白居易著，謝思煒校注：《白居易詩集校注》，中華書局2006年版，第1276頁。

〔註186〕 《正月十五日夜東林寺學禪偶懷藍田楊六主簿因呈智禪師》：「新年三五東林夕，星漢迢迢鐘梵遲。花縣當君行樂夜，松房是我坐禪時。忽看月滿還相憶，始歎春來自不知。不覺定中微念起，明朝更問雁門師。」參見（唐）白居易著，謝思煒校注：《白居易詩集校注》，中華書局2006年版，第1315頁。

〔註187〕 （唐）鄭素卿：《西林寺水閣院律大德齊朗和尚碑》，《全唐文》卷七四七，上海古籍出版社1990年版，第3429頁。

〔註188〕 （唐）白居易著，謝思煒校注：《因沐感發寄朗上人二首》，《白居易詩集校注》，中華書局2006年版，第835～836頁。

〔註189〕 （唐）白居易著，謝思煒校注：《白居易詩集校注》，中華書局2006年版，第1824頁。

〔註190〕 （唐）白居易著，謝思煒校注：《白居易詩集校注》，中華書局2006年版，第2782頁。

北闕停朝簿，西方入社名。〔註191〕

沈吟辭北闕，誘引向西方。〔註192〕

曾向眾中先禮拜，西方去日莫相遺。〔註193〕

他時相逐西方去，莫慮塵沙路不開。〔註194〕

開成五年（840），白居易在衰暮之年，中風痺之疾後，捨俸錢三萬，讓工人杜宗敬畫西方淨土變一幅，畫成之後，白居易焚香稽首，跪於佛前，發願往生西方極樂世界：「極樂世界清淨土，無諸惡道及諸苦。願如老身病苦者，同生無量壽佛所」〔註195〕，對彌陀淨土的信仰不可謂不深。

綜上所述，可知白居易的彌陀信仰很深切。北宋文豪蘇軾追思白居易時，稱白居易「樂天不是蓬萊客，憑仗西方作主人。」〔註196〕明代蓮池大師認為白居易已如願往生西方極樂世界：「雖西方瑞應史未詳錄，而據因以考古，不生西方，將奚生哉。」〔註197〕皆可見後人對白居易彌陀信仰的體認和把握。

（二）彌勒信仰——嚮往兜率天

白居易詩文偶而也透露出彌勒信仰的傾向。在《答客說》一詩中，

〔註191〕（唐）白居易著，謝思煒校注：《晚起》，《白居易詩集校注》，中華書局 2006 年版，第 2192 頁。

〔註192〕（唐）白居易著，謝思煒校注：《郡齋暇日憶廬山草堂兼寄二林僧社三十韻多敘貶官已來出處之意》，《白居易詩集校注》，中華書局 2006 年版，第 1433〜1434 頁。

〔註193〕（唐）白居易著，謝思煒校注：《贈僧五首》其二《神照上人》，《白居易詩集校注》，中華書局 2006 年版，第 2172 頁。

〔註194〕（唐）白居易著，謝思煒校注：《開龍門八節石灘詩二首》其一，《白居易詩集校注》，中華書局 2006 年版，第 2793 頁。

〔註195〕（唐）白居易著，謝思煒校注：《畫西方幀記》，《白居易文集校注》，中華書局 2011 年版，第 2008 頁。

〔註196〕（宋）蘇軾著，張志烈、馬德富、周裕鍇主編：《蘇軾全集校注》卷十一，河北人民出版社 2012 年版，第 1041 頁。

〔註197〕（明）雲棲袾宏撰，明學主編：《蓮池大師全集》第二冊，上海古籍出版社 2011 年版，第 917 頁。

白居易直言「歸即應歸兜率天」〔註198〕，並自注云：「予晚年結彌勒上生業」〔註199〕。兜率天為彌勒菩薩的淨土，《佛說觀彌勒菩薩上生兜率天經》云：「如是等輩，若一念頃，受八戒齋，修諸淨業，發弘誓願，命終之後，譬如壯士屈伸臂頃，即得往生兜率陀天，於蓮華上結跏趺坐。」〔註200〕白居易發願上生兜率天，可以看到白居易對慈氏菩薩的信向很深。

大和二年（828），白居易的好友韋處厚去世，白居易在《祭中書韋相公文》中說：「兜率天上，豈無後期？」〔註201〕，認為好友已上升兜率天，並且自信終有一天自己也會去往兜率天。

大和八年（834），白居易與長壽寺道嵩等六十人、優婆塞士良等八十人同發誓願，繪彌勒經變一鋪，稱自己為彌勒弟子，並發願上生兜率內院：「仰慈氏形，稱慈氏名，願我來世，一時上生。」〔註202〕慈氏菩薩即彌勒菩薩。開成五年（840），白居易又作《畫彌勒上生幀記》，直言自己：「歸三寶，持十齋，受八戒者，有年歲矣。」〔註203〕並祈願：「當來世與一切眾生同彌勒上生，隨慈氏下降，生生劫劫與慈氏俱。」〔註204〕表現出了濃厚的彌勒信仰。

綜上，白居易以彌陀信仰為主，並伴有彌勒信仰。

〔註198〕（唐）白居易著，謝思煒校注：《白居易詩集校注》，中華書局 2006 年版，第 2784 頁。

〔註199〕（唐）白居易著，謝思煒校注：《白居易詩集校注》，中華書局 2006 年版，第 2784 頁。

〔註200〕（劉宋）沮渠京聲譯：《佛說觀彌勒菩薩上生兜率天經》，《大正藏》卷十四，佛陀教育基金會出版部 1990 年版，第 420 頁。

〔註201〕（唐）白居易著，謝思煒校注：《白居易文集校注》，中華書局 2011 年版，第 1897 頁。

〔註202〕（唐）白居易著，謝思煒校注：《畫彌勒上生幀贊》，《白居易文集校注》，中華書局 2011 年版，第 1953 頁。

〔註203〕（唐）白居易著，謝思煒校注：《白居易文集校注》，中華書局 2011 年版，第 2011 頁。

〔註204〕（唐）白居易著，謝思煒校注：《白居易文集校注》，中華書局 2011 年版，第 2011 頁。

二、白居易的淨土修持

白居易的淨土修持方式主要包括念佛、放生、供養和布施四個方面。

（一）念佛

白居易在廬山期間曾結蓮社，而廬山是念佛法門的重鎮。據慧遠《念佛三昧詩序》記載，上根人也罷，下根人也罷，都應當「洗心法堂，整襟清向，夜分忘寢，夙宵惟勤」〔註205〕地一心念佛。

白居易尤其傾心於淨土宗的持名念佛法門，他寫過一首《念佛偈》，詩曰：

> 余年七十二，不復事吟哦。看經費眼力，作福畏奔波。何以度心眼，一聲阿彌陀。行也阿彌陀，坐也阿彌陀。縱繞忙似鑽，不廢阿彌陀。日暮而途遠，吾生已蹉跎。旦暮清淨心，但念阿彌陀。達人應笑我，多卻阿彌陀。達人又作麼生，不達又如何？普勸法界眾，同念阿彌陀。〔註206〕

白居易非常精進，日日持誦，彌陀聖號常懸於口，行坐都在念佛。不僅自己念佛，還勸大眾同念，信願真切。

（二）放生

白居易經常身體力行地實踐放生。元和十年（815），白居易曾放生旅雁，並作《放旅雁》一詩：

> 九江十年冬大雪，江水生冰樹枝折。百鳥無食東西飛，中有旅雁聲最饑。雪中啄草冰上宿，翅冷騰空飛動遲。江童持網捕將去，手攜入市生賣之。我本北人今譴謫，人鳥雖殊同是客。見此客鳥傷客人，贖汝放汝飛入雲。雁雁汝飛向何處？第一莫飛西北去。淮西有賊討未平，百萬甲兵九屯聚。官軍賊軍相守老，食盡兵窮將及汝。健兒飢餓射

〔註205〕（唐）釋道宣：《廣弘明集》卷三十，《大正藏》卷五十二，佛陀教育基金會出版部 1990 年版，第 351 頁。

〔註206〕（明）道衍：《諸上善人詠》，《續藏經》第一三五冊，新文豐出版公司 1976 年版，第 114 頁。

汝吃，拔汝翅翎為箭羽。〔註207〕

我們固然可以將之解釋為儒家的惻隱之心，然而，儒家仁愛精神更多的體現在人類世界，所謂「傷人乎，不問馬」〔註208〕，而佛家則能夠做到無分別的「慈悲」，能夠平等對待人類之外的一切眾生。又如《放魚》：

> 曉日提竹籃，家僮買春蔬。青青芹蕨下，疊臥雙白魚。無聲但呀呀，以氣相煦濡。傾籃寫地上，撥剌長尺餘。豈唯刀機憂，坐見螻蟻圖。脫泉雖已久，得水猶可蘇。放之小池中，且用救乾枯。水小池窄狹，動尾觸四隅。一時幸苟活，久遠將何如。憐其不得所，移放於南湖。南湖連西江，好去勿踟躕。施恩即望報，吾非斯人徒。不須泥沙底，辛苦覓明珠。〔註209〕

白居易看見家僮買回的魚，不忍殺之食之，遂放入池中，又移放到南湖中，他還直言自己放生不是為了求得功德——「施恩即望報，吾非斯人徒」〔註210〕，這反映出白居易具有大乘佛教不求功德的大悲心〔註211〕。

元和十二年（817）至元和十三年（818）前後，白居易看到被賣

〔註207〕（唐）白居易著，謝思煒校注：《白居易詩集校注》，中華書局2006年版，第921頁。

〔註208〕程樹德撰，程俊英、蔣見元點校：《論語集釋》，中華書局 2017 年版，第919頁。

〔註209〕（唐）白居易著，謝思煒校注：《白居易詩集校注》，中華書局2006年版，第130頁。

〔註210〕（唐）白居易著，謝思煒校注：《白居易詩集校注》，中華書局2006年版，第130頁。

〔註211〕菩提達摩初見梁武帝蕭衍的公案能夠大致概括大乘精神。帝問曰：「朕即位已來，造寺寫經，度僧不可勝計，有何功德？」祖（菩提達摩）曰：「並無功德。」帝曰：「何以無功德？」祖曰：「此但人天小果，有漏之因，如影隨形，雖有非實。」帝曰：「如何是真功德？」祖曰：「淨智妙圓，體自空寂，如是功德，不以世求。」帝又問：「如何是聖諦第一義？」祖曰：「廓然無聖。」帝曰：「對朕者誰？」祖曰：「不識。」參見（宋）釋普濟撰，蘇淵雷點校：《五燈會元》卷一，中華書局1984年版，第43頁。

的雞，惻然心動，將雞買下放生了。有《贖雞》一詩：

> 清晨臨江望，水禽正喧繁。鳧雁與鷗鷺，遊颺戲朝暾。
> 適有鬻雞者，挈之來遠村。飛鳴彼何樂，窘束此何冤。喔
> 喔十四雛，罩縛同一樊。足傷金距縮，頭搶花冠翻。經宿
> 廢飲啄，日高詣屠門。遲回未死間，飢渴欲相吞。常慕古
> 人道，仁信及魚豚。見茲生惻隱，贖放雙林園。開籠解索
> 時，雞雛聽我言。購爾鏹三百，小惠何足論。莫學銜環雀，
> 崎嶇謾報恩。〔註212〕

佛教倡導不殺生，同時，也倡導要在力所能及的基礎上放生，所以佛
教徒都會定期去買生並放生，認為這是長養慈悲心的方法，也是在成
道前積累福德資糧的必要步驟。此詩是放生雞，是出於對生靈的惻隱
之心：「見茲生惻隱，贖放雙林園」〔註213〕，而非為了獲得雞的報
恩：「莫學銜環雀，崎嶇謾報恩」〔註214〕，具有同體大悲之心腸。又
如作於長慶三年（823）的《官舍》：

> 高樹換新葉，陰陰覆地隅。何言太守宅，有似幽人居。
> 太守臥其下，閒慵兩有餘。起嘗一甌茗，行讀一卷書。早
> 梅結青實，殘櫻落紅珠。稚女弄庭果，嬉戲牽人裾。是日
> 晚彌靜，巢禽下相呼。噴噴護兒鵲，啞啞母子烏。豈唯云
> 鳥爾，吾亦引吾雛。〔註215〕

佛教用平等觀看待動物，將人和一切動物都稱為「有情」，認為無論
是人還是動物，都無比珍愛自己的生命，眾生的生命平等，動物和人
一樣，願意生，畏懼死。白居易悲心日漸增長，他眼中的鳥類跟自己
一樣，是有母子之情的有情。

〔註212〕（唐）白居易著，謝思煒校注：《白居易詩集校注》，中華書局 2006
年版，第 637 頁。

〔註213〕（唐）白居易著，謝思煒校注：《白居易詩集校注》，中華書局 2006
年版，第 637 頁。

〔註214〕（唐）白居易著，謝思煒校注：《白居易詩集校注》，中華書局 2006
年版，第 637 頁。

〔註215〕（唐）白居易著，謝思煒校注：《白居易詩集校注》，中華書局 2006
年版，第 688 頁。

此外，白居易還在寶曆二年（826）放生燕子，其《仲夏齋居偶題八韻寄微之及崔湖州》云：「褰簾放巢燕。」〔註216〕

綜上，放生是白居易進行淨土實修的重要組成部分，白居易在放生的過程中，悲心日漸增長。

（三）供養

白居易常畫佛像供養諸佛菩薩。大和八年（834），白居易曾與長壽寺道嵩等六十人、優婆塞士良等設法供、施淨財同繪彌勒上生圖，並作《畫彌勒上生幀贊》〔註217〕。開成五年（840），白居易繪彌勒經變，以香火花果供養之〔註218〕。同年，又捨俸錢三萬兩，請人按照《阿彌陀經》及《無量壽經》的故事，繪製成高九尺、寬一丈三尺的大型西方淨土變，發願往生青蓮上品，並願眾生同生無量壽佛所〔註219〕。白居易碰到別人塑畫佛、菩薩形象，也非常隨喜，如白居易妻子楊氏為長姊追福，繡西方極樂世界圖一幅，他為之作《繡西方幀贊》〔註220〕。白居易弟弟白行簡之妻繡阿彌陀佛像和觀音菩薩像為親人追福，白居易作《繡阿彌陀佛贊》〔註221〕和《繡觀音菩薩像贊》〔註222〕。

〔註216〕（唐）白居易著，謝思煒校注：《白居易詩集校注》，中華書局 2006年版，第 1920 頁。

〔註217〕（唐）白居易著，謝思煒校注：《白居易文集校注》，中華書局 2011年版，第 1953 頁。

〔註218〕《畫彌勒上生幀記》：「由是命繪事，按經文，仰兜率天宮，想彌勒內眾，以丹素金碧形容之，以香火花果供養之。」參見（唐）白居易著，謝思煒校注：《白居易文集校注》，中華書局 2011 年版，第 2011 頁。

〔註219〕《畫西方幀記》：「乃捨俸錢三萬，命工人杜宗敬按《彌陀經》、《無量壽》二經畫西方世界一部，高九尺，廣丈有三尺，彌陀尊佛坐中央，觀音、勢至二大士侍左右，天人瞻仰，眷屬圍繞，樓臺妓樂，水樹花鳥，七寶嚴飾，五彩彰施，爛爛煌煌，功德成就。」參見（唐）白居易著，謝思煒校注：《白居易文集校注》，中華書局 2011 年版，第 2008 頁。

〔註220〕（唐）白居易著，謝思煒校注：《白居易文集校注》，中華書局 2011年版，第 1955 頁。

〔註221〕（唐）白居易著，謝思煒校注：《白居易文集校注》，中華書局 2011

（四）布施

　　白居易常布施錢財修建佛寺。元和十三年（818），白居易為景雲寺律德上弘和尚撰塔銘，其弟子饋絹百匹，白居易認為法施淨財，義不已有，即日捐贈給東林寺作經藏西廊〔註223〕。大和二年（828）至開成元年（836），白居易歷時八年修建蘇州南禪院千佛堂轉輪經藏〔註224〕。大和五年（831），元稹薨，白居易為元稹撰墓誌，以其親眷所贈六七十萬錢悉布施修龍門香山寺〔註225〕。開成五年（840），白居易重修香山寺經藏堂完畢〔註226〕。

　　白居易還曾布施錢財開鑿八節灘。會昌四年（844），白居易為利舟楫開龍門八節石灘，其《開龍門八節石灘詩二首》其二云：

　　　　七十三翁旦暮身，誓開險路作通律。夜舟過此無傾覆，朝脛從今免苦辛。十里呀灘變河漢，八寒陰獄化陽春。我身雖歿心長存，暗施慈悲與後人。〔註227〕

年版，第113頁。

〔註222〕（唐）白居易著，謝思煒校注：《白居易文集校注》，中華書局2011年版，第114頁。

〔註223〕《東林寺經藏西廊記》：「暨十三年，予作《景雲律師塔碑》成，景雲弟子饋絹百匹。予以法施淨財，義不已有，即日移用作藏西廊。」參見（唐）白居易著，謝思煒校注：《白居易文集校注》，中華書局2011年版，第271頁。

〔註224〕《蘇州南禪院千佛堂轉輪經藏石記》：「千佛堂轉輪經藏者，先是郡太守居易發心，蜀沙門清閑矢謀，吳僧常敬、弘正、神益等僝工，商主鄧子成、梁華等施財，院僧法弘、惠滿、契元、惠雅等蕆事。大和二年秋作，開成元年春成。」參見（唐）白居易著，謝思煒校注：《白居易文集校注》，中華書局2011年版，第1986頁。

〔註225〕（唐）白居易著，謝思煒校注：《修香山寺記》，《白居易文集校注》，中華書局2011年版，第1869頁。

〔註226〕《香山寺新修經藏堂記》：「先是，樂天發願修香山寺僧房既就，……我願未滿。乃於諸寺藏外雜散經中得遺編墜軸者數百卷帙，以《開元經錄》按而校之。……寺西北隅有陳屋三間，土木將壞，乃增修改飾為經藏堂。……開成五年九月二十五日，堂成，藏成，道場成。」參見（唐）白居易著，謝思煒校注：《白居易文集校注》，中華書局2011年版，第2012～2013頁。

〔註227〕（唐）白居易著，謝思煒校注：《白居易詩集校注》，中華書局2006

此時詩人更加富有慈悲心，且具有正知正念，「予嘗有願，力及則救之」〔註228〕，白居易目睹八節灘、九峭石險灘傷人，決心發起修灘工程，而且他行善只為「拔苦施樂者耳」〔註229〕、「暗施慈悲與後人」〔註230〕，不求功德福報，「豈獨以功德福報為意哉？」〔註231〕，詩人此時在行大乘菩薩道。同時，他深信將來可以往生去西方極樂世界：「他時相逐西方去」〔註232〕，所以八節灘開鑿工程完畢後，白居易感到歡喜踴躍，《歡喜二偈》云：「得老加年誠可喜，當春對酒亦宜歡。心中別有歡喜事，開得龍門八節灘。」〔註233〕虔誠的西方淨土信仰讓白居易費時費力組織開鑿八節灘時法喜充滿。

　　白居易還常布施物品給他人。如布施衣服給僧人：「朝衣減施僧」。〔註234〕布施食物給動物們，如分食給鶴：「祿食分供鶴」〔註235〕，又如投食給魚：「投食施池魚」〔註236〕。

　　總體而言，白居易的淨土信仰修持方式，前期以放生為主，從元和十年（815）所作《放旅雁》、元和十一年（816）所作《放魚》、元

年版，第 2794 頁。

〔註228〕（唐）白居易著，謝思煒校注：《白居易詩集校注》，中華書局 2006 年版，第 2793 頁。

〔註229〕（唐）白居易著，謝思煒校注：《白居易詩集校注》，中華書局 2006 年版，第 2793 頁。

〔註230〕（唐）白居易著，謝思煒校注：《白居易詩集校注》，中華書局 2006 年版，第 2794 頁。

〔註231〕（唐）白居易著，謝思煒校注：《白居易詩集校注》，中華書局 2006 年版，第 2793 頁。

〔註232〕（唐）白居易著，謝思煒校注：《白居易詩集校注》，中華書局 2006 年版，第 2793 頁。

〔註233〕（唐）白居易著，謝思煒校注：《白居易詩集校注》，中華書局 2006 年版，第 2808 頁。

〔註234〕（唐）白居易著，謝思煒校注：《白居易詩集校注》，中華書局 2006 年版，第 1603 頁。

〔註235〕（唐）白居易著，謝思煒校注：《衰病》，《白居易詩集校注》，中華書局 2006 年版，第 1603 頁。

〔註236〕（唐）白居易著，謝思煒校注：《仲夏齋居偶題八韻寄微之及崔湖州》，《白居易詩集校注》，中華書局 2006 年版，第 1920 頁。

和十二年（817）至元和十三年（818）所作《贖雞》等可大致瞭解其
放生的脈絡。後期以畫像供養為主，從大和八年（834）所作《畫彌
勒上生幀贊》、大和二年（828）至開成四年（839）所作《繡西方幀
贊》、開成五年（840）所作《畫西方幀記》和《畫彌勒上生幀記》等
可大致瞭解其畫像供養的脈絡。

第三節　白居易禪淨雙修作品的統計分析

　　為了更好地分析白居易禪宗和淨土宗修行的特點，我們將白居易
與禪淨兩宗相關的作品進行了繫年編排〔註 237〕，並製作了白居易禪
淨兩宗作品創作趨勢圖。如下所示：

時間	有關禪宗作品數量（首）	有關淨土宗作品數量（首）	有關禪淨兩宗作品數量（首）
約作於貞元十六年（800）至貞元十七年（801）	1	0	0
貞元二十年（804）	1	0	0
元和五年（810）	1	0	0
元和六年（811）	2	0	0
元和九年（814）	3	0	0
元和十年（815）	10	2	0
元和十一年（816）	3	1	1
元和十一年（816）至元和十二年（817）	1	1	0
元和十二年（817）	3	1	5
元和十二年（817）至元和十三年	0	1	0

〔註237〕參見附錄四《白居易禪淨兩宗作品創作繫年表》。

（818）			
元和十三年（818）	2	0	0
元和十四年（819）	2	0	1
元和十五年（820）	2	0	0
長慶二年（822）	2	1	0
長慶三年（823）以前	0	2	0
長慶三年（823）	0	1	0
長慶四年（824）	4	0	0
寶曆元年（825）	1	0	0
寶曆二年（826）	4	1	0
寶曆二年（826）至大和元年（827）	1	0	0
作于大和元年（827）	2	0	0
大和二年（828）	2	1	0
大和三年（829）	1	0	0
大和四年（830）	5	0	1
大和五年（831）	4	0	1
大和六年（832）	1	0	2
大和八年（833）	3	0	0
大和八年（834）	4	1	0
大和九年（835）	2	0	0
開成元年（836）	6	0	0
開成二年（837）	1	0	1
開成三年（838）	3	1	0
大和二年（828）至開成四年（839）	0	1	0
開成四年（839）	2	0	0

開成五年（840）	2	2	1
會昌元年（841）	1	0	0
會昌二年（842）	4	1	0
會昌四年（844）	0	2	0
會昌四年（844）至會昌五年（845）	0	2	0
會昌五年（845）	1	0	0
不詳	1	0	0
	88	22	13

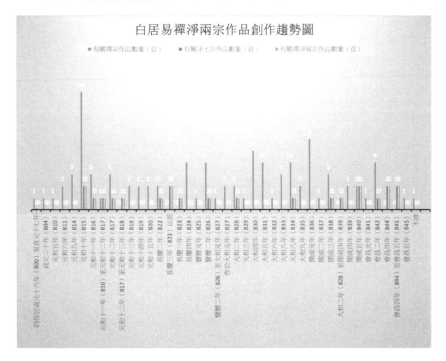

圖一：白居易禪淨兩宗作品創作趨勢圖

通過上圖，我們可以得到如下一些信息：

一、白居易有關禪宗的作品總數為88，共出現了一個超級高峰，即元和十年（815）峰值為10，另外還出現幾次小高峰，分別是大和

四年（830）和開成元年（836），峰值分別為 5、6。

二、有關淨土宗的作品總數為 22。沒有明顯的高峰，有幾個時段峰值較高，分別是元和十年（815）、長慶三年（822）、開成五年（840）和會昌四年（844），峰值都為 2。

三、貞元十六年（800），白居易即有流露明顯禪宗信仰的詩作。有關禪宗作品的創作持續了一生，直到白居易去世的前一年，即會昌五年（845），還作有《九老圖詩》，記錄禪宗法師如滿等九人的寫真情況。

四、從貞元十六年（800）至元和十年（814），沒有一首與淨土宗有關的作品。

五、元和十年（815），首次出現有關淨土宗的作品，此後，有關淨土宗的作品逐漸增多。

六、元和十一年（816），首次出現有關禪淨兩宗的作品。此後，有關禪淨兩宗的作品間或出現。

七、就密集程度而言，大和八年（834）以後，有關淨土宗的作品呈現出一個較為密集的狀態。

綜上，我們可以初步得出以下結論：總體上，白居易秉持禪淨雙修的修行方式，他的禪宗信仰奉行終生，在青少年時期尤其是從貞元十六年（800）至元和十年（814）以禪宗信仰為主，淨土信仰始於中年，元和十一年（816）以後逐漸兼修禪淨兩宗，大和八年（834）以後，開始向淨土信仰傾斜，開成五年（840）後愈加崇奉淨土宗。

通過分析白居易與禪淨兩宗有關的作品，我們還發現以下問題：

一、東西二林寺雖是淨土祖庭，然至唐代，已有許多禪師在此處住錫，白居易《因沐感發寄朗上人二首》其二云：「掩鏡望東寺，降心謝禪客。」〔註238〕可以看出東林寺此時禪僧雲集，比如，神湊具

〔註238〕 （唐）白居易著，謝思煒校注：《白居易詩集校注》，中華書局 2006年版，第 836 頁。

戒於南嶽希操大師，參禪於鍾陵大寂大師，〔註239〕但同時也是東西
二林寺蓮社的創立者，兼修淨土法門。〔註240〕

　　二、禪法在東林寺非常盛行。智滿係東林寺僧，但也習禪法，白
居易去東林寺坐禪，向智滿請教禪坐的問題，事見《正月十五日夜東
林寺學禪偶懷藍田楊六主簿因呈智禪師》。靈澈雖是會稽雲門寺禪
僧，但他的詩作也被刻於東林寺西廊下〔註241〕，這說明東林寺對於
禪宗的態度是非常接納的。

　　三、東林寺內甚至廬山寺廟群中禪淨兩宗界限沒有那麼分明，僧
人之間的交流非常自由。《遊大林寺序》中所涉及廬山各大寺廟的僧
人既有淨土宗也有禪宗，比如傳承菏澤神會法脈〔註242〕的神照也在

〔註239〕白居易在《唐江州興果寺律大德湊公塔碣銘》中曰：「如來滅後後
　　　　五百年，有持戒見性者曰興果律師。師姓成，號神湊，京兆藍田人。
　　　　既出家，具戒於南嶽希操大師，參禪於鍾陵大寂大師。」參見（唐）
　　　　白居易著，謝思煒校注：《白居易文集校注》，中華書局2011年版，
　　　　第202～203頁。《唐江州興果寺神湊傳》：「釋神湊，……祈南嶽希
　　　　操師受具，復參鍾陵大寂禪師。」參見（宋）贊寧撰，范祥雍點校：
　　　　《宋高僧傳》卷十六，中華書局1987年版，第391頁。
〔註240〕神湊臨終時，白居易為作碑銘，其銘即《興果上人歿時題此訣別兼
　　　　簡二林僧社》，曰：「本結菩提香火社，為嫌煩惱電泡身。不須惆悵
　　　　從師去，先請西方作主人。」參見（唐）白居易著，謝思煒校注：
　　　　《白居易詩集校注》，中華書局2006年版，第1366頁。
〔註241〕《讀靈澈詩》：「東林寺裏西廊下，石片鐫題數首詩。」參見（唐）
　　　　白居易著，謝思煒校注：《白居易詩集校注》，中華書局2006年版，
　　　　第1330頁。
〔註242〕《唐東都奉國寺禪德大師照公塔銘》：「大師號神照，姓張氏，蜀州
　　　　青城人也。始出家於智凝法師，受具足戒於惠萼律師，學心法於惟
　　　　忠禪師。忠一名南印，即第六祖之法曾孫也。」參見（唐）白居易
　　　　著，謝思煒校注：《白居易文集校注》，中華書局2011年版，第2017
　　　　頁。另據《曹溪別出第四世‧荊南惟忠禪師法嗣》：「道圓禪師，益
　　　　州如一禪師，奉國神照禪師，廬山東林雅禪師，以上四人無機緣語
　　　　句，不錄。」神照係惟忠禪師弟子，據《景德傳燈錄》卷十三目錄，
　　　　惟忠係神會法孫。參見（宋）釋道原：《景德傳燈錄》卷十三，藍
　　　　吉富主編：《禪宗全書》第二冊，北京圖書館出版社2004年版，第
　　　　239頁。

這次交遊的行列中，僧人之間的交遊沒有那麼注重宗派，這無疑加速了禪淨兩宗的合流，白居易在寫給神照的詩中提到西方極樂世界〔註243〕即是這一合流的體現。

　　上述現象說明佛寺不能作為宗派的判斷依據，僧人的傳承體系亦頗複雜，而問題的根源則在於禪淨兩宗本身就沒有那麼嚴格的界限，待到中晚唐時期，禪淨合流更是大勢所趨。

〔註243〕《贈僧五首》其二《神照上人》：「心如定水隨形應，口似懸河逐病治。曾向眾中先禮拜，西方去日莫相遺。」參見（唐）白居易著，謝思煒校注：《白居易詩集校注》，中華書局 2006 年版，第 2172 頁。

第三章　白居易的佛典閱讀與詩歌創作

　　白居易熱衷於閱讀佛經，涉獵廣泛且深究義理。佛經閱讀直接影響了白居易的詩歌創作，主要表現在使用佛經詞彙、援引佛經典故和使用佛經譬喻等方面。相比較而言，《維摩詰經》和《金剛經》對白居易的影響更為深刻，白詩對這兩部經典的接受路徑也更為複雜。以下分別展開論述。

第一節　白居易佛典閱讀概述

　　白居易大量閱讀佛經，潛心鑽研大小乘法，他在《醉吟先生傳》中自稱「棲心釋氏，通學小中大乘法。」〔註1〕《舊唐書》也稱白居易「儒學之外，尤通釋典」〔註2〕。白居易所閱讀的佛典，能明確考證出的，至少有十四種，廣泛深入的佛典閱讀經歷對白居易的詩歌創作產生了深刻的影響。

〔註 1〕（唐）白居易著，謝思煒校注：《白居易文集校注》，中華書局 2011 年版，第 1981 頁。

〔註 2〕（後晉）劉昫等：《舊唐書》卷一六六，中華書局 1975 年版，第 4345 頁。

一、白居易的經典閱讀與經典闡釋

白居易廣泛地閱讀佛教經典，能夠確切考證出來的經典有十四種。與此同時，他也非常注重對經典的闡釋，對於很多經典，白居易都有自己獨到的見解。

（一）白居易的佛典閱讀考辨

白居易有非常豐富的佛典閱讀經歷，可以明確考證出白居易讀過的佛經有《佛為心王菩薩說頭陀經》、《佛說十二頭陀經》、《佛說法句經》、《法句經》、《佛頂尊勝陀羅尼經》、《大悲心陀羅尼經》、《修行方便禪經》、《楞嚴經》、《楞伽經》、《壇經》、《金剛三昧經》、《大智度論》、《維摩詰經》和《金剛經》。現對白居易佛典閱讀考辨如下：

1.《佛為心王菩薩說頭陀經》和《佛說十二頭陀經》

白居易讀過《頭陀經》，《和答詩十首・和思歸樂》云：「身委逍遙篇，心付頭陀經。」〔註3〕白居易所讀的頭陀經有兩種可能，一種為《佛為心王菩薩說頭陀經》，一種為《佛說十二頭陀經》。如下分論之。

白居易所提到的《頭陀經》可能是《佛為心王菩薩說頭陀經》〔註4〕，因為他在《和夢遊春詩一百韻》中提到「法句與心王，期君日三復」〔註5〕，並自注云：「微之常以《法句》及《心王頭陀經》相示，故申言以卒其志也。」〔註6〕《心王頭陀經》即《佛為心王菩薩說頭

〔註3〕（唐）白居易著，謝思煒校注：《白居易詩集校注》，中華書局 2006年版，第 214 頁。

〔註4〕根據方廣錩的研究，最早著錄《佛為心王菩薩說頭陀經》的是《大週刊定眾經目錄》，該書卷十五的「偽經目錄」將《佛為心王菩薩說頭陀經》判為偽經，理由是「古來相傳，皆云偽謬」，但未說明具體的依據。其後《開元釋教錄》卷十八、《貞元新定釋教目錄》卷二十八沿襲了《大週刊定眾經目錄》的著錄，但也都沒有說明判偽的依據。參見《佛為心王菩薩說頭陀經》，方廣錩主編：《藏外佛教文獻》第一輯，宗教文化出版社 1995 年版，第 318～319 頁。

〔註5〕（唐）白居易著，謝思煒校注：《白居易詩集校注》，中華書局 2006年版，第 1133 頁。

〔註6〕（唐）白居易著，謝思煒校注：《白居易詩集校注》，中華書局 2006年版，第 1133 頁。

陀經》，該經亦稱《頭陀經》或《心王經》。同時，白居易還曾在詩中
寫到：「聰明傷混沌，煩惱污頭陀。」〔註7〕「賴學空王治苦法，須拋
煩惱入頭陀。」〔註8〕顯然受到了《佛為心王菩薩說頭陀經》的影響。
試看該經對「頭陀」的解釋：「『頭』者，行人初破煩惱，擊大法鼓，
吼煩惱賊，得其頭主。賊民無主，無所依止，即求出家，為我弟子。
攝心學道，身心清淨，悟無生忍。故言『頭』也。『陀』者，後心行
人，善巧方便。雖得前心，後念多失。既失其後，即是漏心，名為煩
惱。行人勤加精進，前心注後，後心注前，前後不二，名為正法。即
是阿難受持佛語，無有遺漏。是故言『陀』。又復『陀』者，陀汰煩
惱。如陀金沙，先除粗者，真金始現。」〔註9〕「頭」、「陀」皆含有
破除煩惱之義，可見白居易拋卻煩惱入頭陀的思想直接承襲於《佛為
心王菩薩說頭陀經》。

　　白居易所讀的《頭陀經》也有可能是一般所說的《佛說十二頭陀
經》，為劉宋于闐國三藏求那跋陀羅所譯，是指導僧侶修行的一部佛
經，經中提出了十二種修行方式，總稱頭陀行、苦行，分別是：

　　　　一者在阿蘭若處。二者常行乞食。三者次第乞食。四
　　　者受一食法。五者節量食。六者中後不得飲漿。七者著弊
　　　納衣。八者但三衣。九者冢間住。十者樹下止。十一者露
　　　地住。十二者但坐不臥。〔註10〕

白居易的很多詩篇中也的的確確在踐行《佛說十二頭陀經》中所倡導
的「十二頭陀行」，尤其是第九種梵行：「若佛在世若滅度後，應修二
法，所謂止觀無常空觀。是佛法初門能令厭離三界，冢間常有悲啼哭

〔註7〕（唐）白居易著，謝思煒校注：《偶作》，《白居易詩集校注》，中華書
　　　　局2006年版，第2139頁。
〔註8〕（唐）白居易著，謝思煒校注：《自到潯陽生三女子因詮真理用遣妄
　　　　懷》，《白居易詩集校注》，中華書局2006年版，第1407頁。
〔註9〕《佛為心王菩薩說頭陀經》，方廣錩主編：《藏外佛教文獻》第一輯，
　　　　宗教文化出版社1995年版，第298～299頁。
〔註10〕（劉宋）求那跋陀羅譯：《佛說十二頭陀經》，《大正藏》卷十七，佛
　　　　陀教育基金會出版部1990年版，第720頁。

聲，死屍狼籍眼見無常，又火燒鳥獸所食不久滅盡。因是屍觀，一切法中易得無常想。又冢間住，若見死屍臭爛不淨，易得九想觀，是離欲初門，是故應受冢間住法。」〔註11〕即作白骨觀，或稱九想觀。

受《佛說十二頭陀經》的影響，白居易尤其喜歡寫作墳墓，他有好多首專門描述冢間的詩作，如《登村東古冢》、《青冢》、《李白墓》和《真娘墓》等。我們試以《真娘墓》為例來看白居易的白骨觀修持。

> 不識真娘鏡中面，唯見真娘墓頭草。霜摧桃李風折蓮，真娘死時猶少年。脂膚蔑手不牢固，世間尤物難留連。難留連，易銷歇，塞北花，江南雪。〔註12〕

正如塞北的花朵，江南的雪花一樣，身體是容易消歇的事物，真娘也不會長久地在世間留連。白居易的《真娘墓》在白骨觀的觀照下呈現出世事變幻和壽命無常，即《佛說十二頭陀經》中所說的「因是屍觀，一切法中易得無常想」〔註13〕。當我們將白居易的《真娘墓》與南宋遺民詩人林景熙的同題絕句進行對比，就能看出白骨觀對詩歌創作的影響。林景熙《真娘墓》云：「歌聲舞影散春霞，月殉香魂幾落花。休恨天家無分到，漢妃青冢落胡沙。」〔註14〕顯然，林景熙並不修持白骨觀，因此，整首詩通過對比昭君墓與真娘墓景象的不同，感慨人生境界的差異，至於人生無常，壽命無常，一切法無常皆不是該詩關注的焦點。

另外再來看這首《寒食野望吟》：

> 丘墟郭門外，寒食誰家哭？風吹曠野紙錢飛，古墓壘壘春草綠。棠梨花映白楊樹，盡是死生別離處。冥冥重泉

〔註11〕（劉宋）求那跋陀羅譯：《佛說十二頭陀經》，《大正藏》卷十七，佛陀教育基金會出版部1990年版，第721頁。

〔註12〕（唐）白居易著，謝思煒校注：《白居易詩集校注》，中華書局2006年版，第929頁。

〔註13〕（劉宋）求那跋陀羅譯：《佛說十二頭陀經》，《大正藏》卷十七，佛陀教育基金會出版部1990年版，第721頁。

〔註14〕（宋）林景熙：《霽山集》，中華書局1960年版，第59頁。

　　　哭不聞，蕭蕭暮雨人歸去。〔註15〕

此是白居易在掃墓過程中的所見所聞，冢間盡是一片死生別離處，悲啼嚎哭充斥耳尖，讓人生不起一絲歡喜心。白居易的詩中還經常出現指代墳墓的「北邙山」，如：

　　　形骸隨眾人，殯葬北邙山。〔註16〕

　　　賢愚貴賤同歸盡，北邙冢墓高嵯峨。〔註17〕

　　　春風草綠北邙山，此地年年生死別。〔註18〕

　　　何事不隨東洛水，誰家又葬北邙山？〔註19〕

這些詩都記錄了白居易的白骨觀實踐，白居易在觀察別人死亡事實的同時，也在思考自己的死亡。

　　此外，白居易在不是墳塋的場合，也會有意識地修持白骨觀。如作於大和九年（835）的《羅敷水》：

　　　野店東頭花落處，一條流水號羅敷。芳魂豔骨知何處，

　春草茫茫墓亦無。〔註20〕

生時如此豔麗的羅敷，死後芳魂豔骨都消散全無，連葬身之墓都消失在茫茫的天地間，這五蘊組成的肉身又有什麼值得留戀的呢，最終都將歸於寂滅。

　　據此，白居易應既讀過《佛為心王菩薩說頭陀經》，也讀過《佛說十二頭陀經》。

〔註15〕（唐）白居易著，謝思煒校注：《白居易詩集校注》，中華書局 2006 年版，第 960 頁。

〔註16〕（唐）白居易著，謝思煒校注：《孔戡》，《白居易詩集校注》，中華書局 2006 年版，第 12 頁。

〔註17〕（唐）白居易著，謝思煒校注：《浩歌行》，《白居易詩集校注》，中華書局 2006 年版，第 902 頁。

〔註18〕（唐）白居易著，謝思煒校注：《輓歌詞》，《白居易詩集校注》，中華書局 2006 年版，第 917 頁。

〔註19〕（唐）白居易著，謝思煒校注：《清明日登老君閣望洛城贈韓道士》，《白居易詩集校注》，中華書局 2006 年版，第 2503 頁。

〔註20〕（唐）白居易著，謝思煒校注：《白居易詩集校注》，中華書局 2006 年版，第 2465 頁。

2.《佛說法句經》或《法句經》

白居易在《和夢遊春詩一百韻》中說：「法句與心王，期君日三復。」〔註21〕並自注云：「微之常以《法句》及《心王頭陀經》相示，故申言以卒其志也。」〔註22〕白居易所說的《法句》既有可能是《佛說法句經》，也有可能是《法句經》。

3.《佛頂尊勝陀羅尼經》和《大悲心陀羅尼經》

白居易家中藏有《佛頂尊勝陀羅尼》和《大悲心陀羅尼》的經幢，〔註23〕據石刻中白居易所撰跋語：「開國男白居易造此佛頂尊勝大悲心陀羅尼……及見幢形、聞幢名者，不問胎卵濕化，水陸幽明……悉願同發菩提，共成佛道。」〔註24〕可知，白居易建造的是佛頂尊勝陀羅尼咒（簡稱佛頂咒）和大悲心陀羅尼咒（簡稱大悲咒）的合咒，合稱佛頂尊勝大悲心陀羅尼。白居易造此經幢與先師法凝的遺教不無關係，法凝弟子如信的塔廟「不封不樹，不廟不碑，不勞人，不傷財，唯立佛頂尊勝陀羅尼一幢」〔註25〕。法凝另一弟子智如臨終前也交代弟子們：「我歿後當依本院先師遺法，勿塔勿墳，唯造《佛頂尊勝陀羅尼》一幢，置吾茶毗之所。」〔註26〕白居易青年時即從法凝學禪，並與如信、智如等交往密切，因此，跟如信、

〔註21〕（唐）白居易著，謝思煒校注：《白居易詩集校注》，中華書局 2006年版，第 1133 頁。

〔註22〕（唐）白居易著，謝思煒校注：《白居易詩集校注》，中華書局 2006年版，第 1133 頁。

〔註23〕1992 年 10 月至 1993 年 5 月間，中國社會科學院考古研究所洛陽唐城隊對履道坊白居易宅院遺址進行了考古勘察和發掘，發現刻有《佛頂尊勝陀羅尼經》和《大悲心陀羅尼經》咒語的經幢。

〔註24〕《隋唐洛陽城（1959～2001 年考古發掘報告）》，文物出版社 2014 年版，第 104 頁。（唐）白居易著，謝思煒校注：《佛頂尊勝陀羅尼經幢跋》，《白居易文集校注》，中華書局 2011 年版，第 2069 頁。

〔註25〕（唐）白居易著，謝思煒校注：《如信大師功德幢記》，《白居易文集校注》，中華書局 2011 年版，第 1830 頁。

〔註26〕（唐）白居易著，謝思煒校注：《東都十律大德長聖善寺鉢塔院主智如和尚茶毗幢記》，《白居易文集校注》，中華書局 2011 年版，第 1921頁。

智如一樣，白居易在家中建造經幢為秉承師教。由此可知，白居易對《佛頂尊勝陀羅尼》早已熟知。同時，佛頂咒源自《佛頂尊勝陀羅尼經》，白居易對此亦知曉，其《東都十律大德長聖善寺缽塔院主智如和尚茶毗幢記》云：「陀羅尼門有《佛頂咒》功德，事具《尊勝經》，經文甚詳，此記不載。」〔註27〕他對於《佛頂尊勝陀羅尼經》非常熟悉，其《蘇州重玄寺法華院石壁經碑文》云：「壞罪集福，淨一切惡道，莫急於《佛頂尊勝陀羅尼經》。」〔註28〕至於《大悲心陀羅尼經》，全稱《千手千眼觀世音菩薩廣大圓滿無礙大悲心陀羅尼經》，經文很短，咒心即《大悲心陀羅尼》，是唐代非常大眾化的佛經，白居易自然非常熟悉。

4.《修行方便禪經》

白居易曾讀《修行方便禪經》，其《讀禪經》云：

> 須知諸相皆非相，若住無餘卻有餘。言下忘言一時了，夢中說夢兩重虛。空花豈得兼求果，陽焰如何更覓魚？攝動是禪禪是動，不禪不動即如如。〔註29〕

佛典所說的禪經，一指鳩摩羅什所譯《坐禪三昧經》，一指佛陀跋陀羅所譯《修行方便禪經》，又名《達摩多羅禪經》。唐人多指後者，如神會《菩提達摩南宗定是非論》云：「遠師問：『據何得知菩提達摩西國為第八代？』答：『據《禪經》序中，具明西國代數。』」〔註30〕又如宗密《禪源諸詮集都序》云：「又廬山遠公與佛陀耶舍二梵僧所譯《達摩禪師》兩卷，具明坐禪門戶漸次方便。」〔註31〕皆指《修行方

〔註27〕（唐）白居易著，謝思煒校注：《白居易文集校注》，中華書局 2011 年版，第 1920 頁。

〔註28〕（唐）白居易著，謝思煒校注：《白居易文集校注》，中華書局 2011 年版，第 1884 頁。

〔註29〕（唐）白居易著，謝思煒校注：《白居易詩集校注》，中華書局 2006 年版，第 2425 頁。

〔註30〕楊曾文編校：《神會和尚禪話錄》，中華書局 1996 年版，第 34 頁。

〔註31〕（唐）宗密述：《禪源諸詮集都序》卷上之二，《大正藏》卷四十八，佛陀教育基金會出版部 1990 年版，第 403～404 頁。

便禪經》〔註32〕。白居易所讀也應為《修行方便禪經》，首先，「若住無餘卻有餘」與該經所傳五門禪「不淨觀」，即由觀身不淨而悟人生無常，達至「一切法相寂滅無餘」〔註33〕的內涵一致。其次，末句「攝動是禪禪是動，不禪不動即如如」在句式上有意模仿「色不離如如不離色。色則是如如則是色」〔註34〕。

5.《楞嚴經》

白居易曾親手書寫《楞嚴經》，據《秘殿珠林》卷二《釋氏經冊》載：

> 唐白居易書《楞嚴經》一冊：唐箋本，楷書，款云：香山白居易書，無印，音譯八字後有「寶慶改元花朝後三日重裝於寶易樓遜志題」十八字，前後俱有「紹興重波羅蜜室」印。……按：此卷雖殘闕，然的是樂天真蹟。筆意圓勁飄逸，雅稱其詩。〔註35〕

據知，白居易所書寫《楞嚴經》為楷書，且筆意圓勁飄逸。另據白高來《白居易的〈楞嚴經冊〉》一文可知，白居易所書《楞嚴經冊》現保存在故宮博物院，共397行，100頁，以行楷抄寫。〔註36〕

6.其他

上述幾種經書之外，白居易的閱讀面還有更廣泛的涵蓋。如《楞伽經》，《見元九悼亡詩因以此寄》云：「人間此病除無藥，唯有《楞伽》四卷經。」〔註37〕另如《壇經》，《味道》云：「一卷壇經說佛心。」

〔註32〕以上參見（唐）白居易著，謝思煒校注：《白居易詩集校注》，中華書局 2006 年版，第 2425 頁。

〔註33〕（東晉）佛陀跋陀羅譯：《達摩多羅禪經》卷下，《大正藏》卷十五，佛陀教育基金會出版部 1990 年版，第 321 頁。

〔註34〕（東晉）佛陀跋陀羅譯：《達摩多羅禪經序》，《大正藏》卷十五，佛陀教育基金會出版部 1990 年版，第 301 頁。

〔註35〕（清）張照、梁詩正：《秘殿珠林》卷二，《文淵閣四庫全書》第八二三冊，臺灣商務印書館 1983 年版，第 502～503 頁。

〔註36〕白高來：《白居易的〈楞嚴經冊〉》，《老年教育（書畫藝術）》2008 年第 1 期，第 18 頁。

〔註37〕（唐）白居易著，謝思煒校注：《白居易詩集校注》，中華書局 2006

〔註38〕又如《金剛三昧經》,《錢虢州以三堂絕句見寄因以本韻和之》云:「予早歲與錢君同習讀《金剛三昧經》。」〔註39〕再如《大智度論》,《眼病二首》其二云:「案上謾鋪龍樹論。」〔註40〕還有後文將著重論述的《維摩詰經》和《金剛經》等。

綜上,白居易讀佛經很多,閱讀面很寬,這可以說明他佛教信仰的堅固,也從一個側面證明他對佛學的領悟是很深刻的。

(二)白居易佛典閱讀特點辨析

陳寅恪在《元白詩箋證稿》中指出白居易佛學造詣不深,依據為白居易《和夢遊春詩一百韻》中「法句與心王,期君日三復」〔註41〕出現的《法句經》與《心王經》。《元白詩箋證稿》云:

> 寅恪少讀樂天此詩,遍檢佛藏,不見所謂《心王頭陀經》者,頗以為恨。近歲始見倫敦博物院藏斯坦因號二四七四,《佛為心王菩薩說頭陀經》卷上,五陰山室寺惠辨禪師注殘本(《大正續藏》二八八六號)。乃一至淺俗之書,為中土所偽造者。至於《法句經》,亦非吾國古來相傳舊譯之本,乃別是一書,即倫敦博物館藏斯坦因號二千二一《佛說法句經》(又中村不折藏敦煌寫本,《大正藏》二九零一號)。及巴黎國民圖書館藏伯希和號二三二五《法句經疏》(《大正續藏》二九零二號)。此書亦是淺俗偽造之經。夫元、白二公自許禪梵之學,叮嚀反覆於此二經。今日得見此二書,其淺陋鄙俚如此,則二公之佛學造詣,可以推知矣。〔註42〕

年版,第 1073 頁。

〔註38〕(唐)白居易著,謝思煒校注:《白居易詩集校注》,中華書局 2006 年版,第 1836 頁。

〔註39〕(唐)白居易著,謝思煒校注:《白居易詩集校注》,中華書局 2006 年版,第 1474 頁。

〔註40〕(唐)白居易著,謝思煒校注:《白居易詩集校注》,中華書局 2006 年版,第 1923 頁。

〔註41〕(唐)白居易著,謝思煒校注:《白居易詩集校注》,中華書局 2006 年版,第 1133 頁。

〔註42〕陳寅恪:《元白詩箋證稿》,生活·讀書·新知三聯書店 2015 年版,第 102～103 頁。

在陳寅恪看來，白居易所讀「法句與心王」即《佛說法句經》與《佛為心王菩薩說頭陀經》，皆係偽經，因此，白居易佛教根柢不深，對佛經真偽沒有辨識能力。僅就白居易所讀經典的淺俗來判斷他的佛學造詣恐怕有失妥當，朱金城已曾就此為白居易翻案，他說：「陳氏考釋兩書極精確，而謂元、白佛學造詣淺陋之論則殊偏頗，蓋不能僅據微之、樂天詩中引用此二經即輕下斷語也。」〔註43〕事實確實如此，文辭簡約、淺俗易懂的佛經如《心經》、《地藏菩薩本願經》所蘊藏的顯密修法並不比辭藻豐富、艱澀難懂的佛經如《楞嚴經》、《金剛經》少。況且單憑藉一兩句詩歌進行推理批判恐過於武斷和片面，該詩序言云：「亦猶《法華經》序火宅、偈化城，《維摩經》入淫舍、過酒肆之義也。」〔註44〕可見，白居易還熟悉《法華經》和《維摩經》二經，且從該詩「欲除憂惱病，當取禪經讀」〔註45〕句還可得知，他亦研習禪宗經典。事實上，白居易披閱過的佛經遠不止上述這幾種，也不止本文確切考證出來的十四種，據《香山寺新修經藏堂記》載，白居易曾為香山寺經藏堂校對佛經〔註46〕，如此，《醉吟先生傳》自謂「遊之外，棲心釋氏，通學小中大乘法」〔註47〕並不算言過其實。涉獵經典如此廣泛的白居易，佛學造詣斷然不會淺陋。

　　白居易不僅廣泛地閱讀佛經，還很注重對佛經義理的解讀。他發現佛經中對於大小乘法是否平等的論述存在分歧，於是向濟法師請益：

〔註43〕（唐）白居易著，朱金城箋校：《白居易集箋校》，上海古籍出版社1988年版，第868頁。

〔註44〕（唐）白居易著，謝思煒校注：《白居易詩集校注》，中華書局2006年版，第1130～1131頁。

〔註45〕（唐）白居易著，謝思煒校注：《白居易詩集校注》，中華書局2006年版，第1133頁。

〔註46〕《香山寺新修經藏堂記》：「乃於諸寺藏外雜散經中得遺編墜軸者數百卷帙，以《開元經錄》按而校之。」參見（唐）白居易著，謝思煒校注：《白居易文集校注》，中華書局2011年版，第2013頁。

〔註47〕（唐）白居易著，謝思煒校注：《白居易文集校注》，中華書局2011年版，第1981頁。

　　若云依維摩詰謂富樓那云：「先當入定，觀此人心，然後說法。」又云：「不觀人根，不應說法。」夫以富樓那之通慧，又親奉如來，為大弟子，尚未能觀知人心，況後五百歲末法中弟子，豈盡能觀知人心而後說法乎？設使觀知人心，若彼發小乘心，而為說大乘法，可乎？若未能觀彼心而率己意說，又可乎？既未能觀而然不說，又可乎？若云依義不依語，則上六經之義互相違反，其將孰依乎？若云依了義經不依不了義經，則三世諸佛，一切善法，皆從此六經出，孰名為不了義經乎？況諸經中與《維摩》、《法華》、《首楞嚴》之說同者非一也，與《法王》、《金剛》、《金剛三昧》之說同者亦非一也，不可遍舉。〔註48〕

此段之特具卓識，主要表現在：白居易認為《維摩詰經》、《法華經》、《首楞嚴經》、《法王經》、《金剛經》、《金剛三昧經》等都是大乘經典，三世諸佛和一切佛法都從這六經中出。然而，《維摩詰經》、《法華經》和《首楞嚴經》等主張應機施教，即不觀人根基則不應說法，《法王經》、《金剛經》、《金剛三昧經》則主張眾生平等，法無分別。白居易覺得疑惑，因此特向濟法師求教。若不深入義學層面，絕不能發現各類說法之異同。

　　試看《蘇州重玄寺法華院石壁經碑文》：

　　　　夫開士悟入諸佛知見，以了義度無邊，以圓教垂無窮，莫尊於《妙法蓮華經》……證無生忍，造不二門，住不可思議解脫，莫極於《維摩詰經》……攝四生九類，入無餘涅槃，實無得度者，莫先於《金剛般若波羅蜜經》……襪罪集福，淨一切惡道，莫急於《佛頂尊勝陀羅尼經》……應念順願，願生極樂土，莫疾於《阿彌陀經》……用正見，觀真相，莫出於《觀音普賢菩薩法行經》……詮自性，認本覺，莫深於《實相法密經》……空法塵，依佛智，莫過

〔註48〕（唐）白居易著，謝思煒校注：《與濟法師書》，《白居易文集校注》，中華書局 2011 年版，第 351～352 頁。

於《般若波羅蜜多心經》。〔註49〕

從文中所列舉諸多佛經及精準評價來看，白居易對各經書之要義瞭如指掌，他確實做到了深入經藏、解諸法要。

此外，據《金剛經集注》的記載，白居易對《金剛經》也曾有過深入而系統的研讀。如《金剛經》云：「佛告須菩提：『於意云何？如來昔在然燈佛所，於法有所得不？』『不也，世尊！如來在然燈佛所，於法實無所得』。」白居易對這段話感到不解，特向惟寬禪師請教：「無修無證，何異凡夫？」〔註50〕

二、白居易的佛典閱讀與詩歌創作關係考論

白居易的佛經閱讀直接影響了其詩歌創作。檢閱白詩可以發現，白詩不僅使用佛經詞彙，同時，還博採佛經典故並化用佛經譬喻。

首先，白詩常使用佛經詞句。在《答閒上人來問因何風疾》之「四禪天始免風災」句中，白居易自注到：「色界四天，初禪具三災，二禪無火災，三禪無水災，四禪無風災。」〔註51〕有關四禪天的理論出自《涅槃經》，該經卷十二云：「彼第四禪以何因緣，風不能吹，水不能漂，火不能燒？佛告迦葉：「善男子，彼第四禪，內外過患，一切無故。善男子，初禪過患，內有覺觀，外有火災；二禪過患，內有歡喜，外有水災；三禪過患，內有喘息，外有風災。善男子，彼第四禪，內外過患，一切俱無，是故諸災不能及之。」〔註52〕在《吹笙內人出家》「金刀已剃頭然髮」句中，白居易自注到：「佛經云：『若救頭燃』。」〔註53〕「若救頭燃」在佛經中比較常見，《雜阿含經》卷三九云：「當

〔註49〕（唐）白居易著，謝思煒校注：《白居易詩集校注》，中華書局 2006 年版，第 1884 頁。
〔註50〕（明）朱棣：《金剛經集注》，上海古籍出版社 1984 年版，第 100 頁。
〔註51〕（唐）白居易著，謝思煒校注：《白居易詩集校注》，中華書局 2006 年版，第 2630 頁。
〔註52〕宗文點校：《涅槃經》，宗教文化出版社 2011 年版，第 197～198 頁。
〔註53〕（唐）白居易著，謝思煒校注：《白居易詩集校注》，中華書局 2006 年版，第 2861 頁。

勤修精進，猶如救頭燃。」〔註 54〕《大寶積經》卷九十亦云：「斷除
煩惱，如救頭燃。」〔註 55〕在《郡齋暇日憶廬山草堂兼寄二林僧社三
十韻多敘貶官已來出處之意》「正從風鼓浪，轉作日銷霜」句中，白
居易自注到：「佛經云：此生死無休已，如風鼓海浪。又云：煩惱如
霜露，慧日能消除。」〔註 56〕「如風鼓海浪」出自《楞伽經》：「譬如
巨海浪，斯由猛風起；洪波鼓溟壑，無有斷絕時。藏識海常住，境界
風所動；種種諸識浪，騰躍而轉生。」〔註 57〕「慧日能消除」出自敦
煌本《壇經》：「煩惱暗宅中，常須生慧日。」〔註 58〕在《開龍門八節
灘》「八寒陰獄化陽春」句中，白居易自注到：「八寒地獄，見《佛名》
及《涅槃經》，故以八節灘為比。」〔註 59〕「八寒地獄」出自《佛說
佛名經》，該經卷二十六云：「如是八寒八熱一切諸地獄，一一獄中復
有八萬四千隔子地獄以為眷屬。」〔註 60〕《涅槃經》中未見與「八寒
地獄」相關的內容，應是白居易注釋有誤。

　　以上這些佛經詞句白居易在使用時皆有注釋，因此，我們很容易
找到出處，但還有一些佛經詞句白居易在使用時並沒有出注，這種情
況相對而言更加複雜，因為很多詞句會出現在多種佛經中，屬於佛經
中的慣常用法，這類情況不在本文的考察範圍內，我們主要考證有具
體出處的佛經詞句，主要有如下一些：《楞伽經》中的「陽焰」，《楞

〔註 54〕宗文點校：《雜阿含經》，宗教文化出版社 2011 年版，第 941 頁。

〔註 55〕（隋）闍那崛多譯：《大寶積經》卷九十，《大正藏》卷十一，佛陀
　　　　教育基金會出版部 1990 年版，第 517 頁。

〔註 56〕（唐）白居易著，謝思煒校注：《白居易詩集校注》，中華書局 2006
　　　　年版，第 1434 頁。

〔註 57〕賴永海主編，賴永海、劉丹譯注：《佛教十三經・楞伽經》，中華書
　　　　局 2013 年版，第 43～44 頁。

〔註 58〕楊曾文校寫：《敦煌新本・六祖壇經》，宗教文化出版社 2011 年版，
　　　　第 39 頁。

〔註 59〕（唐）白居易著，謝思煒校注：《白居易詩集校注》，中華書局 2006
　　　　年版，第 2794 頁。

〔註 60〕《佛說佛名經》卷二十六，《大正藏》卷十四，佛陀教育基金會出版
　　　　部 1990 年版，第 288 頁。

嚴經》中的「空花」、「因戒生定、因定發慧」，《華嚴經》中的「華嚴偈」、「白栴檀」、「蓮華不著於水」。

其一，白詩使用《楞伽經》中的「陽焱」一詞。「陽焱」又作「陽炎」、「陽焰」，是日光下曠野中所見的水相幻影。白居易在《和夢遊春詩一百韻》中云：「陽焱奔癡鹿。」〔註61〕從「陽焱奔癡鹿」句可知，白居易所依據的為求那跋陀羅本《楞伽經》，而非菩提流支本或實叉難陀本，因求那跋陀羅本《楞伽阿跋多羅寶經》卷二上明確提到群鹿追逐陽焰：「譬如群鹿，為渴所逼，見春時炎，而作水想，迷亂馳趣，不知非水。」〔註62〕而菩提流支本《入楞伽經》沒有關於此句的翻譯，實叉難陀本《大乘入楞伽經》雖有此句，但翻譯為「群獸」：「譬如群獸為渴所逼，於熱時焰而生水想，迷惑馳趣不知非水。」〔註63〕

其二，白詩使用《楞嚴經》中的「空花」和「因戒生定、因定發慧」。「空花」意為隱現於病眼者視覺中的繁花狀虛影，用於比喻紛繁的妄想和假相。「空花」在《楞嚴經》中頗為常見，前後共出現了八次。如卷二云：「十方如來及大菩薩，於其自住三摩地中，見與見緣並所想相，如虛空華本無所有。」〔註64〕卷三云：「離斯二體，此覺知者同於空花，畢竟無性。」〔註65〕卷五云：「識性虛妄，猶如空華。」〔註66〕「無為無起滅，不實如空華。」〔註67〕卷六云：「三界若空華」

〔註61〕（唐）白居易著，謝思煒校注：《白居易詩集校注》，中華書局 2006 年版，第 1130～1131 頁。

〔註62〕（劉宋）求那跋陀羅譯：《楞伽阿跋多羅寶經》卷二，《大正藏》卷十六，佛陀教育基金會出版部 1990 年版，第 491 頁。

〔註63〕賴永海主編，賴永海、劉丹譯注：《佛教十三經·楞伽經》，中華書局 2013 年版，第 87 頁。

〔註64〕賴永海主編，劉鹿鳴譯注：《佛教十三經·楞嚴經》，中華書局 2013 年版，第 78 頁。

〔註65〕賴永海主編，劉鹿鳴譯注：《佛教十三經·楞嚴經》，中華書局 2013 年版，第 113 頁。

〔註66〕賴永海主編，劉鹿鳴譯注：《佛教十三經·楞嚴經》，中華書局 2013 年版，第 206 頁。

〔註67〕賴永海主編，劉鹿鳴譯注：《佛教十三經·楞嚴經》，中華書局 2013 年版，第 208 頁。

〔註68〕等。白居易在《和夢遊春詩一百韻》中寫到:「豔色即空花」〔註69〕,還在《讀禪經》中寫到:「空花豈得兼求果」〔註70〕。白居易在《唐撫州景雲寺故律大德上弘和尚石塔碑銘》中還化用《楞嚴經》「因戒生定、因定發慧」〔註71〕一句,碑銘云:「我聞竺乾古先生出世法,法要有三:曰戒、定、惠。戒生定,定生惠,惠生八萬四千法門。」〔註72〕

　　其三,白詩使用《華嚴經》中的「華嚴偈」、「白栴檀」、「蓮華不著於水」等詞句。如《僧院花》云:「細看便是華嚴偈,方便風開智慧花。」〔註73〕華嚴偈即出自《華嚴經》:「若人慾了知,三世一切佛,應觀法界性,一切唯心造。」〔註74〕另如《贈韋處士六年夏大熱旱》云:「既無白栴檀,何以除熱惱?」〔註75〕白居易自注到:「《華嚴經》云:『以白旃檀塗身,能除一切熱惱而得清涼也。』」〔註76〕其依據應為《華嚴經》中「如白栴檀,若以塗身,悉能除滅一切熱惱,令其身心普得清涼」句〔註77〕。此外,《贈別宣上人》云:「似彼白蓮花,在

〔註68〕賴永海主編,劉鹿鳴譯注:《佛教十三經‧楞嚴經》,中華書局 2013 年版,第 268 頁。

〔註69〕（唐）白居易著,謝思煒校注:《白居易詩集校注》,中華書局 2006 年版,第 1133 頁。

〔註70〕（唐）白居易著,謝思煒校注:《白居易詩集校注》,中華書局 2006 年版,第 2425 頁。

〔註71〕賴永海主編,劉鹿鳴譯注:《佛教十三經‧楞嚴經》,中華書局 2013 年版,第 236 頁。

〔註72〕（唐）白居易著,謝思煒校注:《白居易文集校注》,中華書局 2011 年版,第 195 頁。

〔註73〕（唐）白居易著,謝思煒校注:《白居易詩集校注》,中華書局 2006 年版,第 2092 頁。

〔註74〕（唐）實叉難陀編譯,宗文點校:《華嚴經》,宗教文化出版社 2011 年版,第 315 頁。

〔註75〕（唐）白居易著,謝思煒校注:《白居易詩集校注》,中華書局 2006 年版,第 1718 頁。

〔註76〕（唐）白居易著,謝思煒校注:《白居易詩集校注》,中華書局 2006 年版,第 1718 頁。

〔註77〕（唐）實叉難陀編譯,宗文點校:《華嚴經》,宗教文化出版社 2011 年版,第 1227～1228 頁。

水不著水」〔註78〕，顯然是化用《華嚴經》中「譬如蓮華不著於水」〔註79〕的偈語。

其次，白詩博採釋典。如作於會昌二年（842）的《病中看經贈諸道侶》：

> 右眼昏花左足風，金篦石水用無功。（金篦刮眼病，見
> 《涅槃經》，磁石水治風，見《外臺方》）不如回念三乘樂，
> 便得浮生百病空。無子同居草庵下，（見《法華經》）有妻
> 偕老道場中。何煩更請僧為侶，月上新歸伴病翁。（時適談
> 氏女子自太原初歸，維摩詰有女名月上也。）〔註80〕

從詩中自注可知，該詩分別使用了《涅槃經》中金篦刮眼病、《法華經》中長者尋窮子和《維摩詰經》中維摩詰女月上省父的典故。

另如《和李澧州題韋開州經藏詩》中的「觀指非知月」〔註81〕運用了《楞嚴經》以手指月的典故。《楞嚴經》卷二云：「如人以手，指月示人，彼人因指，當應看月。若復觀指，以為月體，此人豈唯亡失月輪，亦亡其指。」〔註82〕

最後，白詩常化用佛經譬喻。如「火宅煎熬地」〔註83〕、「欲知火宅焚燒苦」〔註84〕化用了《法華經》「火宅喻」。「火宅喻」出自《法華經·譬喻品》——「三界無安，猶如火宅，眾苦充滿，甚可怖畏」

〔註78〕（唐）白居易著，謝思煒校注：《白居易詩集校注》，中華書局 2006
年版，第 1099 頁。
〔註79〕（唐）實叉難陀編譯，宗文點校：《華嚴經》，宗教文化出版社 2011
年版，第 1198 頁。
〔註80〕（唐）白居易著，謝思煒校注：《白居易詩集校注》，中華書局 2006
年版，第 2773 頁。
〔註81〕（唐）白居易著，謝思煒校注：《白居易詩集校注》，中華書局 2006
年版，第 1448 頁。
〔註82〕賴永海主編，劉鹿鳴譯注：《佛教十三經·楞嚴經》，中華書局 2013
年版，第 63 頁。
〔註83〕（唐）白居易著，謝思煒校注：《自悲》,《白居易詩集校注》，中華
書局 2006 年版，第 1354 頁。
〔註84〕（唐）白居易著，謝思煒校注：《贈曇禪師》,《白居易詩集校注》,
中華書局 2006 年版，第 1387 頁。

〔註85〕。另如「新戒珠從衣裏得」〔註86〕化用了《法華經》「衣珠喻」，《法華經·五百弟子受記品》云：「譬如有人至親友家，醉酒而臥。是時親友官事當行，以無價寶珠繫其衣裏，與之而去。其人醉臥，都不覺知。起已遊行，到於他國。為衣食故，勤力求索甚大艱難，若少有所得便以為足。於後親友會遇見之，而作是言：『咄哉！丈夫，何為衣食乃至如是？我昔欲令汝得安樂，五欲自恣，於某年日月，以無價寶珠繫汝衣裏。今故現在，而汝不知，勤苦憂惱以求自活，甚為癡也！』」〔註87〕

此外，《溢浦早冬》一詩化用了《法華經》「化城喻」，詩曰：

潯陽孟冬月，草木未全衰。祇扺長安陌，涼風八月時。日西溢水曲，獨行吟舊詩。蓼花始零落，蒲葉稍離披。但作城中想，何異曲江池。〔註88〕

「城中想」即指代化城，《法華經》的中「化城」謂變化出來的城邑，《法華經·化城喻品》云：「譬如五百由旬險難惡道，曠絕無人怖畏之處，若有多眾，欲過此道至珍寶處。有一導師聰慧明達，善知險道通塞之相，將導眾人慾過此難。所將人眾中路懈退，……以方便力於險道中，過三百由旬化作一城，告眾人言：『汝等勿怖，莫得退還。今此大城，可於中止隨意所作。若入是城，快得安隱！若能前至，寶所亦可得去。』……於是眾人前入化城，生已度想，生安隱想。爾時，導師知此人眾既得止息，無復疲倦，即滅化城，語眾人言：『汝等去來，寶處在近。向者大城，我所化作，為止息耳。』」〔註89〕化城之

〔註85〕賴永海主編，王彬譯注：《佛教十三經·法華經》，中華書局2013年版，第132頁。

〔註86〕（唐）白居易著，謝思煒校注：《吹笙內人出家》,《白居易詩集校注》，中華書局2006年版，第2861頁。

〔註87〕賴永海主編，王彬譯注：《佛教十三經·法華經》，中華書局2013年版，第244頁。

〔註88〕（唐）白居易著，謝思煒校注：《白居易詩集校注》，中華書局2006年版，第591頁。

〔註89〕賴永海主編，王彬譯注：《佛教十三經·法華經》，中華書局2013年版，第219頁。

說對於白居易心靈的安頓起到了不可估量的作用。這首詩是白居易初到江州時所作，這一年，離開了自己生活多年的京城居所，斬斷與自己熟悉的所有線索，去到一個完全陌生，截然不同的世界，過一段無法預知的生活，更重要的是，此別京城，意味著遠離了自己畢生的理想和追求。在這個時間段裏，白居易經常會因為一些場景不自覺地想起京都，如《江州雪》云：「日西騎馬出，忽有京都意。」〔註90〕而《法華經》中的化城一說顯然幫助白居易度過了這段困苦的時間。溢浦即溢水，位於江西九江，而曲江池則位於京都西安城裏，既然都只是一些幻化出來的景象，那麼溢浦與曲江也就沒有那麼大的差異了，如此也就不必那麼在意個人的得與失了。

第二節　白居易與《維摩詰經》

　　《維摩詰經》是白居易經常閱讀的佛經之一。白居易在《東院》一詩中提到自己閱讀《維摩詰經》的情況：「淨名居士經三卷」〔註91〕，白居易還曾在道場聽法師講解《維摩詰經》，如《內道場永歡上人就郡見訪善說維摩經臨別請詩因以此贈》云：「正傳金粟如來偈」〔註92〕。白居易對《維摩詰經》的內容非常熟悉，他曾在《三教論衡》中就《維摩詰經》中的「芥子納須彌」進行提問：「《維摩詰經·不思議品》中云：『芥子納須彌』，須彌至大至高，芥子至微至小，豈可芥子之內入得須彌山乎？假如入得，云何得見？假如卻出，云何得知？」〔註93〕《維摩詰經》對白居易的影響主要體現在以下三個方面：白居

〔註90〕　（唐）白居易著，謝思煒校注：《白居易詩集校注》，中華書局 2006年版，第 592 頁。

〔註91〕　（唐）白居易著，謝思煒校注：《白居易詩集校注》，中華書局 2006年版，第 1600 頁。

〔註92〕　（唐）白居易著，謝思煒校注：《白居易詩集校注》，中華書局 2006年版，第 1642 頁。

〔註93〕　（唐）白居易著，謝思煒校注：《白居易文集校注》，中華書局 2011年版，第 1853 頁。

易的居士形象、白居易詩歌的藝術想像、白居易的「不二」思想。

一、《維摩詰經》與白居易的居士形象

白居易居士形象的塑造與熟讀《維摩詰經》不無關係。

維摩詰究竟是怎樣的一個人呢？《維摩詰經·方便品》是這樣描述的：「雖為白衣，奉持沙門清淨律行；隨處居家，不著三界；示有妻子，常修梵行；現有眷屬，常樂遠離；雖服寶飾，而以相好嚴身；雖復飲食，而以禪悅為味；若至博弈戲處，輒以度人；受諸異道，不毀正信；雖明世典，常樂佛法。一切見敬，為供養中最。執持正法，攝諸長幼；一切治生諧偶，雖獲俗利，不以喜悅；遊諸四衢，饒益眾生；入治正法，救獲一切；入講論處，導以大乘；入諸學堂，誘開童蒙；入諸淫舍，示欲之過；入諸酒肆，能立其志。」〔註94〕維摩詰示現為白衣居士卻奉持清淨律行；雖示現有妻子卻常修梵行；雖服珍寶卻相好嚴身；雖飲食實無食者；雖獲俗利卻不以為喜；去博弈戲處、酒肆淫舍只為度人。因此維摩詰雖示現為居士，實則為大成就者。這樣的維摩詰顯然被白居易當作了人生的榜樣，白居易不僅常以維摩詰自比，還常將自己的居室比作維摩詰的方丈室，連生病之時，也會自覺代入老病維摩的角色。

（一）以維摩詰自比

白居易在詩中常以維摩詰自比。《自詠》云：「今日維摩兼飲酒」〔註95〕。維摩詰示現為白衣居士，白居易也稱自己為白衣居士，《自詠》云：「白衣居士紫芝仙，半醉行歌半坐禪。」〔註96〕淨名是維摩詰的另一稱謂，是維摩詰的意譯，白居易亦以淨名自比，如《戲酬皇

〔註94〕賴永海主編，賴永海、高永旺譯注：《佛教十三經·維摩詰經》，中華書局 2013 年版，第 25 頁。

〔註95〕（唐）白居易著，謝思煒校注：《白居易詩集校注》，中華書局 2006年版，第 2380 頁。

〔註96〕（唐）白居易著，謝思煒校注：《白居易詩集校注》，中華書局 2006年版，第 2380 頁。

甫十再勸酒》云：「淨名居士眼方丈」〔註97〕。毗耶長者亦指維摩詰，白居易有時也稱自己為毗耶長者，如《刑部尚書致仕》云：「唯是名銜人不會，毗耶長者白尚書。」〔註98〕

（二）以維摩詰的方丈室指代自己的居室

白居易還將自己的居室比作維摩詰的方丈室。維摩詰當日等待文殊菩薩及大眾前來之前，通過神力將他的臥室中的所有東西除去，只留下一張床，成為方丈室，《維摩詰經》云：「爾時，長者維摩詰心念：『今文殊師利與大眾俱來。』即以神力空其室內，除去所有，及諸侍者，唯置一床，以疾而臥。文殊師利既入其舍，見其室空無諸所有獨寢一床。」〔註99〕但這樣狹小的方丈室又能隨機變幻，維摩詰現大神通，經須臾間，「三萬三千師子之座，高廣嚴淨，來入維摩詰室。」〔註100〕維摩方丈變得廣博無比。同時，在維摩詰的方丈室中，維摩詰用自己的智慧闡釋了甚深法義，天女也散花於此，化菩薩還帶來了香積佛國的香飯，珍妙殊特乃爾。方丈室外形雖簡陋，內蘊則甚為深厚。

白居易對《維摩詰經》的方丈室心嚮往之，常將自己的居室比作維摩詰的方丈室。《閒坐》云：「有室同摩詰」〔註101〕，《北院》云：「還如病居士，唯置一床眠。」〔註102〕方丈室超脫於世俗之外，

〔註97〕（唐）白居易著，謝思煒校注：《白居易詩集校注》，中華書局 2006
　　　　年版，第 2875 頁。
〔註98〕（唐）白居易著，謝思煒校注：《白居易詩集校注》，中華書局 2006
　　　　年版，第 2789 頁。
〔註99〕賴永海主編，賴永海、高永旺譯注：《佛教十三經‧維摩詰經》，中
　　　　華書局 2013 年版，第 80 頁。
〔註100〕賴永海主編，賴永海、高永旺譯注：《佛教十三經‧維摩詰經》，中
　　　　華書局 2013 年版，第 99 頁。
〔註101〕（唐）白居易著，謝思煒校注：《白居易詩集校注》，中華書局 2006
　　　　年版，第 1579 頁。
〔註102〕（唐）白居易著，謝思煒校注：《白居易詩集校注》，中華書局 2006
　　　　年版，第 1818 頁。

自成一體，是一個迥然不同的空間。白居易嚮往維摩方丈室與塵世隔離的禪意，《秋居書懷》云：「丈室可容身，斗儲可充腹。」〔註103〕維摩詰的方丈室外形雖迫迮，卻眾寶積滿、光炎無量、慧風和暢、法音宣流，還可任心自恣、神遊八極，方丈室將有形的器世界與無形的道世界有機地統一起來，白居易想像自己的丈室就是維摩詰居住過的方丈室，感到志意和雅、怡然自足。《不出門》云：「方寸方丈室，空然兩無塵。」〔註104〕方丈室雖空，但空納萬有，須彌可納芥子，只要此心無塵，一切妙有皆在其中。外形簡陋而蘊藏深厚的方丈室給了白居易通達的智慧。《拜表回閒遊》云：「酒肆法堂方丈室。」〔註105〕方丈室既屏隔塵世，超凡脫俗，又應接萬物，和光同塵。白居易將方丈室與酒肆、法堂相提並論，實際是表明他圓融無礙的精神境界。

白居易在他的「方丈室」中品到了法樂。如《齋戒滿夜戲招夢得》云：「方丈若能來問疾，不妨兼有散花天。」〔註106〕另如《戲酬皇甫十再勸酒》：「淨名居士眼方丈，玄晏先生釀老春。」〔註107〕還有《答閒上人來問因何風疾》云：「一床方丈向陽開，勞動文殊問疾來。」〔註108〕方丈室的內在精神深刻影響了白居易，無論處在何種境遇中，他總是悠然自得、熙怡快樂，交遊宴飲自是令人歡喜，生病衰老則變得沒有那麼令人沮喪。

〔註103〕 （唐）白居易著，謝思煒校注：《白居易詩集校注》，中華書局 2006年版，第 479 頁。

〔註104〕 （唐）白居易著，謝思煒校注：《白居易詩集校注》，中華書局 2006年版，第 2741～2742 頁。

〔註105〕 （唐）白居易著，謝思煒校注：《白居易詩集校注》，中華書局 2006年版，第 2406 頁。

〔註106〕 （唐）白居易著，謝思煒校注：《白居易詩集校注》，中華書局 2006年版，第 2523 頁。

〔註107〕 （唐）白居易著，謝思煒校注：《白居易詩集校注》，中華書局 2006年版，第 2875 頁。

〔註108〕 （唐）白居易著，謝思煒校注：《白居易詩集校注》，中華書局 2006年版，第 2630 頁。

（三）如維摩詰般稱病

　　維摩詰生病之時，無數千人皆前來問疾，《維摩詰經·方便品》云：「長者維摩詰，以如是等無量方便饒益眾生。其以方便，現身有疾，以其疾故，國王、大臣、長者、居士、婆羅門等，及諸王子，並餘官屬，無數千人皆往問疾。」〔註109〕最後文殊師利受到佛陀派遣，前去維摩詰方丈室問疾。受《維摩詰經》的影響，白居易生病時，會自覺將自己代入老病維摩的角色，《北院》云：「還如病居士，唯置一床眠。」〔註110〕他常自稱為臥疾居士，如《送李滁州》云：「白衣臥疾嵩山下。」〔註111〕另如《自詠》云：「臥疾瘦居士，行歌狂老翁。」〔註112〕生病之時，白居易皆以維摩詰自居，稱友人前來問候為「問疾」，試看下面這些詩句：

> 問疾因留客，聽吟偶置觴。〔註113〕
> 更無客干謁，時有僧問疾。〔註114〕
> 方丈若能來問疾，不妨兼有散花天。〔註115〕

問疾這麼日常瑣細的事件，被白居易加入了維摩詰的身影，使得詩歌頓超五濁塵世，飛昇清涼佛國，並染上了佛國光瑞殊妙和悅豫溫雅的氣息。白居易還使用「問疾書」一詞指代生病時友人寫給他的慰問信，其《仲夏齋居偶題八韻寄微之及崔湖州》云：「久別閒遊伴，頻勞問

〔註109〕賴永海主編，賴永海、高永旺譯注：《佛教十三經·維摩詰經》，中華書局 2013 年版，第 28～29 頁。

〔註110〕（唐）白居易著，謝思煒校注：《白居易詩集校注》，中華書局 2006 年版，第 1818 頁。

〔註111〕（唐）白居易著，謝思煒校注：《白居易詩集校注》，中華書局 2006 年版，第 2561 頁。

〔註112〕（唐）白居易著，謝思煒校注：《白居易詩集校注》，中華書局 2006 年版，第 2606 頁。

〔註113〕（唐）白居易著，謝思煒校注：《九日醉吟》，《白居易詩集校注》，中華書局 2006 年版，第 1395 頁。

〔註114〕（唐）白居易著，謝思煒校注：《出府歸吾廬》，《白居易詩集校注》，中華書局 2006 年版，第 2248 頁。

〔註115〕（唐）白居易著，謝思煒校注：《齋戒滿夜戲招夢得》，《白居易詩集校注》，中華書局 2006 年版，第 2523 頁。

疾書。」〔註116〕

　　受《維摩詰經》的影響，白居易沒有生病，也會學維摩詰一樣稱病。《酬皇甫賓客》云：

　　　　玄晏家風黃綺身，深居高臥養精神。性慵無病常稱病，
　　心足雖貧不道貧。竹院君閒銷永日，花亭我醉送殘春。自
　　嫌詩酒猶多興，若比先生是俗人。〔註117〕

維摩無病而示疾，形病而神靈，表面矛盾實則有深意味。白居易稱病實無病，應是兼濟之志與獨善之行相互衝突碰撞後的權宜之計。

　　而在頹然老境之中，白居易更是將維摩詰視為精神的依歸。在開成四年（839），白居易已是六十八的老人，疾病不斷，他在《答閒上人來問因何風疾》言：「一床方丈向陽開，勞動文殊問疾來。」〔註118〕白居易以老病維摩自況，把閒上人比作智慧通達的文殊菩薩，無視疾苦，過起了自由灑脫、一派天然的生活。會昌二年（842），白居易七十一歲。眼睛昏花，左腳中風，此時他又一次將自己比作病中的維摩詰，同時還將女兒阿羅比作維摩詰的女兒月上〔註119〕。《病中看經贈諸道侶》云：

　　　　右眼昏花左足風，金篦石水用無功。不如回念三乘樂，
　　便得浮生百病空。無子同居草庵下，有妻偕老道場中。何

〔註116〕（唐）白居易著，謝思煒校注：《白居易詩集校注》，中華書局2006
　　　　　年版，第1920頁。
〔註117〕（唐）白居易著，謝思煒校注：《白居易詩集校注》，中華書局2006
　　　　　年版，第2193頁。
〔註118〕（唐）白居易著，謝思煒校注：《白居易詩集校注》，中華書局2006
　　　　　年版，第2630頁。
〔註119〕《佛說月上女經》卷上：「爾時彼城有離車，名毗摩羅詰，其家巨
　　　　　富，資財無量。……其人有妻，名曰無垢，可喜端正，形貌殊美，
　　　　　女相具足。然彼婦人，於時懷妊，滿足九月，便生一女，姿容端正，
　　　　　身體圓足，觀者無厭。其女生時，有大光明，照其家內，處處充
　　　　　滿。……於其身上，出妙光明，勝於月照，猶如金色，耀其家內。
　　　　　然其父母，見彼光故，即為立名，稱為月上。」參見（隋）闍那崛
　　　　　多譯：《佛說月上女經》卷上，《大正藏》卷十四，佛陀教育基金會
　　　　　出版部1990年版，第615～616頁。

　　　　煩更請僧為侶，月上新歸伴病翁。〔註120〕

阿羅新寡，回到白家，白居易此時病痛纏身，又遭遇如此變故，但卻沒有半點頹唐之態。老病維摩給了白居易榜樣的力量，白居易像維摩詰一樣胸懷坦蕩，泰然處之。

　　白居易最傾心的便是如同維摩詰一般過著恬淡灑脫、和光同塵的生活。會昌六年（846），白居易離世前所作《齋居偶作》云：「童子裝爐火，行添一炷香。老翁持麈尾，坐拂半張床。卷縵看天色，移齋近日陽。甘鮮新餅果，穩暖舊衣裳。止足安生理，悠閒樂性場。是非一以遣，動靜百無妨。豈有物相累，兼無情可忘。不須憂老病，心是自醫王。」〔註121〕維摩詰並非真的生病，而是通過這一善巧方便進行說法，維摩詰示病說法的形象對白居易產生了很深的影響。白居易嚮往的並非病態的維摩詰，而是維摩詰清淨圓明、洞達無礙的精神，他試圖從充滿空性智慧的維摩詰身上獲得力量。晚年的白居易於熱衷於修心念佛，他像維摩詰一樣閒靜地拂動麈尾〔註122〕，平和地觀待生活，有了維摩詰作榜樣，白居易雖疾病纏身然內心安穩。

　　綜上所述，《維摩詰經》對於白居易的人生起到了典範作用，無論是世俗生活還是修行生活，白居易皆以維摩詰為榜樣，把自己塑造成了一位疏懶自適、圓融通達的白衣居士。

二、《維摩詰經》與白居易詩歌的藝術想像

　　《維摩詰經》激發了白居易的想像，豐富了白居易詩歌的表現內容，白詩直接使用或化用了《維摩詰經》中大量的詞彙和典故，如「醫王」、「香積飯」、「天女」與「魔女」、「浮雲」等。

〔註120〕（唐）白居易著，謝思煒校注：《白居易詩集校注》，中華書局2006年版，第2773頁。

〔註121〕（唐）白居易著，謝思煒校注：《白居易詩集校注》，中華書局2006年版，第2820～2821頁。

〔註122〕《維摩詰經》並沒有提到麈尾，但隨著經變的發展，尤其是維摩詰圖像的中國化，維摩詰逐漸被塑造成手持麈尾坐於床上示交談狀的老者形象。

「醫王」出自《維摩詰經・文殊師利問疾品》，經云：

> 文殊師利問維摩詰言：「菩薩應云何慰喻有疾菩薩？」
> 維摩詰言：「說身無常，不說厭離於身；說身有苦，不說樂
> 於涅槃；說身無我，而說教導眾生；說身空寂，不說畢竟
> 寂滅；說悔先罪，而不說入於過去；以己之疾，愍於彼疾；
> 當識宿世無數劫苦，當念饒益一切眾生；憶所修福，念於
> 淨命，勿生憂惱，常起精進；當作醫王，療治眾病。菩薩
> 應如是慰喻有疾菩薩，令其歡喜。」〔註123〕

維摩示疾，只為眾生，眾生病則菩薩病，眾生愈則菩薩愈。維摩詰荷擔著救療一切眾生的大業。白居易對於《維摩詰經》中「當作醫王」的大乘思想表示深深地認可。他曾寫信給濟法師云：「故為闡提說十善法，為小乘說四諦法，為中乘說十二因緣法，為大乘說六波羅蜜法。皆對病根，救以良藥。此蓋方便教中不易之典也。何者？若為小乘說六波羅蜜法，心則狂亂，狐疑不信，所謂無以大海內於牛跡也。若為大乘人說小乘法，是以穢食置於寶器，所謂彼自無創勿傷之也。故《維摩經》總其義云：『為大醫王，應病與藥。』」〔註124〕白居易贊同《維摩詰經》中不作區別治癒眾生的「醫王」之道。

「醫王」典故，在白詩中經常出現，如以下幾首：

> 漸開親道友，因病事醫王。〔註125〕
> 坐看老病遍，須得醫王救。〔註126〕
> 不須憂老病，心是自醫王。〔註127〕

〔註123〕賴永海主編，賴永海、高永旺譯注：《佛教十三經・維摩詰經》，中華書局 2013 年版，第 85～86 頁。

〔註124〕（唐）白居易著，謝思煒校注：《與濟法師書》，《白居易文集校注》，中華書局 2011 年版，第 350 頁。

〔註125〕（唐）白居易著，謝思煒校注：《渭村退居寄禮部崔侍郎翰林錢舍人詩一百韻》，《白居易詩集校注》，中華書局 2006 年版，第 1151 頁。

〔註126〕（唐）白居易著，謝思煒校注：《不二門》，《白居易詩集校注》，中華書局 2006 年版，第 865 頁。

〔註127〕（唐）白居易著，謝思煒校注：《齋居偶作》，《白居易詩集校注》，中華書局 2006 年版，第 2821 頁。

　　　　身作醫王心是藥，不勞和扁到門前。〔註 128〕

《維摩詰經》中的「香積飯」，也引發了白居易無限的想像。香積飯是怎樣的一種飯呢？是香積如來送給化菩薩的香飯。《維摩詰經・香積佛品》云：「於是香積如來，以滿缽香飯一切香具，與化菩薩。」〔註 129〕

　　白居易在《廣宣上人以應制詩見示因以贈之詔許上人居安國寺紅樓院以詩供奉》中云：

　　　　道林談論惠休詩，一到人天便作師。香積筵承紫泥詔，
　　昭陽歌唱碧雲詞。紅樓許住請銀鑰，翠輦陪行躡玉墀。惆
　　悵甘泉曾侍從，與君前後不同時。〔註 130〕

這筵席上使用的飯不是普通的飯，而是香積佛國的香積飯，具有超脫的意味，同時提升了應制詩整體的格調。

　　引發白居易想像與返思的還有《維摩詰經》中的天女和魔女形象。天女出現於《維摩詰經・觀眾生品》，經云：「時，維摩詰室，有一天女，見諸天人聞所說法，便現其身，即以天華，散諸菩薩、大弟子上。」〔註 131〕此天女不同於一般天女，她雖然以美麗的女性形象出現，但卻超脫了男女性別，她散花不是簡單地散落花朵，而是用散花的方式勘驗諸佛菩薩及弟子智慧的深淺，因此天女散花不僅極具美感還飽含智慧。白居易是如何詩化地運用天女散花這一典故的，試看《齋戒滿夜戲招夢得》，詩云：

　　　　紗籠燈下道場前，白日持齋夜坐禪。無復更思身外事，
　　未能全盡世間緣。明朝又擬親杯酒，今夕先聞理管絃。方

〔註 128〕（唐）白居易著，謝思煒校注：《病中五絕》其四，《白居易詩集校注》，中華書局 2006 年版，第 2632 頁。

〔註 129〕賴永海主編，賴永海、高永旺譯注：《佛教十三經・維摩詰經》，中華書局 2013 年版，第 157 頁。

〔註 130〕（唐）白居易著，謝思煒校注：《白居易詩集校注》，中華書局 2006 年版，第 1174 頁。

〔註 131〕賴永海主編，賴永海、高永旺譯注：《佛教十三經・維摩詰經》，中華書局 2013 年版，第 115 頁。

　　　　丈若能來問疾，不妨兼有散花天。〔註132〕

將劉禹錫比作前來問疾的文殊菩薩，將樂工們比作散花天女，將世俗
生活中設宴招待朋友這件事寫得極富美感。

　　《維摩詰經》中不僅有天女，還有「狀如帝釋」的魔女。《維摩
詰經・菩薩品》云：「時魔波旬，從萬二千天女，狀如帝釋，鼓樂絃
歌，來詣我所。」〔註133〕白詩也使用了「魔女」的典故。《題孤山寺
山石榴花示諸僧眾》云：

　　　　山榴花似結紅巾，容豔新妍占斷春。色相故關行道
　　地，香塵擬觸坐禪人。瞿曇弟子君知否，恐是天魔女化身。
　〔註134〕

石榴花瓣落下來差一點就掉在坐禪僧人的身上，白居易因此聯想到會
不會是魔王波旬帶來的魔女所為。典故的使用使這首詠花詩寫得饒有
趣味。

　　白居易還將現實生活中的人比作魔女，如《偶於維揚牛相公處覓
得箏箏未到先寄詩來走筆戲答》（來詩云：「但愁封寄去，魔物或驚
禪」）：「楚匠饒巧思，秦箏多好音。如能惠一面，何啻直雙金。玉柱
調須品，朱弦染要深。會教魔女弄，不動是禪心。」〔註135〕面對波
旬派來的魔女，維摩詰絲毫不為所動，並最終將其度化，白居易將彈
箏的樂工比喻成魔女，將作為聽眾的自己比作維摩詰，認為自己也不
會為物所轉。既與來詩中的「魔物或驚禪」相應和，又顯示出自己超
塵脫俗的境界。

　　《維摩詰經》中「浮雲」意象激發了白居易的想像。雖然「浮雲」

〔註132〕　（唐）白居易著，謝思煒校注：《白居易詩集校注》，中華書局2006
　　　　　年版，第2523頁。
〔註133〕　賴永海主編，賴永海、高永旺譯注：《佛教十三經・維摩詰經》，中
　　　　　華書局2013年版，第68頁。
〔註134〕　（唐）白居易著，謝思煒校注：《白居易詩集校注》，中華書局2006
　　　　　年版，第1618～1619頁。
〔註135〕　（唐）白居易著，謝思煒校注：《白居易詩集校注》，中華書局2006
　　　　　年版，第2525頁。

意象並非《維摩詰經》的獨創，諸多佛經都有以「浮雲」譬喻虛幻不實的傳統，但白居易曾在詩中特地澄清「浮雲」意象的來源。在《罷灸》中，白居易說：「莫遣淨名知我笑，休將火艾灸浮雲。」〔註136〕並自注道：「《維摩經》云：『是身如浮雲，須臾變滅也。』」〔註137〕在《老病幽獨偶吟所懷》中，白居易說：「已將心出浮雲外」〔註138〕，同樣自注道：「《維摩經》道：『是身如浮雲也。』」〔註139〕明言詩中所使用的「浮雲」源自於《維摩詰經》。

白詩自注中所提到的「是身如浮雲也」出自《維摩詰經·方便品》，經云：「是身如浮雲，須臾變滅」〔註140〕。白居易曾在詩中直接引用該句，如《齒落辭》云：「是身如浮雲，須臾變滅。」〔註141〕又如《自覺二首》其二云：「視身如浮雲」〔註142〕。還有稍作改動的用法，如《答元八郎中楊十二博士》云：「身覺浮雲無所著，心同止水有何情。」〔註143〕《送蕭處士遊黔南》云：「身似浮雲鬢似霜」〔註144〕，《贈韋煉師》云：「身似浮雲心似灰」〔註145〕，《題玉泉寺》云：「悠悠浮雲

〔註136〕（唐）白居易著，謝思煒校注：《白居易詩集校注》，中華書局2006年版，第2634頁。

〔註137〕（唐）白居易著，謝思煒校注：《白居易詩集校注》，中華書局2006年版，第2634頁。

〔註138〕（唐）白居易著，謝思煒校注：《白居易詩集校注》，中華書局2006年版，第2670頁。

〔註139〕（唐）白居易著，謝思煒校注：《白居易詩集校注》，中華書局2006年版，第2670頁。

〔註140〕賴永海主編，賴永海、高永旺譯注：《佛教十三經·維摩詰經》，中華書局2013年版，第29頁。

〔註141〕（唐）白居易著，謝思煒校注：《白居易文集校注》，中華書局2011年版，第1980頁。

〔註142〕（唐）白居易著，謝思煒校注：《白居易詩集校注》，中華書局2006年版，第807頁。

〔註143〕（唐）白居易著，謝思煒校注：《白居易詩集校注》，中華書局2006年版，第1390頁。

〔註144〕（唐）白居易著，謝思煒校注：《白居易詩集校注》，中華書局2006年版，第1458頁。

〔註145〕（唐）白居易著，謝思煒校注：《白居易詩集校注》，中華書局2006

身」〔註146〕。「身覺浮雲」、「身似浮雲」和「浮雲身」都是「身如浮雲」的變體。

「浮雲」意象在白詩中頗為常見。如：

流水光陰急，浮雲富貴遲。〔註147〕

蟠木用難施，浮雲心易遂。〔註148〕

苟免飢寒外，餘物盡浮雲。〔註149〕

東西不暫住，來往若浮雲。〔註150〕

五歲優游同過日，一朝消散似浮雲。〔註151〕

世如閱水應堪歎，名是浮雲豈足論。〔註152〕

薤露歌詞非白雪，旌銘官爵是浮雲。〔註153〕

凡此種種，皆證明《維摩詰經》所賦予「浮雲」這一語辭的佛理，在一定程度上影響了白居易對「浮雲」意象的使用。

三、《維摩詰經》與白居易的「不二」思想

《維摩詰經》對白居易的影響還體現在白居易對「不二」思想的體認方面。他在《蘇州重玄寺法華院石壁經碑文》中云：「證無生忍，

年版，第 1358 頁。

〔註146〕（唐）白居易著，謝思煒校注：《白居易詩集校注》，中華書局 2006 年版，第 587 頁。

〔註147〕（唐）白居易著，謝思煒校注：《六十拜河南尹》，《白居易詩集校注》，中華書局 2006 年版，第 2230 頁。

〔註148〕（唐）白居易著，謝思煒校注：《適意二首》其二，《白居易詩集校注》，中華書局 2006 年版，第 530 頁。

〔註149〕（唐）白居易著，謝思煒校注：《初除戶曹喜而言志》，《白居易詩集校注》，中華書局 2006 年版，第 477 頁。

〔註150〕（唐）白居易著，謝思煒校注：《朱陳村》，《白居易詩集校注》，中華書局 2006 年版，第 778 頁。

〔註151〕（唐）白居易著，謝思煒校注：《寄殷協律》，《白居易詩集校注》，中華書局 2006 年版，第 1995 頁。

〔註152〕（唐）白居易著，謝思煒校注：《同王十七庶子李六員外鄭二侍御同年四人遊龍門有感而作》，《白居易詩集校注》，中華書局 2006 年版，第 2199 頁。

〔註153〕（唐）白居易著，謝思煒校注：《哭崔二十四常侍》，《白居易詩集校注》，中華書局 2006 年版，第 2437 頁。

造不二門，住不可思議解脫，莫極於《維摩詰經》。」〔註154〕不二法門是《維摩詰經》最重要的思想之一。《維摩詰經》有《入不二法門品》，通過眾菩薩對不二法門的闡釋確立了平等無分別心之至道。

「不二」一詞在白居易詩中出現的頻率非常高，如：

練成不二性，銷盡千萬緣。〔註155〕

唯有不二門，其間無夭壽。〔註156〕

欲使第一流，皆知不二義。〔註157〕

解脫門是不二法門的代名詞，《維摩詰經・入不二法門品》：「空即無相，無相即無作。若空無相無作，則無心意識，於一解脫門，即是三解脫門者，是為入不二法門。」〔註158〕白居易也用「解脫門」代指不二法門，《因沐感發寄朗上人二首》云：「只有解脫門，能度衰苦厄。」〔註159〕

《維摩詰經》「不二」思想首先體現在維摩詰在家出家的修道方式上。維摩詰的度眾方式雖示現白衣居士，卻行大菩薩道，不離於世，而得解脫，即《維摩詰經・佛道品》中所說的「火中生蓮華」〔註160〕、「在欲而行禪」〔註161〕，與此前佛經所宣揚的度眾方式截然不同。

〔註154〕 （唐）白居易著，謝思煒校注：《白居易文集校注》，中華書局2011年版，第1884頁。

〔註155〕 （唐）白居易著，謝思煒校注：《夜雨有念》，《白居易詩集校注》，中華書局2006年版，第808頁。

〔註156〕 （唐）白居易著，謝思煒校注：《不二門》，《白居易詩集校注》，中華書局2006年版，第865頁。

〔註157〕 （唐）白居易著，謝思煒校注：《題道宗上人十韻》，《白居易詩集校注》，中華書局2006年版，第1701頁。

〔註158〕 賴永海主編，賴永海、高永旺譯注：《佛教十三經・維摩詰經》，中華書局2013年版，第148～149頁。

〔註159〕 （唐）白居易著，謝思煒校注：《白居易詩集校注》，中華書局2006年版，第836頁。

〔註160〕 賴永海主編，賴永海、高永旺譯注：《佛教十三經・維摩詰經》，中華書局2013年版，第134頁。

〔註161〕 賴永海主編，賴永海、高永旺譯注：《佛教十三經・維摩詰經》，中華書局2013年版，第134頁。

比如維摩詰度眾的場所可以是淫舍與酒肆,《維摩詰經・方便品》云：「入諸淫舍,示欲之過。入諸酒肆,能立其志。」〔註 162〕又如維摩詰用音樂度眾,《維摩詰經・佛道品》云：「歌詠誦法言,以此為音樂。」〔註 163〕

　　白居易非常認同維摩詰在家出家的修行方式。他不僅喜歡飲酒還喜歡音樂,與維摩詰入諸酒肆、歌詠誦法言如出一轍。如《自詠》云：「今日維摩兼飲酒,當時綺季不請錢。」〔註 164〕打著維摩詰的旗號飲酒。另如《醉吟先生傳》云：「性嗜酒、耽琴、淫詩,凡酒徒、琴侶、詩客多與之遊。」〔註 165〕白居易既嗜酒又耽琴還溺詩,生活非常世俗化,似乎有意識地模仿示現為在家居士的維摩詰。

　　當然,白居易對於「在家出家」的真正意涵是了然於胸的。白居易在《和夢遊春詩一百韻》序中提到：「況與足下外服儒風、內宗梵行者有日矣。而今而後,非覺路之返也,非空門之歸也……欲使曲盡其妄,周知其非,然後返乎真,歸乎實；亦猶《法華經》序火宅、偈化城,《維摩經》入淫舍、過酒肆之義也。」〔註 166〕白居易認為自己表面過著士大夫的世俗生活,可是實際上確踐行著梵行僧侶的修行生活,就如維摩詰入淫舍、過酒肆一樣。白居易還深知修行只關乎心性,與形式等外在要素並無關聯,如《早服雲母散》云：「淨名事理人難解,身不出家心出家。」〔註 167〕白居易也確實在如理如法地踐行「在

〔註 162〕賴永海主編,賴永海、高永旺譯注：《佛教十三經・維摩詰經》,中華書局 2013 年版,第 25 頁。

〔註 163〕賴永海主編,賴永海、高永旺譯注：《佛教十三經・維摩詰經》,中華書局 2013 年版,第 132 頁。

〔註 164〕（唐）白居易著,謝思煒校注：《白居易詩集校注》,中華書局 2006 年版,第 2380 頁。

〔註 165〕（唐）白居易著,謝思煒校注：《白居易文集校注》,中華書局 2011 年版,第 1981 頁。

〔註 166〕（唐）白居易著,謝思煒校注：《白居易詩集校注》,中華書局 2006 年版,第 1130～1131 頁。

〔註 167〕（唐）白居易著,謝思煒校注：《白居易詩集校注》,中華書局 2006 年版,第 2409 頁。

家出家」的理念，甚至以「在家出家」為題作詩：

> 衣食支吾婚嫁畢，從今家事不相仍。夜眠身是投林鳥，
> 朝飯心同乞食僧。清唳數聲松下鶴，寒光一點竹間燈。中
> 宵入定跏趺坐，女喚妻呼多不應。〔註168〕

此時的白居易有意識地參照學習維摩詰的修行方式，在欲行禪，忘心不除境，能夠深入世間而不受世間染污，這樣的入世形同出世。《贈杓直》也表達了相同的旨趣。詩云：

> 外順世間法，內脫區中緣。進不厭朝市，退不戀人寰。
> 自吾得此心，投足無不安。體非導引適，意無江湖閒。有
> 興或飲酒，無事多掩關。寂靜夜深坐，安穩日高眠。秋不
> 苦長夜，春不惜流年。委形老小外，忘懷生死間。〔註169〕

白居易在外相上隨順世間諸法，在內相上則放下萬緣，無論身處何方，心皆不受染著，無牽無繫，進退自如。

維摩詰入諸酒肆，能立其志，白居易則在酒宴詩中寫「雖過酒肆上，不離道場中」以明志。如《酒筵上答張居士》云：「但要前塵滅，無妨外相同。雖過酒肆上，不離道場中。絃管聲非實，花鈿色是空。何人知此義，唯有淨名翁。」〔註170〕另如《拜表回閒遊》云：「酒肆法堂方丈室，其間豈是兩般身。」〔註171〕白居易認為無論是酒肆、法堂還是方丈室，本身並沒有本質的差別，重要的是守護自己的心念，做到心不受外境所轉，這是真正理解了「在家出家」的內涵。

《維摩詰經》「不二」思想還體現在離文字的語言觀上。《維摩

〔註168〕（唐）白居易著，謝思煒校注：《白居易詩集校注》，中華書局2006年版，第2672頁。

〔註169〕（唐）白居易著，謝思煒校注：《白居易詩集校注》，中華書局2006年版，第583頁。

〔註170〕（唐）白居易著，謝思煒校注：《白居易詩集校注》，中華書局2006年版，第1942頁。

〔註171〕（唐）白居易著，謝思煒校注：《白居易詩集校注》，中華書局2006年版，第2406頁。

詰經》云：「於是文殊師利問維摩詰：『我等各自說已，仁者當說，何等是菩薩入不二法門？』時，維摩詰默然無言。文殊師利歎曰：『善哉！善哉！乃至無有文字語言，是真入不二法門。』」〔註172〕文殊師利向維摩詰發問時，一向辯才無礙、遊戲神通、入深法門、通達方便的維摩詰此時卻默然無言，以不答代答，「維摩語默」象徵著離文字的不二法門。白詩或使用「語默」一詞，如《新昌新居書事四十韻因寄元郎中張博士》云：「語默不妨禪」〔註173〕，或化用「語默」之意，如《答崔賓客晦叔十二月四日見寄》云：「居士忘筌默默坐」〔註174〕等，此皆是將超脫於文字之外的不二思想應用於詩中的例證。

綜上所述，白居易與《維摩詰經》結下了極深的因緣，《維摩詰經》中的人物形象對白居易的居士形象塑造起到了重要作用；《維摩詰經》中的詞彙典故豐富了白居易詩歌的藝術想像；《維摩詰經》對白居易「不二」思想的形成至關重要。

第三節 白居易與《金剛經》

白居易對於《金剛經》是非常熟悉的，試看其《蘇州重玄寺法華院石壁經碑文》，碑文云：「攝四生九類，入無餘涅槃，實無得度者，莫先於《金剛般若波羅蜜經》，凡五千二百八十七言。」〔註175〕總體而言，《金剛經》的中道觀和夢幻觀對白居易的影響最為深刻。

〔註172〕賴永海主編，賴永海、高永旺譯注：《佛教十三經‧維摩詰經》，中華書局 2013 年版，第 154 頁。

〔註173〕（唐）白居易著，謝思煒校注：《白居易詩集校注》，中華書局 2006 年版，第 1543 頁。

〔註174〕（唐）白居易著，謝思煒校注：《白居易詩集校注》，中華書局 2006 年版，第 1717 頁。

〔註175〕（唐）白居易著，謝思煒校注：《白居易詩集校注》，中華書局 2006 年版，第 1884 頁。

一、《金剛經》與白居易的中道觀

　　《金剛經》包含了中道的思想。經云：「凡所有相皆是虛妄。若見諸相非相，即見如來。」〔註176〕白居易接受了《金剛經》的這一思想，甚至在詩中直接使用該偈頌，如《讀禪經》云：「須知諸相皆非相」。〔註177〕

　　白居易的文字觀符合中道思想。如《贈草堂宗密上人》云：「盡離文字非中道，長住虛空是小乘。」〔註178〕白居易言空道無，並非全部摒棄文字，而是秉持著中道的文字觀，即不離文字，不住文字。白居易中道的文字觀主要表現為模仿《金剛經》否定之否定的對舉句式和不墮兩端的闡釋方法。整部《金剛經》幾乎都在用否定之否定的句式闡釋遠離二邊的道理，如：

　　　　　無法相亦無非法相。〔註179〕
　　　　　彼非眾生非不眾生。〔註180〕
　　　　　所謂佛法者即非佛法。〔註181〕
　　　　　如來說諸心皆為非心，是名為心。〔註182〕
　　　　　人身長大，則為非大身，是名大身。〔註183〕

〔註176〕賴永海主編，陳秋平、尚榮譯注：《佛教十三經・金剛經》，中華書局 2013 年版，第 33 頁。

〔註177〕（唐）白居易著，謝思煒校注：《白居易詩集校注》，中華書局 2006 年版，第 2425 頁。

〔註178〕（唐）白居易著，謝思煒校注：《白居易詩集校注》，中華書局 2006 年版，第 2367 頁。

〔註179〕賴永海主編，陳秋平、尚榮譯注：《佛教十三經・金剛經》，中華書局 2013 年版，第 35 頁。

〔註180〕賴永海主編，陳秋平、尚榮譯注：《佛教十三經・金剛經》，中華書局 2013 年版，第 92 頁。

〔註181〕賴永海主編，陳秋平、尚榮譯注：《佛教十三經・金剛經》，中華書局 2013 年版，第 41 頁。

〔註182〕賴永海主編，陳秋平、尚榮譯注：《佛教十三經・金剛經》，中華書局 2013 年版，第 84 頁。

〔註183〕賴永海主編，陳秋平、尚榮譯注：《佛教十三經・金剛經》，中華書局 2013 年版，第 80 頁。

　　莊嚴佛土者，即非莊嚴，是名莊嚴。〔註184〕

　　所言善法者，如來說即非善法，是名善法。〔註185〕

　　所言一切法者，即非一切法，是故名一切法。〔註186〕

　　若非有想非無想，我皆令入無餘涅槃而滅度之。〔註187〕

　　如來所說法皆不可取，不可說，非法、非非法。〔註188〕

　　如來說具足色身，即非具足色身，是名具足色身。
〔註189〕

不一而足。白居易有意識地對此句式進行模仿，試看《郡亭》：

　　平旦起視事，亭午臥掩關。除親簿領外，多在琴書前。
況有虛白亭，坐見海門山。潮來一憑檻，賓至一開筵。終
朝對雲水，有時聽管絃。持此聊過日，非忙亦非閒。山林
太寂寞，朝闕空喧煩。唯茲郡閣內，囂靜得中間。〔註190〕

「非忙亦非閒」在句式上與《金剛經》中否定之否定並列的方式一致，
同時，與該句對仗的「囂靜得中間」也透露出中道思想的一些訊息。
而下面這首《洛陽有愚叟》，則連用了幾組對舉的句子，詩曰：

　　洛陽有愚叟，白黑無分別。浪跡雖似狂，謀身亦不拙。
點檢盤中飯，非精亦非糲。點檢身上衣，無餘亦無闕。天
時方得所，不寒復不熱。體氣正調和，不饑仍不渴。閒將
酒壺出，醉向人家歌。野食或烹鮮，寓眠多擁褐。抱琴榮

〔註184〕賴永海主編，陳秋平、尚榮譯注：《佛教十三經・金剛經》，中華書
　　　　局2013年版，第80頁。

〔註185〕賴永海主編，陳秋平、尚榮譯注：《佛教十三經・金剛經》，中華書
　　　　局2013年版，第95頁。

〔註186〕賴永海主編，陳秋平、尚榮譯注：《佛教十三經・金剛經》，中華書
　　　　局2013年版，第80頁。

〔註187〕賴永海主編，陳秋平、尚榮譯注：《佛教十三經・金剛經》，中華書
　　　　局2013年版，第25頁。

〔註188〕賴永海主編，陳秋平、尚榮譯注：《佛教十三經・金剛經》，中華書
　　　　局2013年版，第38頁。

〔註189〕賴永海主編，陳秋平、尚榮譯注：《佛教十三經・金剛經》，中華書
　　　　局2013年版，第89頁。

〔註190〕（唐）白居易著，謝思煒校注：《白居易詩集校注》，中華書局2006
　　　　年版，第681～682頁。

啟樂，荷鍤劉伶達。放眼看青山，任頭生白髮。不知天地
內，更得幾年活。從此到終身，盡為閒日月。〔註191〕
白居易將自己描寫成了一位洛陽的「愚叟」，這位「愚叟」幾乎沒有
分別心，連黑白都不去分辨，為人性格既不狂妄，又不笨拙，吃的飯
既不精細，也不粗糙，穿的衣服不多也不少，正正好，外出時天氣總
是那麼稱心，不冷不熱，「愚叟」的身體狀態也非常不錯，不饑不渴，
非常舒適。這哪是「愚叟」，分明是一位忘卻機心、沒有撿擇、極力
追求中道的智者。

　　白詩中，像這樣的例子還有很多，如：

　　　　誰知盡日臥，非病亦非眠。〔註192〕

　　　　不明不暗朧朧月，非暖非寒慢慢風。〔註193〕

　　　　非賢非愚非智慧，不貴不富不賤貧。〔註194〕

　　　　寒食非長非短夜，春風不熱不寒天。〔註195〕

　　　　非老亦非少，……非賤亦非貴，……非智亦非愚。

〔註196〕

　　　　非莊非宅非蘭若，……。非道非僧非俗吏，……。

〔註197〕

白居易的世界觀也是符合中道思想的。如《禽蟲十二章》其三云：「江

〔註191〕（唐）白居易著，謝思煒校注：《白居易詩集校注》，中華書局 2006
　　　　年版，第 2306 頁。

〔註192〕（唐）白居易著，謝思煒校注：《晝臥》，《白居易詩集校注》，中華
　　　　書局 2006 年版，第 1122 頁。

〔註193〕（唐）白居易著，謝思煒校注：《嘉陵夜有懷二首》其二，《白居易
　　　　詩集校注》，中華書局 2006 年版，第 1107 頁。

〔註194〕（唐）白居易著，謝思煒校注：《雪中晏起偶詠所懷兼呈張常侍韋
　　　　庶子皇甫郎中雜言》，《白居易詩集校注》，中華書局 2006 年版，第
　　　　2312 頁。

〔註195〕（唐）白居易著，謝思煒校注：《寒食夜有懷》，《白居易詩集校注》，
　　　　中華書局 2006 年版，第 1125 頁。

〔註196〕（唐）白居易著，謝思煒校注：《松齋自題》，《白居易詩集校注》，
　　　　中華書局 2006 年版，第 468 頁。

〔註197〕（唐）白居易著，謝思煒校注：《池上閒吟二首》其二，《白居易詩
　　　　集校注》，中華書局 2006 年版，第 2398 頁。

魚群從稱妻妾，塞雁聯行號弟兄。但恐世間真眷屬，親疏亦是強為名。」
〔註198〕所謂的親戚與眷屬，都是一種假稱。又如《禽蟲十二章》其
九云：「蟻王化飯為臣妾，蜾母偷蟲作子孫。彼此假名非本物，其間
何怨復何恩。」〔註199〕明湯顯祖在《南柯夢記題詞》中引用該詩並
點評道：「世人妄以眷屬富貴影像，執為吾想，不知虛空中一大穴也，
倏來而去，有何家之可到哉！」〔註200〕湯顯祖此言不差，人們倏來
倏去，獨生獨死，一切都將歸於空性，現世的一切都只是妄想所致，
所有的一切都是假名，而非實相。假名即是中道，《金剛經》認為一
切法皆為假名而立：「所言一切法者，即非一切法，是故名一切法。」
〔註201〕龍樹菩薩《大智度論》明確提出：「因緣生法，是名空相，亦
名假名，亦說中道。」〔註202〕

　　受中道觀的影響，白居易泯滅了絕對的二元對立，看待世事更加
圓融，如《逍遙詠》：

> 亦莫戀此身，亦莫厭此身。此身何足戀，萬劫煩惱
> 根。此身何足厭，一聚虛空塵。無戀亦無厭，始是逍遙
> 人。〔註203〕

全詩都在闡述「不戀此身、不厭此身」的中道思想。另如《放言五首》
其五云：「何須戀世常憂死，亦莫嫌身漫厭生。」〔註204〕對於生死，
也不執著於其中任何一端。

〔註198〕（唐）白居易著，謝思煒校注：《白居易詩集校注》，中華書局2006
　　　　年版，第2825頁。
〔註199〕（唐）白居易著，謝思煒校注：《白居易詩集校注》，中華書局2006
　　　　年版，第2828頁。
〔註200〕（明）湯顯祖：《南柯夢記》，人民文學出版社1981年版，第1頁。
〔註201〕賴永海主編，陳秋平、尚榮譯注：《佛教十三經·金剛經》，中華書
　　　　局2013年版，第80頁。
〔註202〕（印度）龍樹菩薩造，（後秦）鳩摩羅什譯，王孺童點校：《大智度
　　　　論》，宗教文化出版社2014年版，第132頁。
〔註203〕（唐）白居易著，謝思煒校注：《白居易詩集校注》，中華書局2006
　　　　年版，第897~898頁。
〔註204〕（唐）白居易著，謝思煒校注：《白居易詩集校注》，中華書局2006
　　　　年版，第1234頁。

二、《金剛經》與白居易的夢幻觀

四句偈是《金剛經》的核心思想，經云：「一切有為法，如夢幻泡影，如露亦如電，應作如是觀。」〔註205〕其中包含了六種觀照方法，即夢觀、幻觀、泡觀、影觀、露觀、電觀，故四句偈又稱「六觀」或「六如」。

白居易對「六觀」有著深刻的理解，白詩常運用「六如」中的意象。如《吹笙內人出家》云：「雨露難忘君念重，電泡易滅妾身輕」〔註206〕，用到了電觀和泡觀。另如《興果上人歿時題此訣別兼簡二林僧社》云：「本結菩提香火社，為嫌煩惱電泡身」〔註207〕，也用到了電觀和泡觀。再如《贈別宣上人》云：「性真悟泡幻，行潔離塵滓」〔註208〕，用到了泡觀和幻觀。

白居易還有意識地使用夢觀和幻觀觀照世界。

白詩中有很多「夢」。作於元和五年（810）的《新磨鏡》寫道：「任意渾成雪，其如似夢何。」〔註209〕在長慶二年（822），於長安至杭州途中，作《商山路有感》云：「此生都是夢，前事旋成空。」〔註210〕作於長慶四年（824）的《天竺寺送堅上人歸廬山》：「與師俱是夢，夢裏暫相逢。」〔註211〕作於寶曆二年（826）的《自詠五首》

〔註205〕賴永海主編，陳秋平等譯注：《佛教十三經·金剛經》，中華書局2013年版，第114頁。

〔註206〕（唐）白居易著，謝思煒校注：《白居易詩集校注》，中華書局2006年版，第2861頁。

〔註207〕（唐）白居易著，謝思煒校注：《白居易詩集校注》，中華書局2006年版，第1366頁。

〔註208〕（唐）白居易著，謝思煒校注：《白居易詩集校注》，中華書局2006年版，第1099頁。

〔註209〕（唐）白居易著，謝思煒校注：《白居易詩集校注》，中華書局2006年版，第1085頁。

〔註210〕（唐）白居易著，謝思煒校注：《白居易詩集校注》，中華書局2006年版，第1583頁。

〔註211〕（唐）白居易著，謝思煒校注：《白居易詩集校注》，中華書局2006年版，第1824頁。

其一：「但異睡著人，不知夢是夢。」〔註212〕這些詩都表現了白居易
對人生虛妄不實的體認，而其中的契機就是《金剛經》的「夢觀」，
最能體現這種觀照方式的莫過於《疑夢二首》，詩曰：

> 莫驚寵辱虛憂喜，莫計恩讎浪苦辛。黃帝孔丘無處問，
> 安知不是夢中身？〔註213〕

> 鹿疑鄭相終難辨，蝶化莊生詎可知？假使如今不是
> 夢，能長於夢幾多時？〔註214〕

在白居易看來，人生即是一場大夢，古代的賢聖先哲們早已不見蹤
影，我們都生活在自己的夢中。

白居易經常描述夢境，夢是白居易開悟的契機。如《夢上山》云：

> 夜夢上嵩山，獨攜藜杖出。千岩與萬壑，遊覽皆周畢。
> 夢中足不病，健似少年日。既悟神返初，依然舊形質。始
> 知形神內，形病神無疾。形神兩是幻，夢寐俱非實。晝行
> 雖蹇澀，夜步頗安逸。晝夜既平分，其間何得失？〔註215〕

現實的自己足疾未平，夢中的自己足不病且杖藜登山、健似少年，人
生如夢，夢如人生，夢寐都不真實，全詩表現了對人生如夢如幻的體
認。

夢到離世的友人，白居易感受到人生如夢的真實不虛。作於大和
九年（835）的《因夢有悟》云：

> 交友淪殁盡，悠悠勞夢思。平生所厚者，昨夜夢見之。
> 夢中幾許事，枕上無多時。款曲數杯酒，從容一局棋。（棋、
> 酒皆夢中所見事）初見韋尚書，（弘景）金紫何輝輝。中作
> 李侍郎，（建）笑言甚怡怡。終為崔常侍，（玄亮）意色苦

〔註212〕　（唐）白居易著，謝思煒校注：《白居易詩集校注》，中華書局2006
　　　　　年版，第1682頁。

〔註213〕　（唐）白居易著，謝思煒校注：《白居易詩集校注》，中華書局2006
　　　　　年版，第2215頁。

〔註214〕　（唐）白居易著，謝思煒校注：《白居易詩集校注》，中華書局2006
　　　　　年版，第2216頁。

〔註215〕　（唐）白居易著，謝思煒校注：《白居易詩集校注》，中華書局2006
　　　　　年版，第2736頁。

> 依依。一夕三改變，夢心不驚疑。此事人盡怪，此理誰得
> 知？我粗知此理，聞於竺乾師。識行妄分別，智隱迷是非。
> 若轉識為智，菩提其庶幾。〔註216〕

白居易在夢中夢到平生親厚的友人，夢中一如往常，棋酒為樂，人在
夢中卻不覺得是夢，醒來後卻知只是一場夢矣，此正是佛教所云的「夢
裏明明有六趣，覺後空空無大千。」〔註217〕白居易因此悟到一切皆
是我們的虛妄的分別念導致的，若能勘破人生如夢的道理，那麼就能
獲得智慧，證得菩提。

在深刻地感受到了浮生如夢之後，白居易並沒有覺得悲觀。《野
行》云：「浮生短於夢，夢裏莫營營。」〔註218〕人生雖如夢般短暫，
但是也不應該浪費時光。即使人生是夢，那麼也希望夢中的歡笑是
多於哀愁的。《城上夜宴》云：「留春不住登城望，惜夜相將秉燭遊。
風月萬家河兩岸，笙歌一曲郡西樓。詩聽越客吟何苦，酒被吳娃勸
不休。從道人生都是夢，夢中歡笑亦勝愁。」〔註219〕既然是一場夢，
那麼且去飲酒秉燭暢遊，無論如何至少還是一個歡樂的夢呢。夢觀
讓白居易更加圓融，不過多地去計較。《楊六尚書頻寄新詩詩中多有
思閒相就之志因書鄙意報而論之》云：「進退是非俱是夢，丘中闕下
亦何殊？」〔註220〕既然都是一場夢，何必那麼在意歸隱還是入仕
呢？夢中的窮達與否也就顯得無關緊要了。《寄潮州繼之》云：「相
府潮陽俱夢中，夢中何者是窮通？他時事過方應悟，不獨榮空辱亦

〔註216〕（唐）白居易著，謝思煒校注：《白居易詩集校注》，中華書局2006
年版，第2335頁。

〔註217〕（宋）釋道原：《景德傳燈錄》卷三十，藍吉富主編：《禪宗全書》
第二冊，北京圖書館出版社2004年版，第633頁。

〔註218〕（唐）白居易著，謝思煒校注：《白居易詩集校注》，中華書局2006
年版，第1470頁。

〔註219〕（唐）白居易著，謝思煒校注：《白居易詩集校注》，中華書局2006
年版，第1917～1918頁。

〔註220〕（唐）白居易著，謝思煒校注：《白居易詩集校注》，中華書局2006
年版，第2694頁。

空。」〔註221〕榮也好，辱也好，一切都是一場夢，受夢觀的影響，白居易否定了世間的榮辱得失。

　　白居易還常用幻觀觀照世界。如《觀幻》云：「有起皆因滅，無睽不暫同。從歡終作戚，轉苦又成空。次第花生眼，須臾燭過風。更無尋覓處，鳥跡印空中。」〔註222〕全詩都是幻觀的實踐，最後兩句「更無尋覓處，鳥跡印空中」對幻象的詮釋非常到位。

　　白居易在幻觀的觀照下，逐漸體悟到世界是幻、身體是幻。他開始覺照到整個世界都是虛幻不實的，如《對酒》云：「幻世如泡影，浮生抵眼花。」〔註223〕如同泡沫和影子一樣，所謂的世界是幻化出來的世界，轉瞬即逝。既然世界如幻，那麼自然能夠忘卻功名利祿、人我是非，盡情適性。如《詠懷》云：「我知世如幻，了無干世意。世知我無堪，亦無責我事。由茲兩相忘，因得長自遂。自遂意何如，閒官在閒地。閒地唯東都，東都少名利。閒官是賓客，賓客無牽累。嵇康日日懶，畢卓時時醉。酒肆夜深歸，僧房日高睡。形安不勞苦，神泰無憂畏。從官三十年，無如今氣味。鴻雛脫羅弋，鶴尚居祿位。唯此未忘懷，有時猶內愧。」〔註224〕同時，白居易也認識到身體也是虛幻不實的。如《春憶二林寺舊遊因寄朗滿晦三上人》云：「清淨久辭香火伴，塵勞難索幻泡身。」〔註225〕連頭髮也是幻化而成的。《新磨鏡》云：「鬢毛從幻化」〔註226〕。白居易還從階前的芍藥花凋零中

〔註221〕（唐）白居易著，謝思煒校注：《白居易詩集校注》，中華書局2006年版，第2696頁。

〔註222〕（唐）白居易著，謝思煒校注：《白居易詩集校注》，中華書局2006年版，第2055頁。

〔註223〕（唐）白居易著，謝思煒校注：《白居易詩集校注》，中華書局2006年版，第1384頁。

〔註224〕（唐）白居易著，謝思煒校注：《白居易詩集校注》，中華書局2006年版，第2279頁。

〔註225〕（唐）白居易著，謝思煒校注：《白居易詩集校注》，中華書局2006年版，第1509頁。

〔註226〕（唐）白居易著，謝思煒校注：《白居易詩集校注》，中華書局2006年版，第1085頁。

體悟到幻身的真實不虛。《感芍藥花寄正一上人》云：「今日階前紅芍藥，幾花欲老幾花新？開時不解比色相，落後始知如幻身。空門此去幾多地，欲把殘花問上人。」〔註227〕花開花落只在瞬間，落後蕩然無存，那麼人活在世間，也僅僅是一個幻化的身體。因此，在這首詩中，白居易正是借凋零的芍藥花向正一上人問生滅之法。

最終，白居易發現一切皆幻，因此不必太掛懷於生與死、喜與悲。《放言五首》其五云：「何須戀世常憂死，亦莫嫌身漫厭生。生去死來都是幻，幻人哀樂繫何情。」〔註228〕所謂的人只是「補特伽羅」，根本就沒有真實的存在過，我們所認為的身體只是五蘊偶和而成，並非實相，從生至死一切皆幻。

綜上，在《金剛經》的影響下，白居易形成了中道觀和夢幻觀，觀待世界有了不同的方式。

〔註227〕 （唐）白居易著，謝思煒校注：《白居易詩集校注》，中華書局 2006 年版，第 1049 頁。

〔註228〕 （唐）白居易著，謝思煒校注：《白居易詩集校注》，中華書局 2006 年版，第 1234 頁。

第四章　無常觀與白居易的詩歌創作

　　無常觀是白居易重要的觀照方法。佛教將無常分為宏觀的無常和微觀的無常，宏觀的無常是我們容易覺察到的變化，如春夏秋冬四季輪轉、日月星辰時刻更迭、花草樹木盛衰榮枯。微觀的無常是我們不易覺察到的變化，但這些變化卻發生在每一個剎那中。白詩所反映的無常主要為宏觀的無常，主要體現在常者皆盡和高者亦墮兩方面。

第一節　白詩中的常者皆盡

　　佛教認為，沒有事物處在靜止當中，一切事物都處在變化當中，如《法句經》云：「夫生輒死，此滅為樂。譬如陶家，埏埴作器。一切要壞，人命亦然。如河駛流，往而不返。人命如是，逝者不還。譬人操杖，行牧食牛。老死猶然，亦養命去。千百非一，族姓男女。貯聚財產，無不衰喪。」〔註1〕深受佛教影響的白居易很擅長在日常生活中觀衰，《花下對酒二首》其二云：

〔註1〕法救撰，（吳）維祇難等譯：《法句經》卷上，《大正藏》卷四，佛陀教育基金會出版部1990年版，第559頁。

引手攀紅櫻，紅櫻落似霰。仰首看白日，白日走如箭。年芳與時景，頃刻猶衰變。況是血肉身，安能長強健。人心苦迷執，慕貴憂貧賤。愁色常在眉，歡容不上面。況吾頭半白，把鏡非不見。何必花下杯，更待他人勸。〔註2〕

白居易採用宏觀的視角環睹了整個時空，發現紅櫻紛紛落下，太陽馳走如箭，年華須臾衰變，血肉之身不得久立，一切常物最終都會衰壞。白居易既注意到人衰的現象，如頭髮變白，年齡增長等，同時也注意到物衰的現象，如時光流逝、花草衰敗等。

一、人生之無常觀想

年華易逝，老之將至，白居易觀察到人的衰老發生在每時每刻。《途中感秋》云：「唯殘病與老，一步不相離。」〔註3〕且人無法逃避衰老，《送春》云：「唯有老到來，人間無避處。」〔註4〕《六十拜河南尹》亦云：「老應無處避，病不與人期。」〔註5〕仔細品讀白詩，我們發現，白居易通過觀寫真、觀患病和觀年歲來逐步察覺人衰的事實。

（一）觀寫真

白居易分別於元和五年（810）和會昌二年（842）為自己畫過兩幅寫真，他經常拿出來細緻地觀察、比對和琢磨，並因此逐漸領悟衰老的真相。

元和五年（810），白居易為自己畫了第一幅寫真，並作《自題寫真》云：「我貌不自識，李放寫我真。靜觀神與骨，合是山中人。蒲

〔註2〕（唐）白居易著，謝思煒校注：《白居易詩集校注》，中華書局 2006年版，第 864 頁。

〔註3〕（唐）白居易著，謝思煒校注：《白居易詩集校注》，中華書局 2006年版，第 1218 頁。

〔註4〕（唐）白居易著，謝思煒校注：《白居易詩集校注》，中華書局 2006年版，第 811 頁。

〔註5〕（唐）白居易著，謝思煒校注：《白居易詩集校注》，中華書局 2006年版，第 2230 頁。

柳質易朽，麋鹿心難馴。何事赤墀上，五年為侍臣？況多剛狷性，難
與世同塵。不惟非貴相，但恐生禍因。宜當早罷去，收取雲泉身。」
〔註6〕白居易非常有趣地站在旁觀者的角度觀察自己，看著畫像道出
自己的性格，似乎可以從中發現「真我」、「本我」，一個與身處朝廷
截然不同的自我。這是白居易第一次題自己的寫真，因為尚且年輕，
也因為還沒有寫真的對比，因此心情還算愉悅。但七年後，白居易再
次看到這幅寫真時，錯愕不已，作於元和十二年（817）的《題舊寫
真圖》云：

> 我昔三十六，寫貌在丹青。我今四十六，衰悴臥江城。
> 豈止十年老，曾與眾苦並。一照舊圖畫，無復昔儀形。形
> 影默相顧，如弟對老兄。況使他人見，能不昧平生？羲和
> 鞭日走，不為我少停。形骸屬日月，老去何足驚。所恨凌
> 煙閣，不得畫功名。〔註7〕

「如弟對老兄」可謂妙想妙論，圖畫的自己是年輕的，現實的自己卻
是衰悴的，白居易通過觀自己的寫真領悟到相貌會衰朽，韶華易逝，
因此既驚又懼。次年的某一天，白居易大概又一次看到了這幅寫真，
他似乎坦然很多，在《贈寫真者》中，他寫道：「子騁丹青日，予當
醜老時。無勞役神思，更畫病容儀。迢遞麒麟閣，圖功未有期。區區
尺素上，焉用寫真為。」〔註8〕因為已經認識到容貌會發生變化的事
實，所以這時的白居易反倒覺得畫寫真是件毫無意義的事情。大和三
年（829），白居易任刑部侍郎時，又看到了這幅寫真，寫真上的自己
與此時的自己對比太懸殊，他不禁寫下《感舊寫真》一詩，詩曰：「李
放寫我真，寫來二十載。莫問真何如，畫亦銷光彩。朱顏與玄鬢，日

〔註6〕（唐）白居易著，謝思煒校注：《白居易詩集校注》，中華書局 2006
　　　年版，第 519 頁。
〔註7〕（唐）白居易著，謝思煒校注：《白居易詩集校注》，中華書局 2006
　　　年版，第 642 頁。
〔註8〕（唐）白居易著，謝思煒校注：《白居易詩集校注》，中華書局 2006
　　　年版，第 1367～1368 頁。

夜改復改。無嗟貌遽非，且喜身猶在。」〔註9〕這一次，他對於「寫真」之「真」徹底懷疑，此時的白居易發現了衰老和變化，他的容顏變化如此之快，畫雖然也失去了往日的光澤，然而依舊保留了「朱顏與玄鬢」的痕跡，曾經棱角分明的身體，此時成為僅是存活著的軀體。

會昌二年（842），時隔三十二年後，也許是徹底看透了衰老這件事，白居易再次為自己畫了一幅寫真，並創作了《香山居士寫真詩》一詩，詩曰：

> 元和五年，予為左拾遺、翰林學士，奉詔寫真於集賢殿御書院，時年三十七。會昌二年，罷太子少傅為白衣居士，又寫真於香山寺藏經堂，時年七十一。前後相望，殆將三紀，觀今照昔，慨然自歎者久之。形容非一，世事幾變，因題六十字，以寫所懷。昔作少學士，圖形入集賢。今為老居士，寫貌寄香山。鶴毿變玄髮，雞膚換朱顏。前形與後貌，相去三十年。勿歎韶華子，俄成婆叟仙。請看東海水，亦變作桑田。〔註10〕

白居易細緻地觀察兩幅寫真中樣貌的變化，從「玄髮」變成了「鶴毿」，從「朱顏」變成了「雞膚」，前後三十年的變化是巨大的。然而，此時白居易倒是釋然了，他說何必感歎呢，連滄海都會變桑田，此時的白居易對於無常顯得非常達觀。

（二）觀患病

白居易的一生病痛不變，病痛直接導致衰老，正如《法句經》所云：「老則色衰，所病自壞，形敗腐朽，命終自然。」〔註11〕白居易常通過觀患病領悟衰老的真相。

〔註9〕（唐）白居易著，謝思煒校注：《白居易詩集校注》，中華書局 2006 年版，第 1763 頁。

〔註10〕（唐）白居易著，謝思煒校注：《白居易詩集校注》，中華書局 2006 年版，第 2738～2739 頁。

〔註11〕法救撰，（吳）維祇難等譯：《法句經》卷上，《大正藏》卷四，佛陀教育基金會出版部 1990 年版，第 559 頁。

　　首先，白居易發現生病讓人容光銷減。「病瘦形如鶴，愁焦鬢似蓬」〔註12〕，「病眼昏似夜，衰鬢颯如秋」〔註13〕，生病的時候形體腐朽，瘦形如鶴，病眼昏黑，頹唐萬分。而且病通常與老一同到來，如「老與病相仍」〔註14〕、「病與老俱來」〔註15〕、「如今老病須知分」〔註16〕、「唯殘病與老，一步不相離」〔註17〕。白居易感到老病是一對難兄難弟，總是攜手同來，與自己一步不離。

　　其次，白居易還發現生病能摧毀人的意志，使生命能量迅速下降。白居易意識到生病不會因為年少就不降臨。作於貞元五年（789）的《病中作》云：「久為勞生事，不學攝生道。年少已多病，此身豈堪老？」〔註18〕年僅十八歲的白居易，已是多病之軀。這不得不讓白居易心生憂愁，這樣的身體怎麼能經得起衰老的摧殘。生病也不挑時間，即便是節日，身體抱恙也是常事。約作於貞元十六年（800）以前的《寒食臥病》云：「病逢佳節長歎息，春雨濛濛榆柳色。羸坐全非舊日容，扶行半是他人力。喧喧里巷踏青歸，笑閉柴門度寒食。」〔註19〕在佳節中生病的白居易，羸弱消瘦，只能閉門空坐，獨自歎息。這多病之軀甚至讓白居易感到心灰意冷，覺得疾病將相伴自己一生。

〔註12〕　（唐）白居易著，謝思煒校注：《新秋病起》，《白居易詩集校注》，中華書局 2006 年版，第 1630 頁。

〔註13〕　（唐）白居易著，謝思煒校注：《答卜者》，《白居易詩集校注》，中華書局 2006 年版，第 536 頁。

〔註14〕　（唐）白居易著，謝思煒校注：《衰病》，《白居易詩集校注》，中華書局 2006 年版，第 1603 頁。

〔註15〕　（唐）白居易著，謝思煒校注：《酬盧秘書二十韻》，《白居易詩集校注》，中華書局 2006 年版，第 1164 頁。

〔註16〕　（唐）白居易著，謝思煒校注：《老病》，《白居易詩集校注》，中華書局 2006 年版，第 2098 頁。

〔註17〕　（唐）白居易著，謝思煒校注：《途中感秋》，《白居易詩集校注》，中華書局 2006 年版，第 1218 頁。

〔註18〕　（唐）白居易著，謝思煒校注：《白居易詩集校注》，中華書局 2006 年版，第 1043 頁。

〔註19〕　（唐）白居易著，謝思煒校注：《白居易詩集校注》，中華書局 2006 年版，第 1046 頁。

約作於元和六年（811）至元和八年（813）的《病氣》云：「若問病根深與淺，此身應與病齊生。」〔註20〕

再次，病中的白居易還敏銳地覺察人情冷暖的變化。作於元和九年（814）的《病中作》云：「病來城裏諸親故，厚薄親疏心總知。唯有蔚章於我分，深於同在翰林時。」〔註21〕人在生病之時尤其在乎別人是否關心自己，尤其是在荒村破屋中寂絕無人的時候。作於元和九年（814）的《病中得樊大書》云：「荒村破屋經年臥，寂絕無人問病身。唯有東都樊著作，至今書信尚殷勤。」〔註22〕樊大的書信給了久臥在床的白居易一絲慰藉。

此外，生病限制了白居易行動的自由，因此身心皆不暢快。最喜詩書的白居易，因為生病，經年都沒法翻閱詩書。如作於元和九年（814）的《開元九詩書卷》云：「紅箋白紙兩三束，半是君詩半是書。經年不展緣身病，今日開看生蠹魚。」〔註23〕生病還導致白居易行動不便，久未出門。作於元和十三年（818）《病起》云：「病不出門無限時，今朝強出與誰期？經年不上江樓醉，勞動春風颺酒旗。」〔註24〕因為生病許久未出門，無奈與痛苦可想而知。頻繁的生病讓白居易的生活寡淡不少，他甚至覺得三五年後，自己恐怕都不能談笑風生了。作於元和十二年（817）的《衰病》云：「老辭遊冶尋花伴，病別荒狂舊酒徒。更恐五年三歲後，些些談笑亦應無。」〔註25〕

〔註20〕（唐）白居易著，謝思煒校注：《白居易詩集校注》，中華書局 2006年版，第 1116 頁。

〔註21〕（唐）白居易著，謝思煒校注：《白居易詩集校注》，中華書局 2006年版，第 1118 頁。

〔註22〕（唐）白居易著，謝思煒校注：《白居易詩集校注》，中華書局 2006年版，第 1121 頁。

〔註23〕（唐）白居易著，謝思煒校注：《白居易詩集校注》，中華書局 2006年版，第 1121 頁。

〔註24〕（唐）白居易著，謝思煒校注：《白居易詩集校注》，中華書局 2006年版，第 1365 頁。

〔註25〕（唐）白居易著，謝思煒校注：《白居易詩集校注》，中華書局 2006年版，第 1373 頁。

　　在長久地被病痛折磨後的白居易也有幡然醒悟的時候。作於元和九年（814）的《眼暗》云：「千藥萬方治不得，唯應閉目學頭陀」〔註26〕；作於開成四年（839）的《病中詩十五首》序云：「外形骸而內忘憂恚，先禪觀而後順醫治」〔註27〕；作於會昌二年（842）的《病中看經贈諸道侶》云：「不如回念三乘樂，便得浮生百病空」〔註28〕，在日復一日、年復一年對生病的觀照中，白居易最終意識到通過佛法看透實相可以消泯一切病痛的折磨。

（三）觀年歲

　　白居易好觀察年歲，他通過觀年歲領悟衰老的真相。宋人洪邁在《容齋隨筆》中指出：「白樂天為人誠實洞達，故作詩述懷，好紀年歲。」〔註29〕並書錄了白居易記錄年歲的詩句，共有78句之多，這個數量已是非常龐大。洪邁說因白居易洞達，故好記年歲，此話不錯，事實上，這種洞達正是源自對生命無常的觀照。白居易時刻觀照生命的無常，具有悲涼的生命意識，雖未到暮年，卻深知生命短促的事實，因此他觀照年歲的詩作有時籠罩著綿密的衰颯之氣，清洪亮吉注意到這一現象，他認為這是白居易有意為之，其《北江詩話》云：

> 有心作衰颯之詩，白香山是也。如：「行年三十九，歲暮日斜時。」夫年始「三十九」，何便至「歲暮日斜」？此有心作衰颯之詩也。〔註30〕

〔註26〕（唐）白居易著，謝思煒校注：《白居易詩集校注》，中華書局 2006 年版，第 1117 頁。

〔註27〕（唐）白居易著，謝思煒校注：《白居易詩集校注》，中華書局 2006 年版，第 2627 頁。

〔註28〕（唐）白居易著，謝思煒校注：《白居易詩集校注》，中華書局 2006 年版，第 2773 頁。

〔註29〕（宋）洪邁撰，孔凡禮點校：《容齋隨筆》，中華書局 2005 年版，第 918 頁。

〔註30〕（清）洪亮吉：《北江詩話》卷五，人民文學出版社 1983 年版，第 96 頁。

筆者不以為然，白居易深受無常觀薰染，經常將無常觀運用到具體的生活當中，實在不必等到歲暮才會有暮年之感，故詩作有時沾染衰颯之氣也在情理之中。

白居易常詠歎歲月容易催人老，多採用「年」、「日」對舉的方式。如《蘇州李中丞以元日郡齋感懷詩寄微之及予輒依來篇七言八韻走筆奉答兼呈微之》云：「莫嗟一日日催人，且貴一年年入手。」〔註31〕另如《和裴令公一日日一年年雜言見贈》云：「一日日作老翁。一年年過春風。」〔註32〕此外，《將歸渭村先寄舍弟》云：「一年年覺此身衰，一日日知前事非。」〔註33〕《病假中龐少尹攜魚酒相過》云：「宦情牢落年將暮，病假聯綿日漸深。」〔註34〕如果說白居易將「年」與「日」進行對舉是用宏觀的視角俯瞰歲月的無常，那麼以日為單位進行自我觀察則是用微觀的視角檢視歲月的無常，他看到容貌一日比一日減損。如《重到城七絕句·見元九》云：「容貌一日減一日」〔註35〕，另如《浩歌行》云：「朱顏日漸不如故」〔註36〕；看到身體一日比一日衰邁。如《晚春酤酒》云：「形骸日變衰」〔註37〕，另如《自覺二首》其一云：「形骸日損耗」〔註38〕；看到衰老則一日比一日加

〔註31〕（唐）白居易著，謝思煒校注：《白居易詩集校注》，中華書局 2006 年版，第 1807 頁。

〔註32〕（唐）白居易著，謝思煒校注：《白居易詩集校注》，中華書局 2006 年版，第 2301 頁。

〔註33〕（唐）白居易著，謝思煒校注：《白居易詩集校注》，中華書局 2006 年版，第 2485 頁。

〔註34〕（唐）白居易著，謝思煒校注：《白居易詩集校注》，中華書局 2006 年版，第 2056 頁。

〔註35〕（唐）白居易著，謝思煒校注：《白居易詩集校注》，中華書局 2006 年版，第 1176 頁。

〔註36〕（唐）白居易著，謝思煒校注：《白居易詩集校注》，中華書局 2006 年版，第 902 頁。

〔註37〕（唐）白居易著，謝思煒校注：《白居易詩集校注》，中華書局 2006 年版，第 532 頁。

〔註38〕（唐）白居易著，謝思煒校注：《白居易詩集校注》，中華書局 2006 年版，第 806 頁。

深。如《酬令狐相公春日尋花見寄六韻》云：「老應隨日至」〔註39〕，另如《臨都驛答夢得六言二首》其一云：「昨日老於前日」〔註40〕，還有《感時》云：「朝見日上天，暮見日入地。不覺明鏡中，忽年三十四。」〔註41〕他對於年歲的無常是如此敏感，以至於每天都在體察光陰流轉以及身體衰老。

白居易常通過觀白髮領悟衰老的真相。人衰老的顯著特徵之一就是頭髮從黑變白，正如《法句經》所云：「咄嗟老至，色變為耄。」〔註42〕白居易非常關注自己頭髮的變化，為此寫下了大量觀察白髮的詩作，白髮成為白居易觀察無常的經典對象。

某天，白居易突然發現自己長了白髮，震驚不已，作《初見白髮》一詩：

> 白髮生一莖，朝來明鏡裏。勿言一莖少，滿頭從此始。青山方遠別，黃綬初從仕。未料容鬢間，蹉跎忽如此。〔註43〕

突然發現第一莖白髮無疑對詩人造成了巨大的打擊，功業尚且未來得及建立，衰老卻不期而遇，這讓詩人情何以堪吶。

通常人們對於粗無常很容易發現，如發現第一根白髮，但是對於逐漸變白的過程，卻不容易察覺。但白居易不是這樣的，他非常細緻地觀察白髮漸多的現象，並將此記錄下來：

> 暗老不自覺，直到鬢成絲。〔註44〕

〔註39〕（唐）白居易著，謝思煒校注：《白居易詩集校注》，中華書局 2006 年版，第 2058 頁。

〔註40〕（唐）白居易著，謝思煒校注：《白居易詩集校注》，中華書局 2006 年版，第 1998 頁。

〔註41〕（唐）白居易著，謝思煒校注：《白居易詩集校注》，中華書局 2006 年版，第 452 頁。

〔註42〕法救撰，（吳）維祇難等譯：《法句經》卷上，《大正藏》卷四，佛陀教育基金會出版部 1990 年版，第 559 頁。

〔註43〕（唐）白居易著，謝思煒校注：《白居易詩集校注》，中華書局 2006 年版，第 731 頁。

〔註44〕（唐）白居易著，謝思煒校注：《曲江感秋》，《白居易詩集校注》，

　　　朱顏銷不歇，白髮生無數。〔註45〕

　　　皎皎青銅鏡，斑斑白絲鬢。〔註46〕

　　　白髮逐梳落，朱顏辭鏡去。〔註47〕

　　　白髮半頭時，……如雪復如絲。〔註48〕

　　　重重照影看容鬢，不見朱顏見白絲。〔註49〕

　　　辛苦頭盡白，才年四十四。〔註50〕

白髮在日復一日地增多，先是瘋長了無數根，緊著多白了半頭，直到將雙鬢全部染成了白色，還脆弱得經不起梳理。

　　晚年的白居易看到白髮心情非常沉重，如約作於大和三年（829）至大和五年（831）的《對鏡吟》云：

　　　白頭老人照鏡時，掩鏡沉吟吟舊詩。二十年前一莖白，如今變作滿頭絲。（余二十年前嘗有詩云：「白髮生一莖，朝來明鏡裏。勿言一莖少，滿頭從此始。」今則滿頭矣。）吟罷回頭索杯酒，醉來屈指數親知。老於我者多窮賤，設使身存寒且饑。少於我者半為土，墓樹已抽三五枝。我今幸得見頭白，祿俸不薄官不卑。眼前有酒心無苦，只合歡娛不合悲。〔註51〕

滿頭白髮時刻提示著詩人崦嵫在即，死亡又迫近了一步。

　　　中華書局 2006 年版，第 744 頁。

〔註45〕（唐）白居易著，謝思煒校注：《重到渭上舊居》，《白居易詩集校注》，中華書局 2006 年版，第 753 頁。

〔註46〕（唐）白居易著，謝思煒校注：《照鏡》，《白居易詩集校注》，中華書局 2006 年版，第 771 頁。

〔註47〕（唐）白居易著，謝思煒校注：《漸老》，《白居易詩集校注》，中華書局 2006 年版，第 825 頁。

〔註48〕（唐）白居易著，謝思煒校注：《櫻桃花下歎白髮》，《白居易詩集校注》，中華書局 2006 年版，第 1270 頁。

〔註49〕（唐）白居易著，謝思煒校注：《湖中自照》，《白居易詩集校注》，中華書局 2006 年版，第 1622 頁。

〔註50〕（唐）白居易著，謝思煒校注：《閑居》，《白居易詩集校注》，中華書局 2006 年版，第 527 頁。

〔註51〕（唐）白居易著，謝思煒校注：《白居易詩集校注》，中華書局 2006 年版，第 1710 頁。

　　白居易攬鏡時很害怕發現鏡中的自己有白髮增多的現象，因為那將意味著自己比昨日又老了一點，《歎老三首》其一云：

　　　　晨興照青鏡，形影兩寂寞。少年辭我去，白髮隨梳落。萬化成於漸，漸衰看不覺。但恐鏡中顏，今朝老於昨。人年少滿百，不得長歡樂。誰會天地心，千齡與龜鶴。吾聞善醫者，今古稱扁鵲。萬病皆可治，唯無治老藥。〔註52〕

歲月匆迫，遞嬗不窮，萬病皆能得到救治，可是衰老是無藥可治的。因為對韶華有執著，自從生了白髮，白居易都不大使用明鏡，每次照鏡前總要歎息一番。《歎老三首》其二云：

　　　　我有一握髮，梳理何稠直。昔似玄雲光，今如素絲色。匣中有舊鏡，欲照先歎息。自從頭白來，不欲明磨拭。鴉頭與鶴頸，至老長如墨。獨有人鬢毛，不得終身黑。〔註53〕

在這首詩中，白居易甚至與衰老的規律較起真來：為什麼鴉頭與鶴頸到老都如墨，人的鬢毛卻不能夠一直是黑色呢！無法改變衰老這件事，讓白居易感到頗為黯淡。

　　不過，白居易也有靈光偶現，被白髮所提示的無常警醒的時候。如作於元和六年（811）的《白髮》云：

　　　　白髮知時節，暗與我有期。今朝日陽裏，梳落數莖絲。家人不慣見，憫默為我悲。我云何足怪，此意爾不知。凡人年三十，外壯中已衰。但思寢食味，已減二十時。況我今四十，本來形貌羸。書魔昏兩眼，酒病沉四肢。親愛日零落，在者仍別離。身心久如此，白髮生已遲。由來生老死，三病長相隨。除卻念無生，人間無藥治。〔註54〕

白髮瘋長也是無可奈何之事，他坦然接受這個變化，有生就有老病死，唯有向佛門學習無生法。

〔註52〕（唐）白居易著，謝思煒校注：《白居易詩集校注》，中華書局2006年版，第784～785頁。

〔註53〕（唐）白居易著，謝思煒校注：《白居易詩集校注》，中華書局2006年版，第785頁。

〔註54〕（唐）白居易著，謝思煒校注：《白居易詩集校注》，中華書局2006年版，第754頁。

　　另如作於元和十二年（817）的《因沐感發寄朗上人二首》其二
云：

> 漸少不滿把，漸短不盈尺。況茲短少中，日夜落復
> 白。既無神仙術，何除老死籍？祇有解脫門，能度衰苦
> 厄。掩鏡望東寺，降心謝禪客。衰白何足言，剃落猶不
> 惜。〔註55〕

白居易透露了自己態度發生轉變的內在原因，他覺得佛法能夠度脫一
切苦厄，因此，即使頭髮被剃落他都不會覺得可惜，更何況現在只是
衰白而已。

　　此外，作於大和四年（830）的《嗟落髮》云：

> 朝亦嗟髮落，暮亦嗟髮落。落盡誠可嗟，盡來亦不
> 惡。既不勞洗沐，又不煩梳掠。最宜濕暑天，頭輕無髻
> 縛。脫置垢巾幘，解去塵纓絡。銀瓶貯寒泉，當頂傾一
> 勺。有如醍醐灌，坐受清涼樂。因悟自在僧，亦資於剃
> 削。〔註56〕

以前總是嗟歎髮落，現在覺得落髮也很好，既不用洗沐，也不用梳掠，
夏天還特別涼快，還能享受寒泉灌頂，這種覺悟當是他日復一日地薰
習無常觀所致。

　　通過觀察白髮，白居易逐漸體悟變化才是人生的常態。《論懷》
云：「黑頭日已白，白面日已黑。人生未死間，變化何終極。」〔註57〕
並能夠坦然地接受白髮，《詠懷》云：「不覺流年過，亦任白髮生。」
〔註58〕

〔註55〕（唐）白居易著，謝思煒校注：《白居易詩集校注》，中華書局 2006
　　　　年版，第 836 頁。
〔註56〕（唐）白居易著，謝思煒校注：《白居易詩集校注》，中華書局 2006
　　　　年版，第 1780～1781 頁。
〔註57〕（唐）白居易著，謝思煒校注：《白居易詩集校注》，中華書局 2006
　　　　年版，第 800 頁。
〔註58〕（唐）白居易著，謝思煒校注：《白居易詩集校注》，中華書局 2006
　　　　年版，第 609 頁。

二、萬物之無常觀想

　　有情之生命無常性，無情之萬物亦無常性，天地萬象皆引發了白居易對無常的觀照。白居易通過觀歲月更替、草木榮枯、事物朽壞來逐步察覺物衰的事實。

（一）觀歲月更替

　　白居易通過觀歲月更替來體證萬法無常。主要體現在兩方面，一方面，白居易對晝夜的更替非常敏感。如《短歌行》云：

　　　　曈曈太陽如火色，上行千里下一刻。出為白晝入為夜，圓轉如珠住不得。住不得，可奈何？為君舉酒歌短歌。歌聲苦，詞亦苦，四座少年君聽取。今夕未竟明夕催，秋風才往春風回。人無根蒂時不駐，朱顏白日相隳頹。勸君且強笑一面，勸君且強飲一杯。人生不得長歡樂，年少須臾老到來。〔註59〕

白晝迅速地向夜晚遷移，片刻不住，青春難駐、歲月蹉跎，瞬間即物是人非、老之將至，何其短促、何其無奈！白居易對人生短促心生恐懼，借詩歌傳達出深沉的遷世之感和憂生之歎。

　　另一方面，白居易對季節的更替同樣非常敏感。他說「四時輪轉春常少」〔註60〕、「物變隨天氣，春生逐地形」〔註61〕，時節忽復易，春夏秋冬，競相更迭。白居易尤其關注春天的去來，他曾寫作多首送春詩，並以《春來》、《春去》為題唱誦出春來又春去的過程：

　　　　春來觸動故鄉情，忽見風光憶兩京。金谷踏花香騎入，曲江碾草鈿車行。誰家綠酒歡連夜，何處紅樓睡失明？獨有不眠不醉客，經春冷坐古滏城。〔註62〕

〔註59〕（唐）白居易著，謝思煒校注：《白居易詩集校注》，中華書局 2006 年版，第 899 頁。

〔註60〕（唐）白居易著，謝思煒校注：《花前有感兼呈崔相公劉郎中》，《白居易詩集校注》，中華書局 2006 年版，第 2005 頁。

〔註61〕（唐）白居易著，謝思煒校注：《早春即事》，《白居易詩集校注》，中華書局 2006 年版，第 2499 頁。

〔註62〕（唐）白居易著，謝思煒校注：《尋陽春三首‧春來》，《白居易詩集

　　　　一從澤畔為遷客，兩度江頭送暮春。白髮更添今日鬢，
　　　青衫不改去年身。百川未有回流水，一老終無卻少人。四
　　　十六時三月盡，送春爭得不殷勤？〔註63〕

春來之時，踏春賞樂、宴飲暢歡，春去之時，迷惘傷感、形單影隻，迎春又送春，惜春還傷春，白居易通過春光易逝感受物不恆常的規律。

（二）觀草木榮枯

　　白居易還常通過觀察花草樹木的榮枯體證萬法無常。一切無常，無情如草木亦是如此，在朝露、晚風之中，已悄然發生變化，無常無時不在，花開花落皆是無常，杏花凋零得如此容易：「粉壞杏將謝。」〔註64〕桃花凋零得非常迅速：「爭忍開時不同醉，明朝後日即空枝」〔註65〕、「前日歸時花正紅，今夜宿時枝半空」〔註66〕，從花開到花落，桃花的一生盡在眼底。白居易發現桃李的生命非常短促：「五月始萌動，八月已凋零」〔註67〕。木槿花凋零得更快：「槿花一日歇」〔註68〕、「槿花一日自為榮」〔註69〕，木槿花在一日之內便會經歷生滅，白居易不禁感歎云：「朝榮殊可惜，暮落實堪嗟。」〔註70〕白居

　　　　校注》，中華書局2006年版，第1356頁。
〔註63〕（唐）白居易著，謝思煒校注：《尋陽春三首·春去》，《白居易詩集校注》，中華書局2006年版，第1357頁。
〔註64〕（唐）白居易著，謝思煒校注：《酬令狐相公春日尋花見寄六韻》，《白居易詩集校注》，中華書局2006年版，第2058頁。
〔註65〕（唐）白居易著，謝思煒校注：《華陽觀桃花時招李六拾遺飲》，《白居易詩集校注》，中華書局2006年版，第1010頁。
〔註66〕（唐）白居易著，謝思煒校注：《夜惜禁中桃花因懷錢員外》，《白居易詩集校注》，中華書局2006年版，第1095頁。
〔註67〕（唐）白居易著，謝思煒校注：《郡廳有樹晚榮早凋人不識名因題其上》，《白居易詩集校注》，中華書局2006年版，第833頁。
〔註68〕（唐）白居易著，謝思煒校注：《贈王山人》，《白居易詩集校注》，中華書局2006年版，第489頁。
〔註69〕（唐）白居易著，謝思煒校注：《放言五首》其五，《白居易詩集校注》，中華書局2006年版，第1234頁。
〔註70〕（唐）白居易著，謝思煒校注：《和微之歎木槿花》，《白居易詩集校注》，中華書局2006年版，第2211頁。

易對荷花的凋零亦有所感懷：「池上秋又來，荷花半成子。朱顏自消歇，白日無窮已。」〔註71〕殘荷萎謝，風塵之中獨自凋零。還有速衰易落的栟李花讓白居易憐惜不已：「朝豔靄霏霏，夕凋紛漠漠。辭枝朱粉細，覆地紅綃薄。由來好顏色，常苦易銷鑠。不見莨蕩花，狂風吹不落。」〔註72〕而面對暫未凋零的芍藥花，白居易同樣以無常觀看到了它們終將凋零的命運，其《感芍藥花寄正一上人》云：「今日階前紅芍藥，幾花欲老幾花新？開時不解比色相，落後始知如幻身。」〔註73〕芍藥花不會永遠開放，總是有開有落，暫時沒有凋零的芍藥最終也會凋零。

草木大都春生秋謝，秋天一旦到來，無常的景象更加普遍。樹葉開始枯萎，《一葉落》云：「蕭蕭秋林下，一葉忽先委。勿言微搖落，搖落從此始。」〔註74〕一片樹葉的枯萎意味著整片樹林即將凋零的命運。梧桐對於秋天的到來是敏感的，《郡廳有樹晚榮早凋人不識名因題其上》云：「秋先梧桐落。」〔註75〕不只梧桐早凋，菊花也稀疏了，《秋晚》云：「籬菊花稀砌桐落。」〔註76〕槐花也開始枯萎，「黃萎槐蕊結」〔註77〕，荷花相繼枯落，「紅破蓮芳墜」〔註78〕、「華亭鶴死白

〔註71〕（唐）白居易著，謝思煒校注：《早秋曲江感懷》,《白居易詩集校注》，中華書局 2006 年版，第 733 頁。

〔註72〕（唐）白居易著，謝思煒校注：《惜栟李花》,《白居易詩集校注》，中華書局 2006 年版，第 770 頁。

〔註73〕（唐）白居易著，謝思煒校注：《白居易詩集校注》，中華書局 2006 年版，第 1049 頁。

〔註74〕（唐）白居易著，謝思煒校注：《白居易詩集校注》，中華書局 2006 年版，第 1660 頁。

〔註75〕（唐）白居易著，謝思煒校注：《白居易詩集校注》，中華書局 2006 年版，第 834 頁。

〔註76〕（唐）白居易著，謝思煒校注：《白居易詩集校注》，中華書局 2006 年版，第 1298 頁。

〔註77〕（唐）白居易著，謝思煒校注：《開襟》,《白居易詩集校注》，中華書局 2006 年版，第 2330 頁。

〔註78〕（唐）白居易著，謝思煒校注：《開襟》,《白居易詩集校注》，中華書局 2006 年版，第 2330 頁。

蓮枯」〔註79〕，並結成蓮子，「荷花半成子」〔註80〕，連荷葉也不能幸免，「風吹敗葉荷」〔註81〕。緊接著，萬物都蕭索了，《杪秋獨夜》云：「紅葉樹飄風起後，白鬚人立月明中。前頭更有蕭條物，老菊衰蘭三兩叢。」〔註82〕紅葉紛飛，菊花枯萎，蘭花衰敗，一片死寂。除季節更替外，風雨的浸淫也會導致花木殘敗。東牆的樹被風摧折，《東牆夜合樹去秋為風雨所摧今年花時悵然有感》云：「碧荑紅縷今何在，風雨飄將去不回。」〔註83〕小園的花被吹落，《惜小園花》云：「曉來紅萼凋零盡，但見空枝四五株。前日狂風昨夜雨，殘芳更合得存無？」〔註84〕本來就稀疏的紅萼經過一夜狂風夜雨後，凋落殆盡了。正當美麗的花朵被風雨吹落，無疑讓白居易心痛不已，因為比起漸變的凋零，被風雨驟然吹落使得無常發生得太快，以至於沒有給人足夠的緩衝時間，所以白居易對落花心生憐惜、萬般不捨，《惜落花贈崔二十四》云：「漠漠紛紛不奈何，狂風急雨兩相和。晚來悵望君知否，枝上稀疏地上多。」〔註85〕遭遇狂風急雨後，花朵紛紛落下，無奈得只有悵望。白居易還寫過多首憐惜花朵被風雨吹落的詩，如《惜落花》云：「夜來風雨急，無復舊花林。」〔註86〕另如《惜花》：「可憐夭

〔註79〕（唐）白居易著，謝思煒校注：《蘇州故吏》，《白居易詩集校注》，中華書局 2006 年版，第 2612 頁。

〔註80〕（唐）白居易著，謝思煒校注：《早秋曲江感懷》，《白居易詩集校注》，中華書局 2006 年版，第 733 頁。

〔註81〕（唐）白居易著，謝思煒校注：《喚笙歌》，《白居易詩集校注》，中華書局 2006 年版，第 1890 頁。

〔註82〕（唐）白居易著，謝思煒校注：《白居易詩集校注》，中華書局 2006 年版，第 2610 頁。

〔註83〕（唐）白居易著，謝思煒校注：《白居易詩集校注》，中華書局 2006 年版，第 1365 頁。

〔註84〕（唐）白居易著，謝思煒校注：《白居易詩集校注》，中華書局 2006 年版，第 1555 頁。

〔註85〕（唐）白居易著，謝思煒校注：《白居易詩集校注》，中華書局 2006 年版，第 1271 頁。

〔註86〕（唐）白居易著，謝思煒校注：《白居易詩集校注》，中華書局 2006 年版，第 2098 頁。

豔正當時，剛被狂風一夜吹。」﹝註87﹞皆寄予了對花朵凋零的惋惜之情。縱使沒有風雨侵襲，也難逃枯朽的命運，如《贈王山人》云：「松樹千年朽」﹝註88﹞，另如《放言五首》其五云：「松樹千年終是朽」﹝註89﹞，松樹是歷冬不衰的常青樹，即便壽命千年也終將枯朽。

在對草木榮枯進行細緻的觀照後，白居易醒豁過來。當發現「松樹千年朽，槿花一日歇」﹝註90﹞後，發出了「不如學無生，無生即無滅」﹝註91﹞的感歎，他覺得學佛可以超越無常，遂決定歸命佛教。當發現「今日階前紅芍藥，幾花欲老幾花新」﹝註92﹞後，發出了「開時不解比色相，落後始知如幻身」﹝註93﹞的感歎，他意識到芍藥花的存在只是一個幻相，花落之時就可以看到一切皆空。當發現「松樹千年終是朽，槿花一日自為榮」﹝註94﹞後，他甚至能夠做到如如不動的相似境界：「何須戀世常憂死，亦莫嫌身漫厭生。生去死來都是幻，幻人哀樂繫何情。」﹝註95﹞一旦意識到自己都不是真實存在、形同幻人的時候，自然就會胸次坦然地面對一切無常了。

﹝註87﹞（唐）白居易著，謝思煒校注：《白居易詩集校注》，中華書局 2006 年版，第 2898 頁。

﹝註88﹞（唐）白居易著，謝思煒校注：《白居易詩集校注》，中華書局 2006 年版，第 489 頁。

﹝註89﹞（唐）白居易著，謝思煒校注：《白居易詩集校注》，中華書局 2006 年版，第 1234 頁。

﹝註90﹞（唐）白居易著，謝思煒校注：《贈王山人》，《白居易詩集校注》，中華書局 2006 年版，第 489 頁。

﹝註91﹞（唐）白居易著，謝思煒校注：《贈王山人》，《白居易詩集校注》，中華書局 2006 年版，第 489 頁。

﹝註92﹞（唐）白居易著，謝思煒校注：《感芍藥花寄正一上人》，《白居易詩集校注》，中華書局 2006 年版，第 1049 頁。

﹝註93﹞（唐）白居易著，謝思煒校注：《感芍藥花寄正一上人》，《白居易詩集校注》，中華書局 2006 年版，第 1049 頁。

﹝註94﹞（唐）白居易著，謝思煒校注：《放言五首》其五，《白居易詩集校注》，中華書局 2006 年版，第 1234 頁。

﹝註95﹞（唐）白居易著，謝思煒校注：《放言五首》其五，《白居易詩集校注》，中華書局 2006 年版，第 1234 頁。

（三）觀事物朽壞

白居易對萬物之無常觀想還涉及舊舫、蚊幬、彩雲、琉璃、塞北花和江南雪等。一艘舊舫的朽壞引起了白居易對無常的思考，《感蘇州舊舫》云：「畫梁朽折紅窗破，獨立池邊盡日看。守得蘇州船舫爛，此身爭合不衰殘。」〔註96〕白居易任蘇州刺史任滿回洛陽時，曾運回這艘小船，他十分喜愛。然而，開成四年（839），白居易患風疾，腿部行動不便，在他稍能走動之後，來到花園看到了這艘船，船身已朽敗不堪，對萬物之無常有了深刻的體悟。一件舊蚊幬也引起了白居易對無常的思考，《和元九悼往》云：「唯有縲紗幬，塵埃日夜侵。馨香與顏色，不似舊時深。」〔註97〕美好的事物也會毀壞，「傷心好物不須臾」〔註98〕。美好事物並不會停止甚或放慢無常的腳步，相反，越是美好的事物越容易消散，白居易說：「大都好物不堅牢，彩雲易散琉璃脆」〔註99〕、「易消歇：塞北花，江南雪」〔註100〕，彩雲、琉璃、塞北花、江南雪都是美好的事物，可是彩雲容易破散、琉璃容易碎裂、塞北花和江南雪都很容易消歇。

三、無常觀想的境界

縱觀白居易觀待無常的歷程，我們可以發現，白居易對人生以及

〔註96〕 （唐）白居易著，謝思煒校注：《白居易詩集校注》，中華書局 2006 年版，第 2643 頁。

〔註97〕 （唐）白居易著，謝思煒校注：《白居易詩集校注》，中華書局 2006 年版，第 751 頁。

〔註98〕 （唐）白居易著，謝思煒校注：《木蓮樹生巴峽山谷間巴民亦呼為黃心樹大者高五丈涉冬不凋身如青楊有白文葉如桂厚大無脊花如蓮香色豔膩皆同獨房蕊有異四月初始開自開迨謝僅二十日忠州西北十里有鳴玉谿生者穠茂尤異元和十四年夏命道士毋丘元志寫惜其遐僻因題三絕句云》其二，《白居易詩集校注》，中華書局 2006 年版，第 1442 頁。

〔註99〕 （唐）白居易著，謝思煒校注：《簡簡吟》，《白居易詩集校注》，中華書局 2006 年版，第 971 頁。

〔註100〕 （唐）白居易著，謝思煒校注：《真娘墓》，《白居易詩集校注》，中華書局 2006 年版，第 929 頁。

萬物所作的無常觀修境界開沉交錯，在書寫無常的詩歌中，有的包含著對時光易逝、生命危脆、蒙氾迫促、事物朽壞的感懷和歎息，有的也表現出參透無常真相的睿智和豁達，有的甚至臻至了了分明、毫無掛礙的境界。

在觀待人生無常的過程中，白居易發現時間像無窮的奔流，無情吞噬著青春，因此白居易詠歎人生無常的詩作常籠罩著一種深永的哀傷，最能體現這種悲觀情緒的莫過於《無可奈何》，詩名即飽含著無能為力的苦楚，詩曰：

> 無可奈何兮！白日走而朱顏頹，少日往而老日催。生者不住兮，死者不回，況乎寵辱豐悴之外物。又何常不十去而一來，去不可挽兮，來不可推。無可奈何兮！已焉哉！惟天長而地久，前無始兮後無終。嗟吾生之幾何，寄瞬息乎其中。又如太倉之稊米，委一粒於萬鍾。何不與道逍遙，委化從容。縱心放志，泄泄融融。胡為乎分愛惡於生死，繫憂喜於窮通？傴強其骨髓，齟齬其心胸。合冰炭以交戰，祇自苦兮厥躬。彼造物者於何不為？此與化者云何不隨？或煦或吹，或盛或衰。雖千變與萬化，委一順以貫之。為彼何非？為此何是？誰冥此心？夢蝶之子。何禍非福？何吉非凶？誰達此觀？喪馬之翁。俾吾為秋毫之杪，吾亦自足。不見其小，俾吾為泰山之阿，吾亦無餘，不見其多。是以達人靜則吻然與陰合跡，動則浩然與陽同波。委順而已，孰知其他。時邪命邪，吾其無奈彼何。委邪順邪，彼亦無奈吾何。夫兩無奈何，然後能冥至順而合太和。故吾所以飲太和，扣至順，而為無可奈何之歌。〔註101〕

光景疾馳、容顏頹敗，生命如同電光石火一般轉瞬即逝，無常的規律我們拿他沒有辦法只有遵守而已，所以白居易在結句說，我們只有隨順逍遙之道，領會從容淡定的境界，才能到達太和至順的境界，但這

〔註101〕　（唐）白居易著，謝思煒校注：《白居易詩集校注》，中華書局 2006年版，第 2840～2841 頁。

何嘗不是另一種無可奈何呢。顯然，此時的白居易並沒有真正做到了悟，至少沒有找到解決生命無常的法門，不然就不會再寫下這首看似理性沉著實則充滿窮途之悲的無可奈何之歌了。白居易觀待生命也常有豁然開朗的時候。比如《效陶潛體詩十六首》其一云：「形質及壽命，危脆若浮煙。」〔註102〕概括了生命現象如浮煙一般脆弱的事實，緊接著，白居易說：「我無不死藥，萬萬隨化遷。所未定知者，修短遲速間。」〔註103〕以非常理性客觀的態度直面無常的事實，心態是平靜的、超脫的。另如《感悟妄緣題如上人壁》云：「自從為駭童，直至作衰翁。」〔註104〕白居易回顧了自己衰老的歷程，最後用佛理總結到：「彼此皆兒戲，須臾即色空」〔註105〕、「有營非了義，無著是真宗」〔註106〕，從容不迫，淡定閒適，儼然一位參透無常的智者。

　　在觀待萬物無常的過程中，白居易發現事物終將歸於寂滅，時間是吞噬一切的無底洞。因此白居易詠歎萬物無常的詩作格調通常很低沉。如《秋蝶》云：

　　　　秋花紫濛濛，秋蝶黃茸茸。花低蝶新小，飛戲叢西東。
　　日暮涼風來，紛紛花落叢。夜深白露冷，蝶已死叢中。朝
　　生夕俱死，氣類各相從。不見千年鶴，多栖百丈松？〔註107〕

無論是有情的蝶還是無情的花，皆為氣類相聚，難逃朝生夕死的命運。另如《村居臥病三首》其一云：「前日巢中卵，化作雛飛去。昨

〔註102〕　（唐）白居易著，謝思煒校注：《白居易詩集校注》，中華書局2006年版，第499頁。

〔註103〕　（唐）白居易著，謝思煒校注：《效陶潛體詩十六首》其一，《白居易詩集校注》，中華書局2006年版，第499頁。

〔註104〕　（唐）白居易著，謝思煒校注：《白居易詩集校注》，中華書局2006年版，第1949頁。

〔註105〕　（唐）白居易著，謝思煒校注：《感悟妄緣題如上人壁》，《白居易詩集校注》，中華書局2006年版，第1949頁。

〔註106〕　（唐）白居易著，謝思煒校注：《感悟妄緣題如上人壁》，《白居易詩集校注》，中華書局2006年版，第1949頁。

〔註107〕　（唐）白居易著，謝思煒校注：《白居易詩集校注》，中華書局2006年版，第670頁。

日穴中蟲，蛻為蟬上樹。四時未嘗歇，一物不暫住。」〔註108〕卵變雛、蟲變蟬的過程也引起了白居易對無常的思考，白居易意識到不止雛與蟬在變化，所有事物都遷流不息，變動不居。白居易觀待萬物也常有豁然開朗的時候，比如作於長慶二年（822）的《詠懷》云：「人生百年內，疾速如過際。先務身安閒，次要心歡適。事有得而失，物有損而益。所以見道人，觀心不觀跡。」〔註109〕人生短暫，匆匆滑逝，事物有得也會有失，有損也會有益，因此，只需觀心，不應著相。

綜上可知，白居易通過觀寫真、觀患病和觀年歲來逐步察覺人衰的事實，通過觀歲月更替、草木榮枯、事物朽壞來逐步察覺物衰的事實。白居易的無常觀具有不同境界，他在日常的實修中逐步實現證悟。

第二節　白詩中的高者亦墮

人的境遇處在不斷地變化中。當時聲名顯赫、富貴榮華，轉眼銷聲匿跡、窘蹙困急；當時身居高位、權傾一時，轉眼謫遷流放、潦倒落魄。皆只能榮耀一時，不能長久一世，白居易通過觀察眾生境遇的更迭，領悟盛衰無常。主要包括兩個方面：一、通過觀察他人命運的翻覆變化，白居易領悟盛衰不常；二、通過觀察自己命運的跌宕起伏，白居易領悟窮通不常。

通過觀察他人命運的翻覆變化，白居易領悟盛衰不常。如觀察梨園藝人，《梨園子弟》云：「白頭垂淚話梨園，五十年前雨露恩。莫問華清今日事，滿山紅葉銷宮門。」〔註110〕「五十年前」的「玉露恩」終將逝去，只剩下「滿山紅葉銷宮門」的淒涼。另如觀察天寶樂叟，

〔註108〕（唐）白居易著，謝思煒校注：《白居易詩集校注》，中華書局2006年版，第803頁。

〔註109〕（唐）白居易著，謝思煒校注：《白居易詩集校注》，中華書局2006年版，第683頁。

〔註110〕（唐）白居易著，謝思煒校注：《白居易詩集校注》，中華書局2006年版，第1568頁。

《江南遇天寶樂叟》云：

> 白頭病叟泣且言，祿山未亂入梨園。能彈琵琶和法曲，
> 多在華清隨至尊。是時天下太平久，年年十月坐朝元。千
> 官起居環珮合，萬國會同車馬奔。金鈿照耀石甕寺，蘭麝
> 薰煮溫湯源。貴妃宛轉侍君側，體弱不勝珠翠繁。冬雪飄
> 颻錦袍暖，春風蕩漾霓裳翻。歡娛未足燕寇至，弓勁馬肥
> 胡語喧。幽土人遷避夷狄，鼎湖龍去哭軒轅。從此漂淪落
> 南土，萬人死盡一身存。秋風江上浪無限，暮雨舟中酒一
> 樽。涸魚久失風波勢，枯草曾沾雨露恩。我自秦來君莫問，
> 驪山渭水如荒村。新豐樹老籠明月，長生殿暗鎖春雲。紅
> 葉紛紛蓋欹瓦，綠苔重重封壞垣。唯有中官作宮使，每年
> 寒食一開門。〔註111〕

過去常伴君側、享盡一切榮寵的樂工，在經歷安史之亂後，只能漂
泊到南方，過著貧寒潦倒的生活，而梨園也不復當年的繁華，衰敗
不堪。

再如觀察長安倡女，《琵琶行》云：

> 十三學得琵琶成，名屬教坊第一部。曲罷曾教善才服，
> 妝成每被秋娘妒。五陵年少爭纏頭，一曲紅綃不知數。鈿
> 頭雲篦擊節碎，血色羅裙翻酒污。今年歡笑復明年，秋月
> 春風等閒度。……弟走從軍阿姨死，暮去朝來顏色故。……
> 門前冷落鞍馬稀，老大嫁作商人婦。商人重利輕別離，前
> 月浮梁買茶去。去來江口守空船，繞船月明江水寒。夜深
> 忽夢少年事，夢啼妝淚紅闌干。〔註112〕

當時的倡女光彩奪目、受盡追捧，轉眼漂淪憔悴、門前冷落。真是人
生寄一世，奄忽若飆塵。

而通過觀察自己命運的跌宕起伏，白居易領悟到窮通不常。

〔註111〕 （唐）白居易著，謝思煒校注：《白居易詩集校注》，中華書局 2006
　　　　 年版，第 905 頁。
〔註112〕 （唐）白居易著，謝思煒校注：《白居易詩集校注》，中華書局 2006
　　　　 年版，第 962 頁。

　　先來看白居易的陞官。元和十三年（818），白居易授忠州刺史，
隨即創作了《自江州司馬授忠州刺史仰荷聖澤聊書鄙誠》：

> 炎瘴拋身遠，泥塗索腳難。網初鱗撥刺，籠久翅摧殘。
> 雷電頒時令，陽和變歲寒。遺簪承舊念，剖竹授新官。鄉
> 覺前程近，心隨外事寬。生還應有分，西笑問長安。〔註113〕

又如陞官之後，大喜過望，為感謝恩人提拔而寫作的《除忠州寄謝崔
相公》：

> 提拔出泥知力竭，吹噓生趣見情深。劍鋒缺折難衝斗，
> 桐尾燒焦豈望琴？感舊兩行年老淚，酬恩一寸歲寒心。忠
> 州好惡何須問，鳥得辭籠不擇林。〔註114〕

再如陞官之後，蒙受很多人的餽贈感到非常開心，因而創作的《初著
刺史緋答友人見贈》：

> 故人安慰善為辭，五十專城道未遲。徒使花袍紅似火，
> 其如蓬鬢白成絲？且貪薄俸君應惜，不稱衰容我自知。銀
> 印可憐將底用？只堪歸舍嚇妻兒。〔註115〕

其中裴堪送白居易鶻銜瑞草緋袍魚袋，白居易特撰《初除官蒙裴常侍
贈鶻銜瑞草緋袍魚袋因謝惠貺兼抒離情》以示答謝：

> 新授銅符未著緋，因君裝束始光輝。惠深范叔綈袍贈，
> 榮過蘇秦佩印歸。魚綴白金隨步躍，鶻銜紅綬繞身飛。明
> 朝戀別朱門淚，不敢多垂恐污衣。〔註116〕

自從陞官，登門拜訪慶賀的人就絡繹不絕，於是白居易又創作了《又
答賀客》：

> 銀章暫假為專城，賀客來多懶起迎。似掛緋衫衣架上，

〔註113〕（唐）白居易著，謝思煒校注：《白居易詩集校注》，中華書局 2006
　　　　年版，第 1409 頁。

〔註114〕（唐）白居易著，謝思煒校注：《白居易詩集校注》，中華書局 2006
　　　　年版，第 1410 頁。

〔註115〕（唐）白居易著，謝思煒校注：《白居易詩集校注》，中華書局 2006
　　　　年版，第 1413 頁。

〔註116〕（唐）白居易著，謝思煒校注：《白居易詩集校注》，中華書局 2006
　　　　年版，第 1411 頁。

朽株枯竹有何榮？〔註117〕

長慶元年（821），白居易升為中書舍人，又寫下《初加朝散大夫又轉上柱國》一詩，詩曰：

> 紫微今日煙霄地，赤嶺前年泥土身。得水魚還動鱗鬣，乘軒鶴亦長精神。且慚身忝官階貴，未敢家嫌活計貧。柱國勳成私自問，有何功德及生人？〔註118〕

大和五年（831），白居易陞官為河南尹，有《六十拜河南尹》一詩：

> 六十河南尹，前途足可知。老應無處避，病不與人期。幸遇芳菲日，猶當強健時。萬金何假藉，一盞莫推辭。流水光陰急，浮雲富貴遲。人間若無酒，盡合鬢成絲。〔註119〕

陞官看似會令人喜悅，但仔細分析也都伴隨著痛苦和憂慮。衰老無處躲避，疾病不期而遇，舉目望去，一切都是無常，足以將陞官的一星半點的喜悅湮沒。

再來看貶官。白居易在四十四歲時，遭到貶謫，成為江州司馬，因而寫下《謫居》一詩：

> 面瘦頭斑四十四，遠謫江州為郡吏。逢時棄置從不才，未老衰羸為何事？火燒寒澗松為燼，霜降春林花委地。遭時榮悴一時間，豈是昭昭上天意？〔註120〕

盛衰倏異，白居易感到非常失落。從長安至江州赴任途中，白居易則寫下《放言五首》，其二云：

> 世途倚伏都無定，塵網牽纏卒未休。禍福回還車轉轂，榮枯反覆手藏鉤。龜靈未免刳腸患，馬失應無折足憂。不

〔註117〕（唐）白居易著，謝思煒校注：《白居易詩集校注》，中華書局 2006 年版，第 1414 頁。

〔註118〕（唐）白居易著，謝思煒校注：《白居易詩集校注》，中華書局 2006 年版，第 1528 頁。

〔註119〕（唐）白居易著，謝思煒校注：《白居易詩集校注》，中華書局 2006 年版，第 2230 頁。

〔註120〕（唐）白居易著，謝思煒校注：《白居易詩集校注》，中華書局 2006 年版，第 1264 頁。

信君看弈棋者，輸贏須待局終頭。〔註121〕

其四云：

誰家第宅成還破，何處親賓哭復歌。昨日屋頭堪炙手，今朝門外好張羅。北邙未省留閒地，東海何曾有定波。莫笑賤貧誇富貴，共成枯骨兩如何。〔註122〕

其五云：

泰山不要欺毫末，顏子無心羨老彭。松樹千年終是朽，槿花一日自為榮。何須戀世常憂死，亦莫嫌身漫厭生。生去死來都是幻，幻人哀樂繫何情。〔註123〕

斯須變化，翻覆無常。白居易因武元衡案一朝遭貶，白居易在赴貶謫之地的途中，對世事無常有著深刻的體會。可能是因為在逆境當中，白居易對佛法有了更深一層的體悟，亦可能是白居易在用佛法調節世俗生活中的種種壓抑和不得志。

政局動盪，仕途沉浮，驟貴與隕落時常發生，由此，白居易在《蕭相公宅遇自遠禪師有感而贈》中慨歎：

宦途堪笑不勝悲，昨日榮華今日衰。轉似秋蓬無定處，長於春夢幾多時？半頭白髮慚蕭相，滿面紅塵問遠師。應是世間緣未盡，欲拋官去尚遲疑。〔註124〕

官場蹉跎、歲月無情，雖然歷經千辛萬苦，仍是宦海浮沉，壯志難酬，這樣的心力交瘁，內心的委屈與不平，全部化作飽含牢落憂傷、英雄遲暮的悲鳴。

白居易有過高升重用的輝煌，也經歷過被貶受逐的低谷，當他咀嚼所有不幸與愁苦時，白居易發現世事反覆本無常性。作於元和十二

〔註121〕（唐）白居易著，謝思煒校注：《白居易詩集校注》，中華書局 2006
年版，第 1231 頁。

〔註122〕（唐）白居易著，謝思煒校注：《白居易詩集校注》，中華書局 2006
年版，第 1233 頁。

〔註123〕（唐）白居易著，謝思煒校注：《白居易詩集校注》，中華書局 2006
年版，第 1234 頁。

〔註124〕（唐）白居易著，謝思煒校注：《白居易詩集校注》，中華書局 2006
年版，第 1555～1556 頁。

年（817）的《偶然二首》其一感慨道：「人事多端何足怪，天文至信猶差忒。月離于畢合滂沱，有時不雨誰能測？」〔註125〕約作於元和十二年（817）至元和十三年（818）間的《垂釣》感慨道：「浮生多變化，外事有盈虛。」〔註126〕作於長慶二年（822）的《重感》亦感慨道：「擾擾生還死，紛紛榮又枯。」〔註127〕還有同年所作《曲江感秋二首》其一云：「中間十四年，六年居譴黜。窮通與榮悴，委運隨外物。」〔註128〕皆是對窮通與榮悴瞬息萬變發出的感慨，同時，白居易逐漸地隨順外境，坦然面對。

綜上，無常觀是白居易在佛法薰染下日漸形成的觀照方式，也因為無常觀，白居易觀待萬事萬物有了不同的視角，並有了更加超脫的精神世界。

〔註125〕（唐）白居易著，謝思煒校注：《白居易詩集校注》，中華書局2006年版，第1323頁。

〔註126〕（唐）白居易著，謝思煒校注：《白居易詩集校注》，中華書局2006年版，第635頁。

〔註127〕（唐）白居易著，謝思煒校注：《白居易詩集校注》，中華書局2006年版，第1584頁。

〔註128〕（唐）白居易著，謝思煒校注：《白居易詩集校注》，中華書局2006年版，第894頁。